白いジオラマ

WHITE DIORAMA

Shunichi Doba

中央公論新社

目次

白いジオラマ

第1章　子ども食堂

「はい、早く持って行って！」

大声で怒鳴られ、新城将はびくりと身を震わせた。大皿からは盛大に湯気が上がっている。思わず唾を呑んだ。いつもの鴨宮飯店のチャーハンではないが、これはこれで美味い。

将は、ずっしりと重い皿を、店の中央にある大テーブルに持って行った。いつもはここも客席だが、子ども食堂として開放する時には、料理を並べられるようにテーブルの置き方を変えている。バイキング形式で提供しているのだ。

テーブルを囲んでいた子どもたちが、わっと歓声を上げる。

「はい、チャーハンできあがり」将は愛想よく言った。我ながら、よくこんなことが言えるようになったと思う。

テーブルには他にも、焼売に餃子、焼きそば、青椒肉絲に春雨のサラダと、定番の中華料理が並んでいる。この後は、デザートに杏仁豆腐が出る予定だ。

普通の中華料理屋の、普通のメニュー。しかし作っているのは、鴨宮飯店の料理人・滝川幸平ではない。大学生を中心にしたボランティアたちだ。鴨宮飯店で、一週おきに開かれる「子ども食堂」。近所の人や学生ボランティアが運営し、料理も皆で作る。

将は配膳の担当だ。料理なんか作れないから、これぐらいしかできないのだが、そもそも何でこんなことをする羽目になったのだろう、とうんざりすることも多い。子どもたちに食事を振る舞うなんて、馬鹿馬鹿しくてやっていられない。

「将」

声をかけられ、慌ててカウンターに向かう。幸平の母親でこの店のオーナー、悦子(えつこ)が怖い顔でこちらを見ている。

「何ですか？」

「つまらなそうな顔、しないの」

「別に、そういうわけじゃ……」

「あんたはすぐ顔に出るから。ほら、早く洗い物！」

何なんだよ……しかし逆らうわけにもいかず、将は厨房(ちゅうぼう)に足を踏み入れた。

厨房は、ボランティアでごった返していた。普段、この店の調理は、幸平と二人の料理人が担当している。しかし今日は、十人ほどが集まっていた。ほとんどが大学生、あとは近所の人たちだ。

同年代の連中がてきぱきと動き回っているのを見ると、どうにも居心地が悪い。将はさっさと洗い場に移動して、汚れた皿を洗い始めた。俺なんか、ここで一人洗い物をしているのが似合うのさ……。

ゴム手袋をはめ、水を跳ね飛ばしながら皿を洗う。余計なことは考えないようにしよう。とにかく皿を綺麗にすることだけに集中する。

「新城君、手伝おうか？」

他のスタッフとお喋(しゃべ)りしていた三沢恵理(みさわえり)が近づいて来た。ショートカットに、馬鹿みたいに大きな眼鏡(めがね)。そのせいか、実際の年齢——将と同い年だ——よりもずっと幼く見える。トレーナーにジーンズというラフな格好のせいもあるだろう。何だか冴えない子なんだよなあ……。

「いや、大丈夫」将は断った。実際、洗い場はそれほど広くなく、二人並んで洗い物はできない。

「でも、ずいぶん溜まってるじゃない」

「平気だから」ああ、面倒臭い……彼女はいつも、ぐいぐい来るんだよな。こういうの、今時は流行(はや)らないと思うんだけど。

「今日、ここが終わったら、皆で呑みに行こうって言ってるんだけど、どう?」恵理が切り出した。

また面倒臭いことを……同年代の大学生たちとはほとんど話すこともないし、ましてや呑みに行くなど考えられなかった。そういうつき合いは、勘弁して欲しいから。

「うーん……ちょっと」将は誤魔化した。露骨に断って傷つけても、後が厄介だ。

「たまにはいいんじゃない?」

「財布が寂しくて」

これは本当だった。親元を離れ、祖父・麻生和馬(あそうかずま)の家で暮らしていて、小遣いも貰(もら)えない。アルバイトもしていないから、財布はいつもほぼ空っぽだった。

「じゃあ、また次の機会にでも」恵理が残念そうに言った。

厨房から店内を覗(のぞ)きこんだ恵理が、急に嬉(うれ)しそうな声を上げる。

「あ、あの子、やっと来たわ」

「あの子」と聞いただけでピンときた。将は洗い場を離れ、カウンターから顔を突き出して店内を見回した。

いた。

いつもの席——入り口に一番近いテーブル席に、一人ぽつんと腰を下ろしている。前には小学生の二人組が座っているのだが、見ようともしない。話しかけて欲しくない、というオーラを発している。

怜奈（れいな）が、斜めがけにしたバッグを外して隣の椅子（いす）に置き、ゆっくりと立ち上がる。制服姿——鴨宮飯店のすぐ側（そば）にある東（ひがし）中学校の制服だ。

中央のテーブルに向かい、皿に料理を盛りつける。他の子どもたちは何かと騒がしく、笑いながら食事を楽しんでいるのだが、怜奈は場違いなところにいるような感じで、視線が落ち着かない。料理を盛りつける手の動きも乱暴で、子ども食堂で食べるのを楽しみにしているわけでないことは明らかだった。

だったら別に、こんなところへ来なければいいのに。強制ではなく、来たい子だけが来る仕組みなのだから。

もしかしたら、家に食べる物がないのだろうか、と将は心配になった。

一時は、自分も似たようなものだった。実家で父親と二人暮らしの時は自分の部屋に引きこもり、深夜に街を徘徊（はいかい）して食事はコンビニエンスストアで買ったりして適当に済ませていた。鴨宮にある祖父の家に「拉致（らち）」されてからはちゃんと食べているが、食べることなどどうでもよかった時期はあった。

いや、それと怜奈とは違うか。だいたい将は、怜奈の事情をまったく知らない。

「何か、心配なのよね」恵理が言った。

「どうして？」

「どうしてって、新城君は心配じゃないの？」

「いや、別に……」

「だってあの様子、見てよ」

　言われるままに、将は怜奈を見た。一人テーブルについて、食事を始めている。淡々と、まったく表情を変えずに……ただ栄養摂取しているだけ、という感じ。恵理によると、様々な家庭の事情を抱えながら子ども食堂にやってくる子は、だいたい皆で一緒に食べることを楽しんでいるという。

　子ども食堂に一人で来るのは、怜奈だけだ。他の子は友だち同士で連れだって、あるいは親に連れられて来る。別に、一人で来たって構わないけど、誰とも話さず、そそくさと食べて帰って行くだけというのは、何だか寂しい。まるで独身のオッサンの食生活みたいじゃないか。

「怜奈ちゃんのこと、何か知ってる？」恵理が訊ねる。

「いや……」他人の私生活に首を突っこむようなことはしたくない。そういうのは自分らしくない。

「毎回来てるわよね」

「そうだけど……」

「いつも一人で」

「あのさ」将は苛々して声を荒らげた。「別に、気にする必要ないんじゃない？　ここへ来るのに何か決まりとかあるわけじゃないし」

「そうかもしれないけど……」恵理が目を細める。「心配なのよ。友だち、いないのかしら。ご両親はどうしてるのかしらね」

「さあ」

　素っ気なく言って、将は洗い場に戻った。人のことを気にしてもしょうがない。自分だって、ボランティア精神で子ども食堂を手伝っているわけじゃないんだから。ただ、口煩い祖父に命じられて……反論する間もなく、巻きこまれてしまっただけなのだ。

ガチャガチャ音を立てながら食器を洗う。まったく、何で俺がこんなことをしなくちゃいけないのか……だいたい子どもたちも、食べるだけで洗い物をしないっていうのはどうなんだろう。食べるためには稼がなくてはならない。金がなければ労働で返す——そういう風に体に教えこんだ方が、教育上もいいのではないだろうか。

まあ、いいか。自分には関係ない。こんなボランティア活動をいつまで続けられるか分からないし、どうでもいいや……一週おきに、子どもたちに愛想を振りまき、配膳と洗い物をするだけ。自分だって大人になったのだから、それぐらいは耐えられる。

気づくと、店内を見ていた。カウンター越しに、隙間からわずかに見えるだけなのだが、怜奈がつまらなそうに食べているのは分かる。

子ども食堂は、家庭に事情を抱える子どもたちに食べ物を提供するだけの場ではない。新しいコミュニティを作る——そう言っていたのは祖父だ。何がコミュニティだよ、と白けたのを将は覚えている。

家族も地域社会も、今は崩壊しつつある。それによって、子どもたちが犠牲になることもあるだろう。悲惨な目に遭う子どもを一人でも減らすためには、これまでの地域社会に代わるコミュニティを作らなければならない——等々。

将は、祖父の演説を「はいはい」と聞き流していた。祖父は長年警察に勤め、定年後は「県警防犯アドバイザー」として、警察と地域社会の橋渡しのような仕事をしている。地元の小田原中央署専属だ。

　しかし……将に言わせれば、お節介でしかない。東京でマンション暮らしをしていた時は、隣の部屋に誰が住んでいるのかも知らなかったし、それが当たり前だと思っていた。東京からわずか数十キロ離れた鴨宮に来ただけで、「新しいコミュニティ」だなんて言われても。それに、社会は勝手に変わるものだろう。誰かが意図的に変えられるわけじゃないはずだ。

「将！」その祖父に声をかけられ、背筋がピンと伸びる。何だよ、今日は来ない予定じゃなかったのかよ……。

「洗い物は丁寧にやれ！　洗剤が残ってるじゃないか」

　細か過ぎるんだよなあ、と鬱陶しくなった。流し場の横に積み重ねた皿をちらりと見ると、確かにまだ泡がついている。だけど、これぐらいは体に入っても特に問題ないだろう。

　でも、洗い直さないと、何を言われるか分かったものではない。将はことさら丁寧に、泡のついた食器を水ですすいだ。

「遅い！」

「あのさ」将はつい言い返した。「丁寧にやれば遅くなるのは当たり前でしょ」

「リズムだ、リズム」怒ったように祖父が言った。「お前は何かと、リズムが悪過ぎる。そんなことだから、いつまで経っても一人前になれないんだ」

　またいつもの説教か……だいたい、一人前って何なんだよ。

　祖父の和馬が口煩い理由は分かっている。妻——将の祖母を亡くしてからずっと一人暮らしをしているのだが、生来の几帳面な性格もあって、家事は完璧にこなしている。食事も基本は自炊で、栄いるのだ。

養バランスもきっちり考えている。そして、他の人間もすべからく自分と同じであるべきだと思って
まったく、冗談じゃない。

将はとにかくゆっくり、食器を洗った。汚れた食器が次々と運びこまれてくるので、いつまで経っても終わりそうにない。いい加減にして欲しいよ……。

祖父はいつの間にか、将から離れて、悦子と話しこんでいた。二人のやり取りが聞こえてくる。

「今日はここまでで二十五人ね」ノートを見ながら悦子が言った。

「前回と同じぐらいか」

「前回は二十八人だったわ」

「ふうん」祖父が顎（あご）を撫（な）でる。「もうちょっと集まると思ったんだが……掘り起こしをした方がいいかもしれないいな」

「そうですね。嫌な話だけど、子ども食堂を利用した方がいい子は、もっとたくさんいるでしょう」

「ああ。近所でローラー作戦だな」

将はびくりとして背中を丸めた。ローラー作戦は二回目……一回目は、子ども食堂を始める前に、近所にビラを配ったのだ。あれはみっともなかったし、きつかった。ビラなどを郵便受けに投げ入れるだけの家もあるが、時には人と話さなければならなかったのだ。

子ども食堂の説明が難しかった。「おたくのお子さん、ちゃんと食べてますか？」なんていきなり聞くのは、失礼以外の何物でもない。

ただ、「親がちゃんと面倒を見ていないらしい」という噂（うわさ）は、何となく伝わるものだ。基本的に鴨

宮は、小さな街である。祖父は「新しいコミュニティを作る」と言っているけど、実際には昔ながらのコミュニティもまだまだ残っているみたいだ。

要するに人の噂が大好き——お節介な人たちが集まっていて、その代表格が祖父、ということなのだろう。

「将は、相変わらずだらだらしているみたいだな」麻生はきゅっと目を細めた。「洗い物をしているのを見ただけで分かる」

「そんなに急には馴染めないでしょう」悦子が庇うように言った。

「子ども食堂、今日で何回目だ？」

「六回目」

「それだけやったら、普通は慣れるんだけどなあ」麻生はまた顎を撫でた。「何というか、あいつには根本的なものが欠けている」

「ああ、それは……」悦子が言いにくそうに口を閉ざす。

「要するに、コミュニケーション能力がないんだ」麻生はずばりと指摘した。

「同年代の大学生とは、かえって話しにくいのかもしれませんよ」

「そんなことで気後れしててどうする、という感じだな。引きこもり生活をまだ引きずってるんだ」

「だからこそ、同年代とは上手く話せないんでしょう」

「悦子さん、甘いな」麻生は鼻を鳴らした。

子ども食堂自体が麻生のアイディアだ。全国各地で、ボランティアが同様の試みに取り組んでいるという二ュースを聞いて、鴨宮でも、と思い立ったのである。普段、防犯アドバイザーとしてつき合いのある学生や近所の人たちに声をかけて快諾を得て、場所も鴨宮飯店とすぐに決まった。定休日に子ども食堂を開くのは、店には迷惑だろうが、調理器具も揃っているから一番便利なのだ。

将を参加させようと思ったのは、社会復帰のためである。実家で引きこもり生活を送っていたのを、鴨宮まで引っ張って来て何とか立ち直らせようとしたものの、今のところ、あまり上手くいっていない。いきなり働くのも難しそうだから、「賃金」の問題が発生しない子ども食堂で、まずは他人と共同作業することの意味を教えこむつもりだった。

ところが将は、子どもたちとも、同年代のスタッフともあまり話すことなく、洗い場にいることが多い。まったく、俺の孫とは思えない……。

「それより、気になることがあるんですよ」悦子が切り出した。

「子どもたちのことで?」

「水木怜奈ちゃん」

「ああ、東中の子だね? 何が気になるんだ?」

「いつも一人きりで来て、誰とも話そうとしないんですよ。他の子たちは、皆、結構仲良くやってるでしょう?」

「ああ、子どもらしくていいな。昔は皆こんな感じだった」

麻生は思わず頰が緩むのを感じた。子どもたちの居場所——学校や塾の他に、この子ども食堂がそういう場になればいいと思っている。

「だけど怜奈ちゃんだけは、絶対に誰とも話そうとしないのよ」

「なるほど」

　麻生はコーヒーを一口飲んだ。子ども食堂が店じまいして、ボランティアたちも引き揚げた鴨宮飯店の静かな店内。悦子と二人きりで、コーヒーも彼女が淹れてくれたものだった。

「何か、問題を抱えてるみたいですね」悦子が心配そうに言った。

「確か、最近東京から引っ越して来たんじゃなかったか？」

「学校に確かめれば分かりますけど」

「いや」麻生は即座に否定した。「それは、やめておこう。子ども食堂の活動は学校も了解してくれているけど、そんなネガティブな話をすると向こうも心配するだろう」

「そうですね……でも、放っておいていいものかどうか」

「大学生のボランティアの子たちは、話しかけてくれているのかな？」

「ええ。でも生返事するだけで、全然会話に乗ってこないって。今日も、恵理ちゃんが心配してましたよ」

「あの子は面倒見がいいからな」麻生はうなずいた。教員志望だそうだから、子ども食堂もいい修業の場だろう。

「よし」麻生はにやりと笑った。「じゃあここは、若い奴に任せよう」

「ボランティアの子たちに？」

「まさか。将だよ」

「将君？」悦子が心配そうに眉をひそめた。「大丈夫なんですか？」

「大丈夫じゃないとは思うが、やらせないといつまで経っても駄目だから」

「厳しいですねえ」悦子が苦笑する。

「甘い顔で接していると、向こうもいつまでもそんなものだと思ってしまうから……これも修行なんだ」

中学生の女の子と話すことが「修行」か。情けないとしか言いようがない。だいたい、将の歳なら、女の子を追い回すのが普通ではないか。二十歳前後の男は、何より異性を優先するはず……いやいや、最近はこういうのが普通か。傷つくのを恐れて、恋愛に臆病になっている。

まさか、そういうことまで指南しないといけないのか？　さすがにそれは遠慮したい。

鴨宮飯店を出て、すぐ裏にある自宅に戻る。灯りが灯っているので、将がいるのが分かった。どうせなら、どこかで夜遊びでもしている方がいいのに……引きこもりの癖は、東京から鴨宮へ移ってきても完全には治らないようだ。取り敢えず、本格的に働かせてみるか。警察官だった麻生は、顔が広い。ちょっと頼めば、将に仕事を紹介してくれる人ぐらい、簡単に見つかるだろう。しかし、将がきちんと働くかどうか……一日で放り出してしまったら、自分の面子が丸潰れになる。まあ、こんなジイサンの顔が潰れても何ということはないが、相手に迷惑をかけるのは我慢ならない。

将は、居間で横になって寝息を立てていた。テレビは点けっぱなし。おいおい、いい若い者が、こんなに早くから寝ていてどうする。

「将！」麻生は大声で呼びかけた。

将がびくりと身を震わせて目を覚ます。目を擦りながら、のろのろと身を起こした。

「何？」いかにも面倒臭そうに訊ねる。

「仕事だ、仕事」

「はい？」

「水木怜奈ちゃんを知ってるな？　いつも子ども食堂に来る、東中の女の子」

「分かるけど……」将の顔に戸惑いの表情が浮かぶ。

「次回、話しかけてみろ。何か問題がありそうだから、探り出せ」

「はあ？」将が目を見開く。

「はあ、じゃない」麻生はぴしりと言った。「そういう口の利き方をするんじゃない」

「いや、別に……」

　将がそっぽを向いたまま胡坐(あぐら)をかく。麻生も胡坐をかいて、正面から向き合った。

「今言った通りだ。二週間後の子ども食堂の時に、怜奈ちゃんに話しかけてみろ」

「何で」

「だから、何か問題がありそうだから」

「問題って？」将が、襟首の広がった長袖Tシャツの首のところから手を突っこみ、胸を掻(か)いた。そういう仕草も、ひどくだらしない。

「それが分からないから、探り出せと言ってるんだ」

「何のことか、さっぱり分からないんですけど」

「お前は、怜奈ちゃんを知ってるんだろ？」麻生は念押しした。

「顔は知ってるけど……」

「何か変だと思わないか？」

「ああ、それは、まあ」将が曖昧(あいまい)に言った。「誰とも話してないよね。他の子たちは、結構仲良くやってるのに」

「同じ東中の子もいる。その子は、小学生たちの面倒を見てるだろう。怜奈ちゃんは、そういうこともしない」

「そりゃそうだよ」将がいきなり反論した。「あんな場所で顔見知りに会っても、話したくないでしょう。家に問題があって、あそこに来てるんだから……そういう事情は隠しておきたいんじゃない？」

「それじゃ、話もできないだろう」

「こういうのは、デリケートなんだから」将が口を尖らせる。「もうちょっと気を遣ってもいいんじゃない？」

「気を遣うばかりじゃ、何も動かない」少しだけ憤りを感じて麻生は指摘した。「時には無理しないと、状態がどんどん悪化することもあるんだぞ」

「怜奈ちゃんが悪い状況にあるかどうかも分からないじゃない」将は引かなかった。

「だから、それを調べるんだ」

「自分でやればいいじゃない」

「年齢が近いお前がやった方がいい」麻生は、不満たっぷりの将の顔を睨みつけた。


まあ、納得させられたかな……自室に戻り、麻生は椅子に座って大きく伸びをした。

まったく、七十を過ぎても忙しいばかりで、身の休まる暇がない。近くに住んでいる学生時代の同級生たちは、もはや悠々自適の毎日なのに……いや、それが羨ましいわけではない。やることがあるうちは歳を取らない、というのが麻生の持論だった。仕事をこなすために食事にも体にも気を遣っているから、病気とも無縁でいられるのだ。同級生たちと会うと、いつもまず病気の話になって、鬱陶しくて仕方がない。

パソコンを立ち上げ、途中まで作っていた「小田原防犯ニュース」の編集作業に入る。署から依頼されているもので、その時々の防犯関係の話題を織りこみ、市民の防犯意識を高めよう、というものだ。同じようなものは警察でも作っているが、どうしても内容が硬くなり、読んでもらえない。麻生は常に柔(やわ)らかい話題を盛りこむように心がけていた。

こういう仕事だってボケ防止になる。文章を書いたり写真を画像処理したり、自分でレイアウトまでこなすためには、常に頭をクリアにしておかなくてはならないのだ。

そうだ……これに「子ども食堂」の話題を取り上げるのはどうだろう。結構デリケートな問題ではあるが、取り敢えず「一週おきにやっている」という告知だけでも載せておく意味はある。そうそう、第一回の時に写真を撮ってきたから、それを使うか。

「子ども食堂」のフォルダを開き、中の写真を精査していく。こんなこともあろうかと、子どもたちの顔が写らないようなアングルで写真を撮っておいてよかった。ボランティアの大学生たちは写っているが、彼らはこういうところに写真が載れば、むしろ喜ぶだろう。無償の行為にだって、「喜び」で報いてやる必要はある。

ちょうどいい写真があった。店の中央に置かれた料理のテーブルに子どもたちが集まっているのを、後ろから捉(とら)えたカット。ボランティアの大学生たちが配膳しているから、一番分かりやすい。これを使って、できるだけシンプルに文章を書いて……やりがいのある仕事だ。

子ども食堂の記事を書き終え――麻生はいつも、レイアウト用のソフトに直接記事を打ちこんでしまう——写真の割りつけも終わって、まず一段落。そこで、メールの着信を告げる「ピン」という音が鳴った。

こんな時間に誰だろう……確認すると、小田原中央署に勤務する後輩の原口彰だった。駆け出しの頃に散々面倒を見てやったこの男は、今では生活安全課生活経済係の係長になっている。

「夜分にすみません。ちょっとご相談があるので、近々お会いしたいのですが、ご都合をお知らせ下さい」

何だ、こんな用件なら電話でもかけてくればいいのに。原口は妙に気を遣う男で、午後八時を過ぎるとまず電話をかけてくることはない。まるで、こっちがその時間にはもう寝ているとでも思っているようだった。年寄り扱いされているようで、実に気にくわない。

麻生はスマートフォンを取り上げ、原口の番号を呼び出した。

「用があるなら電話しろ」原口が出ると、最初にぴしりと言った。「俺は宵っ張りなんだ。最近はラジオの深夜放送にハマってる」

「マジですか」原口が本当に驚いたように訊ねた。

「若い連中みたいな喋り方をするんじゃない。警察官がそんなことじゃ駄目だ」

「失礼しました」原口が素直に謝った。この男は基本的に、麻生には絶対に口答えしない。

「本多文子さん、ご存じですか？　同じ町内会ですよね」

「ああ。もちろん知ってるよ」

「最近、会いました？」

「いや」そういえばこの頃顔を見ていない。文子は今年七十歳。夫に先立たれ、独立した子どもたちは全員、市外に住んでいるはずだ。気丈に暮らしてはいるが、一人暮らしは辛いだろう。ちょっと前までの麻生も、同じく一人暮らしではあったが。

「ちょっと様子がおかしいと、噂を聞きましてね。麻生さん、様子を見てきてくれませんか？　我々がいきなり出ていくと、話が大袈裟になるでしょう」

「分かった。引き受けた」麻生はあっさり言った。

　電話の向こうで原口が沈黙する。

「どうした」

「……いや、いきなり引き受けていただけたので」

「何言ってるんだ。地元の人をケアするのは、まさに防犯アドバイザーの役目だろうが。だいたいお前は、忙しい――忙しい振りをしてるだけだろう」

「いや、実際忙しいんですよ」原口が珍しく反論する。

「そうか？　最近、小田原中央署はあまり仕事をしていないみたいじゃないか。薬物事件の一つも挙げておかないと、年度末に向けて帳尻が合わなくなるぞ」

「年度末まではまだ間がありますよ」

「本当に時間があると思ってるのか？　それとも何か端緒を摑んでいるから、余裕綽々なのか？」

「勘弁して下さいよ、麻生さん」原口が泣きついた。「こっちだって、上からいろいろ言われて大変なんですから」

「上から何か言われる前に、どんどん材料を挙げていかないと駄目だぞ」

「それは理想論ですよ……」原口が溜息をついた。

こいつも悪い刑事ではない。むしろ優秀……それを見抜いたからこそ、麻生は新入りの頃から目をかけて鍛え上げてきた。弱音も吐かずによく耐えてきたと思う。それが少し変わったのは、麻生が定年で警察を去り、原口が順調に出世して警部になった頃だったと思う。警察における警部は、まさに中間管理職。所轄では係長として、上と下との板挟みになってしまう。県警本部から小田原中央署に異動になって、防犯アドバイザーをしている麻生と再会したのだが、妙に用心深く、成績を気にする男になっていた。

もちろんそれも警察官のあり方の一つで、いちいち文句をつけるようなことではない。実際、ノルマを課されないとろくに仕事をしない警察官もいるのだ。

「とにかく、ちょっと顔を出してみる。年寄りと子どもは、これからの地域社会の大きな問題になるからな」自分のことを棚に上げ、麻生は言った。七十歳を超えても、歳を取った実感はまったくない。

仕事を片づけ、麻生は自転車に乗ることにした。さすがにもう、ジョギングする気はないが、ウォーキングで「運動した」と満足はしたくない。それで最近の運動は、自転車だ。自宅周辺は基本的にあまり起伏がないので、走りやすい。早朝、あるいは夜遅くに自転車でツーリングというのが、最近の主なトレーニングだった。

サイクリング用のウエアに着替え、外へ出て軽くストレッチする。特に下半身は、ゆっくり、そして慎重に伸ばしてやらなくてはいけない。東京より暖かい鴨宮でも、既に秋の気配は濃厚で、朝や夜は冷える。筋肉が縮こまったまま乗り出すと怪我(けが)する恐れもあるし、そうでなくても後で筋肉痛に襲われる。

今日は、小田原の市街地へ向かうルートを取ることにした。市街地を抜け、箱根(はこね)登山鉄道の箱根板橋駅近くまで走ると、往復十キロ近い。もう少し走りたいところだが、夜遅い時間帯だと事故が怖かった。国道一号は、この時間でもトラックなどで混み合っているのだ。

「よし」と気合いを入れて走りだす。連歌橋の交差点で右折して国道一号に入る。左側にはマクドナルド、右側には大型のスーパー。いつも買い物に来る店だ。

ぐいぐいスピードを上げ、国道一号を西へ向かう。車と変わらぬスピードで漕いでいくのは、ちょっとした快感だった。風を切る感触もいいし、何より、自分がまだこれだけのスピードで自転車を漕げる、という自信になる。

次第に気持ちが無になっていく。あれこれ心配事はあるが、心配事がなくなったら呆けてしまいそうで不安だ。

動きを止めたら死んでしまいそうで怖かった。自分と同年代の仲間たちの中でも、元気がないのは、打ちこめるものを持っていない人間だ。幸い自分には、打ちこめるものがまだある――たくさんある。一つ一つは面倒臭いのだが、きちんと対処していくことで、自分はまだ成長できると信じていた。まず明日、文子を訪ねてみよう。様子を見て、本音を引き出し、できる範囲で相談に乗る。何十年も続けてきたことだ。

翌日、朝一番で、麻生は文子の家を訪ねた。自宅からは歩いて五分ほど。麻生の家よりもＪＲ鴨宮駅寄りで、細い川のほとりにある小さな一軒家だった。周囲には比較的新しい家が多い中、かなり古びているので目立っていた。

玄関脇には自転車……しかし最近はまったく乗っていない様子で、サドルには埃が溜まっていた。

家そのものにも元気がない感じがする。鉢植えがいくつか置いてあったが、全て枯れていた。荒れているというほどではないが、もはやきちんとメインテナンスするだけの気力や体力がないのかもしれない。

一つ咳払いしてから、インタフォンを鳴らす。インタフォンのプラスティックカバーも黄色く変色しており、頼りない細い音が漏れてくるだけだった。

しかも、中からの反応がない。

いないのだろうか、と麻生は首を傾げた。まあ、いなくてもおかしくはない……腕時計を見ると、午前九時。年寄りは朝が早いし、病院へ通っている人も少なくない。病院へ行くためには、この時間には大抵家を出ているのだ。

郵便受けに新聞がないのを確かめた。もう、朝刊は引き抜いたのだろう。この辺の年寄りなら、一人暮らしでも、新聞を購読していないはずがない。

少し間を置いて、もう一度インタフォンを鳴らす。やはり反応はない。しかし麻生は、取り敢えず「事故」はないだろうと判断した。例えば家の中で倒れているとか……長年刑事をやっていた人間の勘なのか、麻生はおかしなことがあるとピンとくるのだ。

念のためにドアに手をかける。しっかり鍵はかかっていた。さらに裏に回ってみる。裏の家とほとんどくっついており、その隙間に入るのを誰かに見られたら、厄介なことになりそうだ。

ちょっと聞き込みをしてみよう、と決めた。心配ないとは思うが、やはり最近の様子は知りたい。こういう時に、防犯アドバイザーは話を聞ける人間を知っているものだ。

麻生は一度自宅へ戻り、自転車に乗って出かけることにした。新聞販売店は駅の近く……麻生の家から歩いて行けない距離ではないが、結構遠い。そして麻生は、時間を無駄にするのが大嫌いだった。時間を節約できるものなら、そうしたい。

麻生の自転車は本格的なロードバイクなので、普段着では乗りにくいが、わざわざ着替えるのも時間の無駄だ。アンクルバンドをズボンの足首で留め、取り敢えず裾が巻きこまれない処置をする。

今日は天気が悪い。雲が低く垂れこめ、気温もぐっと下がっている。十一月らしく、風が冷たい……もう少ししたら、フェイスマスクが必要になる。

鴨宮駅は、東海道線の中で忘れられたような存在で、駅前は閑散としている。南口には商店街があるわけでもなく、駅を出るとすぐに住宅街が広がっている。北口にはささやかながら商店街があり、少し離れたところにはダイナシティという巨大な複合型商業施設があるのだが……あれができてから、駅前はさらに寂れた感じがする。

南口のロータリーの一角には、新幹線を模した小さな碑がある。かつて新幹線の試験基地があったことから、鴨宮は「新幹線発祥の地」を名乗っており、それを記念する碑だ。とはいえ、どこか奇妙な感じもする。堂々とした石碑の上に載っているのは、白と青にカラーリングされた新幹線。まるで子どものおもちゃのようであり、全体のバランスが悪い。

新聞販売店の前に自転車を停め、声をかける。この時間には朝刊の配達が終わっていて、店内は閑散としていた。

「花井君、いるかい？」

店の奥から、店主の花井がのっそりと出てきた。相変わらずの巨体……数年前に、身長百八十五センチ、体重百キロと本人が申告していたが、体重に関しては過少申告だろうと麻生は判断している。

実際、動くのも難儀そうで、いつもノロノロしている。何だか、巨大なぬいぐるみを相手にしているような気分だった。

「ああ、麻生さん」花井が愛想よく言った。四十歳になったばかりのこの男は、やたらと腰が低く、愛想がいい。

「ちょっといいかい?」

「いいですよ……どうぞ」

麻生は店内に入り、小さな丸椅子を引いて座った。店の中央には、新聞に広告を挟みこむ作業で使う、巨大なテーブルが置いてある。壁際にも長いテーブルが押しつけられる格好で置かれ、広告が大量に載っていた。

「お茶でもどうですか?」

「ああ、いただこうかな」

花井がすぐにお茶を淹れてくれた。ごく薄く、香りも立たないお茶だが、今日は寒いので熱いだけでありがたい。

「どうかしましたか?」花井が、麻生の前に座った。巨体に隠れて、小さな椅子はまったく見えなくなってしまう。

「ちょっとお願いがあってね」

「何でしょうか」花井が背筋を伸ばした。麻生の「お願い」を明らかに警戒している。愛想はいいものの、実際には麻生を苦手にしているのだ。

今は親の仕事を継いで、立派に新聞販売店の店主を務めているが、昔は——中学生の頃は、結構やんちゃだったのだ。補導されるほど悪いことをしたわけではないが、麻生は街で花井を何度も叱り飛ばしたことがある。その甲斐あってというわけではあるまいが、取り敢えず道を踏み外さずにここまで育った。

「二丁目の本多文子さんだけど、最近顔を見たかい？」

「本多さん、本多さん……」呪文のようにつぶやきながら立ち上がり、花井がタブレット端末を持ってきた。太い指で操作すると、すぐに「はいはい」と言ってうなずく。最近は、顧客管理もこれで済ませているらしい。

「どうなんだ？」

「私はもう、配達には行かないから分かりませんけど、本多さんがどうかしたんですか？」

「最近ちょっと様子がおかしいと聞いてね。防犯アドバイザーとして心配なんで調べている。お前さんが自分で配達に行かないなら、普段配達に回っている人を紹介してもらえないかね」

新聞販売店で働いているのは、多くはアルバイトだ。花井の店でも、たくさんの学生アルバイトを抱えて仕事を回している。

文子の地区のアルバイトも学生で、朝の配達を終えて大学へ行っている時間ではないかと思ったが、講義は午後からなので、寝ているはずだという。

さっそく花井が電話をかけると、そのアルバイト、和嶋がすぐに駆けつけてきた。速い――店の裏のアパートを借り上げ、そこを寮代わりにしているのだ。

和嶋は、体重が花井の半分ほどしかなさそうなほっそりした若者で、寝ているところを叩き起こされて明らかに辛そうだった。

「申し訳ないねえ」麻生は下手に出た。

「いえ」どう反応していいか分からない様子で、和嶋がもごもごと言った。

「実は、本多文子さんのことを調べているんだけど、あなた、本多さんの家への配達を担当しているんだよね？」

「そうです」

「最近、見たかい？」

「ええ、今朝も」

予想もしていなかった答えに、麻生は一瞬声を失った。質問が途切れたのに戸惑ったのか、和嶋は間を取るように、花井が用意したお茶に手を伸ばして一口啜った。それでやっと目が覚めたようで、目をしばしばさせた。

「今朝……何時頃だった？」

「六時前です。あの辺は、いつもそれぐらいの時間に配るので」和嶋の声ははっきりしていた。

「会ったということは、本多さんは外に出て来た？」

「ええ。出て来たというか、玄関先を掃除していました」

「で、声をかけた？」

「もちろんです」和嶋がちらりと花井の顔を見た。

「お客さんの顔を見たら挨拶、は基本ですよ」と花井。

「礼儀は大事だからな」麻生は同意してうなずき、また和嶋に顔を向けた。「それで、どんな様子だった？」

「ちょっとおかしかったです」

ちょっとおかしかったという和嶋の証言を、麻生は簡単に信じるつもりはなかった。「おかしい」と判断するには、普段の様子を知っていなければならない。新聞配達員が、それほど頻繁に客と会ったり会話を交わしたりしているとは思えなかった。

それを指摘すると、和嶋がゆっくりと首を横に振る。

「よく会うんですよ。配達時間と、本多さんが玄関先を掃除している時間がだいたい同じなので」

「そうか……それで、どんな風に様子がおかしかったんだろう」

「普段は、ちゃんと挨拶してくれるんです。あ、もちろんこっちから先に挨拶しますけど」和嶋がまた、花井の顔をちらりと見て答えた。礼儀は最優先。

「今日は？」

「声をかけても返事がなかったです」

「体調が悪かったとは考えられないかな。風邪でも引いてたら、挨拶するのも面倒臭いだろう」

「でも、普通に掃除してましたから、そういうわけじゃないと思います」

「なるほど」なかなか観察眼のしっかりした若者だ。大学を卒業したら、警察へリクルートしようかと考えた。警察はいつでも人材不足で、優秀な若者を求めている。

「心ここに在らずっていう感じでした」

「普段はどんな感じなんだ？」

麻生も文子とは顔見知りだったが、親しく話をする仲ではない。どういう暮らしぶりなのか、どういう性格なのか、ほとんど知らなかった。

「そんなに愛想がいいわけじゃないですけど、丁寧な――上品な人ですよ。ちゃんと挨拶してくれるし」

「何か、挨拶以外に話をしたことは？」

「それはないですけど……」

「大丈夫なんですかね？」花井が心配そうに言った。「家で倒れているとか？」

「そうかもしれないな」年寄りの一人暮らしは、常にリスクと背中合わせだ。倒れても、誰にも気づかれない可能性がある。

取り敢えず、もう一度家を覗いてみよう。様子を見る前に、まずは無事を確認しないと。麻生は早々に店を辞した。

文子の家に戻ったものの、やはりインタフォンに反応はない。ドアをノックしても同じだった。急に不安になってくる。

警察官だった経験から、麻生は鍵を開ける方法をいくつも知っている。特にこういう古い家の場合、十秒もあれば解錠できるだろう。ただ、そこまでやってしまうと後が面倒になる。やはり近所で聞き込みをして、様子を確認するか……。

踵（きびす）を返した途端、文子と出くわした。どきりとしたものの、顔には出さない。その気になれば麻生は、完全に感情を隠してポーカーフェイスを作れるのだ。

「ああ、本多さん」

「麻生さん……どうしたんですか？　何か御用ですか？」

「いやいや、ちょっとした散歩兼見回りですよ。防犯アドバイザーっていうのは、街の様子をよく摑んでないとまずいんでね」適当な言い訳を並べながら、麻生は文子の様子を観察した。

元気は元気……病気をしている様子はない。ただし、表情は沈んで見えた。

「最近、お元気ですか？」ずばりと切りこむ。

「元気ですよ」文子が目を瞬(しばた)かせた。「変なこと、お聞きになりますね」

「いやいや、我々ぐらいの年齢になれば、体の問題の一つや二つ、抱えているでしょう」

「ありがたいことに、大丈夫です」

「防犯アドバイザーとして聞きますけど、最近、何か困ったことはありませんか」

「いえ」

短い返事に、麻生は違和感を覚えた。あまりにも愛想がない。それに、麻生と目を合わせようとしないのが気になる。

「何かあれば、相談して下さいよ。人の相談に乗るのが、今のところ生きがいみたいなものなんで」

「ご心配なく」文子がさっと頭を下げ、麻生の脇をすり抜けて玄関に向かった。鍵を開けると、再び一礼してから家に入ってしまう。

何かがおかしいのだが、何がおかしいのか分からない。無事だったことにはほっとしたものの、麻生の不安は消えなかった。

「将君、鍋(なべ)は体で振らないと……腰を入れるんだよ」

腰を入れるって何だよ。将は巨大で重い中華鍋をガス台に下ろした。横で、幸平が溜息をつく。すぐに、将を押しのけるようにしてガス台の前に立ち、鍋を振り始めた。

チャーハンが宙を舞い、直接火を浴びる。鍋を煽ること、数度。すぐに皿に移すと、米粒がぱらぱらしているのが見ただけで分かった。

「こういう具合にさ」

幸平が、空になった鍋を振ってみせる。腰を入れるというのが、依然として将には分からなかった。ただ左手を前後に動かして、鍋を揺すっているようにしか見えない。

幸平が、鍋を将に渡した。ガス台の上で前後に揺すると、チャーハンがなくなって少しは軽くなったものの、重いことに変わりはない。かつかつと重く硬い音を立てた。

「揺する時は、火からの距離が大事なんだ。火の強さを変えるんじゃなくて、鍋を火に近づけたり遠ざけたりして火力を調整するんだ」

「よく分からないです」

だいたい、何で自分が鍋を振っているのだろう。今日は子ども食堂の日で、普通に金を取る客に出すわけではないが、自分が作ったチャーハンなど、食べられたものではないだろう。結局このチャーハンは、幸平が仕上げたから、食べられるレベルにはなっているだろうが。

「何か……料理って、大変ですよね」将は思わず言った。

「大変だけど、仕事だからね」

「飽きません？」

「そりゃ、飽きるさ」幸平が苦笑した。「でも、喜んで食べてくれる人がいるんだから。そういうのがないと、やっていけないね……はい、チャーハン、上がったよ」

幸平が声を張り上げると、白いエプロン姿の恵理が皿を持って行く。

「彼女、よく働くねえ」幸平が感心したように言った。「うちの店に欲しいぐらいだよ」

ボランティアで来ている恵理まで働かせたいのか……鴨宮飯店は、それほど人手不足なのだろうか。

「将君でもいいんだけど」幸平が遠慮がちに言った。

「でも」って何だよ、とむっとしたが、将は受け流した。そもそも、鴨宮飯店で働くつもりなんかないし。

「料理には向いてないと思います」

「俺だって向いてないよ」幸平が小声で言った。それから、聞いている人がいないのを確認するように周囲をぐるりと見て、「本当は店なんか、継ぎたくなかったんだ」と打ち明ける。

「マジですか」将は目を見開いた。「だって、店主……じゃなかったですよね」

鴨宮飯店の店主は今でも、とうに七十歳を過ぎた幸平の母親・悦子なのだ。悦子の方では、息子をまだ頼りなく思っているようで、よく文句を言っている。四十歳になってこれじゃあ、たまらないよなあ、と将はいつも密(ひそ)かに同情していた。

「俺がやらないと店は潰れたかもしれないけど、別にどうしても残さなくちゃいけないってもんでもないだろう」

「でも、人気店ですから」

「そう言われると、ねえ」幸平が苦笑する。「親父の代からずっと通ってくれている人もいるから、裏切れないんだよね。まあ、サラリーマンになってたら、それはそれで大変だったと思うけど。今は、簡単に馘(くび)になっちゃうだろう？」

「そうみたいですね」将には、コメントしづらいことだった。自分みたいに何もしていない人間には……将は大学へ入ってから、家族の問題などがあって東京の自宅に引きこもり、結局大学へもまったく行かなくなっていた。外へ出るのは、夜中だけ。ただ街を徘徊して時間を潰し、他の時間はネットの世界に沈みこんでいた。そこを祖父に引っ張り出され、半ば拉致されるようにこの街へ連れてこられたのだった。

「だけど将君、本当に手を貸してくれないかな。別に忙しいわけじゃないだろう？」

「それ、ちょっと傷つきますよ」

「ごめん、ごめん」幸平が謝ったが、口先だけのようだった。「でも、いつまでも仕事しないでぶらぶらしてるわけにもいかないだろう」

それはそうなのだが……その時、将は、怜奈が店に入って来るのを見た。

彼女と話さなければ。幸平からは逃れられるが、また面倒なことが待っている。

怜奈はいつもと同じだった。テーブルに並んだ大皿から料理を取り分け、さっさと席について一人で食べ始める。前には小学生の男の子とその母親が座っていたが、完全に無視していた。

将は、皿を片づける振りをして、怜奈の様子を観察した。今日も、東中の制服姿。短くカットした髪はつやつやしているが、顔色がよくない……最初は色が白いだけだと思っていたのだが、どうも実際に血の気が薄いようだ。

食欲はあるな——食べ方が、汚いとまではいかないものの、勢いがいい。溢(あふ)れたチャーハンがテーブルに落ちたのを気にする様子もなく、とにかくガツガツと食べ続ける。将だって、あんな食べ方をしていたのは中学生まで……いやいや、怜奈だって中学生だけど、仮にも女子だ。見栄えを気にしないぐらい腹が減っているのだろうか。

どうやって声をかけようか、悩む。将にとっては、経験のないナンパと同じぐらいハードルが高かった。人と話すのが嫌いだからこそ、ずっと自宅マンションに閉じこもっていたのだし。今でも、数か月前までのあの時期を思い出すことがある。深夜に家を抜け出し、コンビニエンスストアで時間潰しするだけの日々。

別にあれも、悪くはなかった。

回想しているうちに、怜奈は帰ってしまうかもしれない。何しろ彼女は、食べるのが早いのだ。この場所にいることを誰にも知られたくないとでもいうように……見られたらみっともない、とでも思っているのではないだろうか。実際将だって、彼女と同じ立場だったら居心地が悪い。友達にでも見られたら、何を言われることか。「お前んち、飯も食わしてもらえないのか？」とか。

将は思い切って、怜奈の席に近づいた。まだどうやって声をかけていいか分からず、いきなり咳払いしてしまう。

怜奈が顔を上げた。咳をされると迷惑だ、とでも言いたげに目を細めている。ああ、あの……何か言い訳しようとしたものの、言葉が出てこない。結局第一声は、間抜けな一言だった。

「そのチャーハン、どうかな」

「何が」怜奈がか細い声で聞き返した。

「あー、あの、俺が作ったんだけど」

「普通」

一言言って、また皿に視線を落としてしまう。将はなおも言葉を継ごうとしたが、何も思い浮かばない。素っ気なく切り返されて、頭の中は真っ白だった。

「あ、ええと……」

　怜奈が顔を上げ、ちらりと将を睨んだ。何だ、これ？　露骨な敵意を感じ、将はたじろいだ。まだ料理は半分ほど残っているのに、怜奈がいきなり席を立つ。トレイを下げ口に返すと、バッグを担いでさっさと店を出て行ってしまった。

「ちょっと……」呼びかけてみたものの、自分でも情けないぐらいの小さな声しか出なかった。

　将は両手をだらりと垂らし、開いたままのドアをぼんやりと見つめた。十一月の冷たい風が吹きこんできて、はっと我に返る。慌てて店の外に出ると、怜奈は小走りのようなスピードで去って行くところだった。

「あーあ、帰っちゃった」振り向くと、恵理が困ったような表情を浮かべている。後ろ手にドアを閉め、将の横に立った。

「何言ったの？」

「いや、ちょっとチャーハンの話を……」

「ああ、今日は新城君が作ったんだ」

「話のきっかけになるかな、と思って」

「まさか、チャーハンが不味(まず)かったとか」

「それはないよ。だって……実際には幸平さんが味つけしたんだから」

　実際、大皿に盛ったチャーハンはあっという間になくなっていた。不味かったら、皆がこんな風に食べるはずがない。

「本当に、話したくない感じなのね」恵理が心配そうに言った。

「そうみたいだけど、さっきのはちょっとひど過ぎるよ」将は思わず泣き言を言った。「一言話しかけただけで帰るなんて、あり得ないし」

「本当に、誰とも話したくないのかもしれないわよ」恵理が心配そうに言った。「変わってるだけならいいけど」

周囲から孤立してしまっている子はいる。自分だって怜奈と似たようなものだ、と将は自覚していた。昔から友だちは少なかったし、今だって、積極的に人と交わるのは苦手だ。祖父があれこれうるさく言うから、こういう場に出て来ているだけ。本当は、一日中家にこもってだらだらしていたい。

「話したくないなら、こんなところに来なけりゃいいのに」将はつい、皮肉を言った。

「でも、ご飯は食べたいんじゃない？」

「ご飯なんて、どこででも食べられるよ」将は反論した。昔はどうだったか知らないけど、今はどんな時間でも、どこにいても、食事ができないということはないはずだ。コンビニは二十四時間開いているし、外食するのにも困らない。鴨宮には外食できるような店はほとんどないのだけれど、東海道線で一駅、小田原まで行けば、何でも好きに食べられる。

「新城君、そんな簡単なことじゃないのよ」恵理がたしなめた。

「何で？」

「どこででも食べられるっていうのは、お金があるからでしょう。食べるためのお金がない子だって、いるんだから」

「別に食事なんて、そんなに金がかかるものじゃないでしょう」

「小学生や中学生だったら、そうはいかないわよ。育児放棄している親だって、珍しくはないんだから」

「小学生や中学生の場合、『育児』とは言わないんじゃないかな」

「新城君って、変に理屈っぽいよね」恵理が溜息をついた。「とにかく、子どもを育てるのを拒否している親は、程度の差こそあれ、結構いるのよ」

反論しようとして、将は口をつぐんだ。自分だって似たようなものじゃないか……東京でずっと父親と暮らしていたものの、コーディネーターという自分の夢を追って渡米してしまった母親とは離ればなれ。あれは母親のわがままで、まさに「育児放棄」だった。

とはいえ、金がなくて食べるのに困ったことは一度もない。ろくに食べなかったのは、ただ面倒臭かったからだ。料理を作ったり、食べに出かけたりすることさえ億劫な日々が続いていた。

「何か、やっぱり気になるのよ」と恵理。

「だけど、余計なことを言うのはいかがなものかな」将は祖父の顔を思い出していた。祖父にしろ恵理にしろ、ちょっと人の事情に首を突っこみ過ぎではないだろうか。プライバシーは大事にすべきだ。

「余計なことじゃないでしょう」恵理が硬い口調で言った。「まだ中学生なのよ？　親がしっかりしてなかったら、私たちがケアしてあげるべきよ」

「そういうの、学校の役目じゃない？」

「今の学校は、子どもの面倒をきちんと見てくれるとは限らないわよ」恵理がまた溜息をついた。

「先生だって昔と比べて忙しくて、生徒一人一人にまで手が回らないんだから」

「昔って……」将は思わず苦笑した。「怜奈ちゃんは、俺たちとそんなに歳が変わらないじゃないか。俺たちの頃だって、中学校の先生はそんなによく面倒を見てくれなかったよ」

「それは、麻生君が、面倒を見る必要のない子どもだったからじゃない？」恵理が指摘する。「いい子だったんでしょう？」

「まさか」将は乾いた笑い声を上げた。いい子も悪い子もない。敢えて言えば、影の薄い子ども……なるべく目立たないよう、静かに静かに潜伏していた。何でそんな風にしていたのか、自分でもよく分からないのだが、要するに性格ということだろう。とにかく一人でいたかった。

「ちょっと調べてみないといけないかもしれないわね」

「調べるって、どうやって？」

「親御さんに会ったり、学校に行ったり」

「それ、やり過ぎでしょう。ただのボランティアなんだし、そこまで面倒を見る必要はないんじゃない？」

「私は自分のためでもあるから」恵理は引かなかった。「再来年には教育実習だし、先生になるためには、子どもの悩みだって引き受けてあげないと」

そんなに入れこまなくても……だいたい、二十歳を過ぎたばかりで、将来のことを完全に決めてしまうのはどうなのだろう。遊びのまったくない人生なんて、何が面白いのか。

「とにかく、ちょっと調べてみないと。麻生さんに相談するわ」恵理は真剣だった。

「ジイサンに？　やめておいた方がいいよ」

「どうして」

「うちのジイサン、お節介過ぎるから」将は苦笑しながら首を横に振った。「あの人と絡んでいると、ろくなことにならないよ」

「自分のおじいさんのこと、よくそんな風に言えるわね」恵理の眉は吊り上がっていた。「家族は、もっと大切にしたら？」

「大切にするべき家族だったら、大切にするけどね」将は肩をすくめた。

「麻生君、結構冷たいんだ」

「冷たいっていうか、実際そんなに大した家族じゃないからね」

「麻生君も、どこかでカウンセリングを受けるべきかもね」呆れたように言って、恵理が店に入ってしまった。

ドアが開くと、中から賑やかな笑い声が飛び出してくる。まるで大家族の団欒のような……いや、将はそんな団欒を経験したことは一度もない。周りの友だちにしてもそうだろう。小学生の頃、一番多かったのは両親と子ども一人の三人家族だったと思う。

「何だかなあ……」

将は店から離れ、ぶらぶらと歩き出した。シャツ一枚にエプロンだけという格好なので、十一月の風が身に染みる。

それにしても、何とまあ、寂れた光景だろう。鴨宮飯店の周辺は典型的な住宅街で、三階建て以上の建物はほとんど見かけない。夕方、東京なら道路は車や人で溢れる時間なのだが、がらがらだった。よく分からない町……横浜や川崎のベッドタウンなのだろうが、数か月住んだ今も、まだ「こういう町だ」と明確には言えない。どちらかというと、首都圏ではなくもっと田舎の町という感じだ。

風が吹き抜けて、思わず首をすくめる。両手を擦り合わせ、息を吹きかけた。まったく、この辺ではろくに暇潰しもできない。コンビニエンスストアも喫茶店もなく、ふらりと出かけてちょっと時間潰し、というわけにはいかないのだ。

そう、暇だからよくないのかもしれない。思い切って働いてみる？　まさか。何をしていいかも分からないのに。

「将！」祖父の声が聞こえてきて、思わずまた首をすくめた。どうしていちいちビビってしまうのか、自分でも分からないのだが、これは脊髄反射のようなものだ。まあ、祖父はとにかく声がでかいから……こんな声を聞いたら誰だってビビる。

「何でサボってるんだ」

「いや、サボってるわけじゃ……」将は言葉を濁した。サボっている、以外の何物でもないのだ。

「怜奈ちゃんと話したか？」近寄って来た祖父が、隣に立つ。

「話したっていうか、話そうとして逃げられたっていうか」

「はあ？」祖父が目を見開く。「何だ、お前はまともに話もできないのか？」

「僕は話せるけど、向こうで話す気がないんでしょ？　声をかけたら、本当に逃げられたよ」

「下手なことを言ったんじゃないか」

「普通だって」将は思わず反論した。「普通に話しかけただけなのに、いきなりトレイを片づけて出て行ったんだ。あれは、どう考えても向こうがおかしいでしょう」

「どうしておかしいのか……その理由は何だ？」

「分かるわけないじゃない」

「考えろ。頭を絞って考えろ」祖父が声を低くして脅しつけた。「お前には何もないんだから。どうやって怜奈ちゃんの問題を発見して、どうやって解決するか、必死に考えろ」

「そんなこと言われたって」またもや祖父の無茶振り。何度食らっても慣れない。だいたい、心配ならば自分で調べればいいじゃないか。何でこっちに押しつけてくるんだろう。

「この件はお前がやれ。お前なら、怜奈ちゃんのことを理解してやれるだろう」

「何で僕が？」

「お前も引きこもりだっただろうが。問題を抱えた人間なら、他の人間の同じ問題だって理解できるはずだ」

「怜奈ちゃんは、引きこもりじゃないよ。外へ出てるんだから」

「屁理屈言うな！」

祖父に爆弾を落とされ、将はまた首をすくめた。短い間に三回目。

「怜奈ちゃんに関しては、あまり情報がないんだ」祖父が言った。

「何で？」

「地元の子じゃないからだ。お前と同じで、東京から引っ越して来たんだ」

僕は別に、引っ越して来たわけじゃないけど……祖父に拉致されるようにして、世田谷のマンションから連れ出されただけだ。あんなの、犯罪だよ。

「地元の子なら、だいたい状況が分かる。子どもの頃からここで育てば、どんな具合か、一目瞭然だからな」

「プライバシーゼロ、ですか」

将は皮肉をぶつけたが、祖父はまったく動じなかった。

「この辺じゃ、プライバシーなんか必要ないんだ。皆で助け合って生きていくんだから」

「どんな田舎だよ、それ」

「鴨宮は立派な田舎だ」祖父が真顔で応じる。「とにかく、最近東京から引っ越して来たから、情報が少ないんだ。いろいろ調べてみないとな」

「そういうのに首を突っこむのは……どうなの？　向こうにだって、触れて欲しくないことはたくさんあるでしょう」

「そういうことを言っているうちに、重大な手がかりを見逃したりするんだ。そんな風にして犯罪に巻きこまれた人間を、俺はたくさん見てきている」

「だけど、中学生だよ？」将はなおも反論した。祖父の考えはあまりにも警察官的……いや、大袈裟過ぎる。「中学生で犯罪って言われても」

「シャブをやって捕まった子もいる。同級生を殺した子もいる」

　淡々とした麻生の言葉は、かえって将の恐怖心を煽り立てた。そういうこともあるかもしれない……祖父が言うように、実際にそうやって犯罪に巻きこまれた子どもたちを何人も見ているのだろう。そういう子たちは、その後どういう人生を送っているのか。

「まずいことにならないうちに、手を打とう」

「どうやって？」

「だからそれは、お前が自分で考えろ。何度も言わせるな」

　難しい問題を将に丸投げして、祖父はさっさと鴨宮飯店に入ってしまった。何なんだよ……一人取り残された将は、その場で固まってしまった。まったく、いい加減にして欲しい。だいたい祖父は、自分に何をやらせたいのだろう。

近くの自動販売機に近づいた。ちょっと甘い物が飲みたい……ジーンズの尻ポケットから財布を抜いて確認すると、二百二十円しか入っていなかった。自動販売機でコーヒーを買ったら、残金九十円だ。まったく、何かバイトでも始めないと、コーヒーだって自由に飲めない。

それでも取り敢えず、今は飲もう。コーヒーを買い、がたん、と缶が落ちる音を頼もしく聞く。しかし取り出してみると、あまり熱くなかった。というより、ぬるい。まったく、熱いコーヒーは持てないぐらい熱くしてくれよ。タブを引き上げ、口をつけると、生ぬるく甘ったるい液体が口中に流れこんでくる。

洒落(しゃれ)にならないぐらい、不味い。百三十円を丸々損したと悔いた。ああ、そういえばお釣りは……身を屈めて、釣り銭の取り出し口に指を突っこんだが、出ていない。何だ、これ？　慌てて釣り銭用のハンドルを乱暴にいじってみたが、反応はなかった。

冗談じゃない、お釣りの七十円を吸いこまれたのか？　これじゃあ、残金二十円じゃないか。

何度もハンドルを動かしてみたが、釣り銭が出てくる気配はない。将は思わず、自動販売機を蹴飛(けと)ばした。ガン、と鈍い音がするだけで自動販売機はびくともせず、将のつま先に鈍い痛みが走っただけだった。

これじゃ、踏んだり蹴ったりだよ……将は痛みをこらえ、突っ立ったままコーヒーを飲んだ。ついていないことを意識しながらぬるいコーヒーを飲むのは、もはや拷問(ごうもん)に近い。ああ、こうやって自分は、ラッキーなことに出合わないまま一生を終えていくのだろうな、と寂しく思う。

こんな状態からは、絶対に抜け出せない。運不運なんて、人の力ではどうにもならないことなのだから。

第2章　少女の事情

将が小さな異変に気づいたのは、二週間後、次の子ども食堂が開催された時だった。

この日は特に賑やかだった。訪れる子どもたちが普段よりも多く、店の外で待つ人が出る始末だった。

「今日は、延長した方がいいでしょう」

途中でそう言い出したのは、店に顔を出した悦子だった。それって、結構大変なんだけどな……と、将は心の中でぶつぶつ文句を言った。

大学生や近所の人を中心にボランティア運営されている子ども食堂には、料理を作る「プロ」がいない。時々幸平や悦子が手助けしてくれることもあるのだが、基本的にはスタッフが調理を担当する。祖父曰く、「それがボランティア精神」だから。

意味が分からない。

とにかく、素人が数十人分の料理を作るのだから、手際が悪いのはしょうがない。夕方五時から七時までの「営業時間」に備えて、準備のためにボランティアが集まるのは午後一時だが、四時間あっても仕込みには時間が足りず、オープンの時間が遅れてしまうこともしばしばだった。

将は毎回、小学生時代に一度だけ参加したキャンプ教室を思い出す。あれも嫌で嫌で仕方なかった。小学生が慣れない手つきで野菜を切り、肉を炒め、適当な火加減で適当に煮こむ……あの時作ったカレーは、何故かやけに塩気が強かった。

いつも大混乱しているこの子ども食堂も、キャンプと同じようなものだ。料理を作るのが小学生から大学生に替わっただけで、手際の悪さはちっとも変わらない。幸平も、もうちょっと手伝ってくれるといいのに……しかし、「ボランティアだけでやることに価値がある」というのが祖父の意味不明な持論だった。幸平は、どうしようもなくなると手伝ってくれることもあるけれど、基本的には、子ども食堂が開いている時は店に顔すら出さない。

面倒だけど、延長もしょうがないか……壁の時計を見上げると、午後六時を過ぎている。将はふいに、小さな異変が何なのか、気づいた。いつも五時過ぎには来る怜奈が、今日に限って姿を見せていない。

「怜奈ちゃん、来てないわね」やはり気づいていたのか、恵理が声をかけてきた。

「うん……でも、毎回来るって決まってるわけでもないし」

「今までは毎回来てたわよ」恵理が反論する。

「そうかもしれないけどさ」自分を安心させるために将は言った。「どこかへ出かけているのかもしれないし」

「そうかなあ……ああ、ねえ、ちょっと」恵理がいきなり手を上げ、声を張り上げる。

食べ終わって出て行こうとしていた中学生の女の子に駆け寄り、二言三言言葉を交わす。中学生の子は首を傾げ、さらに首を横に振った。そんなこと言われても分からないよ、とでも言いたげに。

恵理が将のところへ戻って来る。

「今の、東中の子なの。何か知らないか聞いてみたんだけど」

「知らないって？」

恵理が無言でうなずく。必要以上に不安そうで、眉間（みけん）に皺（しわ）が寄っていた。

「心配し過ぎじゃない？　もしかしたら、これから来るかもしれないし。今日は八時まで延長になるんでしょう？」

「そうだけど……」

「だけど今日は、何でこんなに人が多いのかな」将は店内を見回した。普段使っていないテーブルも人で埋まっているし、ボランティアは全員、食事はお預け状態だ。いつもは、子どもたちと一緒にテーブルについて、自分たちも夕食を摂（と）るのに……将はそういうのが嫌で、毎回余り物を持ち帰って、家で一人食べている。

「麻生さんがいろいろ宣伝したみたいよ」

「マジで？」

「防犯ニュースにも書いたし、子ども食堂のフェイスブックにも何回か投稿してたわ」

「そんなことしてたんだ」子ども食堂のフェイスブックがあるのは知っていたが、見たこともなかった。見る必要もないと思っていたし。

「街で声はかけにくいけど、そういうやり方なら気づいて来てくれる人もいるでしょう。さすがよね」

　ＩＴジジイめ、と将は苦々しく思った。

「二人とも、ちょっと厨房を手伝って」

声が飛び、将は恵理と顔を見合わせた。かなり切羽詰まった声……厨房がパニックになりかけているのかもしれない。

将は洗い場に向かった。洗い物も溜まっている。しかしすぐに、恵理から「追加のチャーハン、作って」と頼まれた。

そんなこと言われても……でも、他のボランティアもてんてこ舞いで、手が空いているのは自分だけだ。仕方なくガス台の前に立ち、中華鍋を火にかける。幸平に教わった手順を思い出しながら、何とか……チャーハンの作り方は店によって様々らしいけど、幸平はまず、たっぷりの油で卵を炒めてしまう。炒めるというより油と混ぜる感じで、半熟になったらすぐに皿に取り出す。空になった中華鍋にみじん切りの葱としょうがを一摑み。香りが立ってきたら、これもみじん切りにしたチャーシューを加え、ざっと油に馴染ませる。ここまではいい。問題はこれから……ご飯を鍋に投入し、お玉で突き崩していく。暑い厨房の中で、額に汗が滲んできた。ご飯がだまにならないよう、ひたすら崩して油をまとわせる。ぱらっとしてきたところで、鍋を大きく振り始める。腰を入れるんだったな……思い出したものの、「腰を入れる」の意味がまだ分からない。クソ重い中華鍋を、取り敢えず前後に揺すってみた。幸平は鍋を煽って、米粒を直火にあてるように躍らせていたが、あんな技は自分には無理だ。

さて、ここから先、どうするんだったかな……そう、卵を戻し入れて、それから最後の味つけだ。半熟の卵を鍋に投入し、手早く混ぜ合わせる。なかなか混ざらない……幸平のチャーハンは、米粒の一つ一つが卵にコーティングされて黄色くなっているのだが、とてもそんな風にはなりそうになかった。

適当に混じったと判断したところで、塩、胡椒、それから少量の醬油……醬油は鍋肌から回すように入れる、と。それで焦げた醬油の香りが立つ。

一丁上がり。皿に盛りつけたのを見ると、いかにも美味そうだ。俺だって、やればできるじゃん……。

将は恵理を呼び、チャーハンを味見してもらった。小皿に取り分けたチャーハンを一口食べた恵理は、「いいんじゃない？」とさらりと言った。

「いや、あの、もうちょっと何か感想は……」

「食べられるから、これでいいの」恵理は、さっさと皿を運んで行ってしまった。

何だよ、いくら何でも、もう少し言いようがあるだろう。美味いか不味いか、しょっぱいのか塩気が足りないのか。

チャーハンを出した恵理が戻って来て、「そう言えば、グリーンピースは？」と訊ねる。

「あ、忘れてた」

「グリーンピースのないチャーハンなんて、チャーハンじゃないわよ」

「グリーンピースは好きじゃないし」

「あなたの好みで作るわけじゃないでしょう？」

「取り敢えずできたから、いいでしょう」将は反論した。

「ちょっと塩気が足りなかったけど……味は悪くないわよ」恵理がにっこり笑って言った。「焼きそばも作ってみる？　硬い麵の、あんかけ焼きそば」

「それは無理」将は即座に言った。あんかけ焼きそばを作る手順は、チャーハンよりもはるかに複雑だろう。

「それより今日、終わったら、ちょっとつき合ってくれない？」

「何で？」まさかデートの誘い？　将はたじろいだ。恵理は悪い子じゃない。真面目だし、愛想はいいし……だけど顔が、自分の好みじゃないんだよな。押しが強いのもいただけない。

「送っていかないといけない子がいるの」

「そうなの？」一人で帰れないような場所に住んでいる子はいないはずだ。

「お母さんが迎えに来られなくて……怪我してるのよ」

「あ、もしかして松葉杖の子？」テーブルに杖を立てかけている子がいたのを思い出した。

「そう。先週、足首を骨折しちゃったんだって。来る時はお母さんが送ってきたんだけど、帰りは仕事で迎えに来られないからって。送りを頼まれたのよ」

「家まで送るのは、面倒見過ぎじゃないかな。子ども食堂のボランティアとは関係ないでしょ」将は思わず反論した。

「私が個人的に頼まれたの。いいでしょう？　新城君もつき合って」

「何で俺が……」

「夜なんだから、送ってくれてもいいでしょう」

「ああ、まあ」将は曖昧に返事をした。恵理はしっかりしているから、一人で夜道を歩いても心配なさそうだが。それにこの辺に、不審者が出るという話は聞いたことがない。これはやっぱり、俺に気があるのかな……でも、そんな風に思われても困る。女の子なんて、面倒臭いだけだし。

「じゃあ、八時に終わったら、すぐ出るから」

「後片づけは？」

「今日ぐらいは、誰かに任せてもいいんじゃない？」

いきなり面倒な仕事を押しつけられ、将は腐った。先に抜け出して家に帰ってしまおうか……だけど、この件が祖父にばれたら面倒なことになるだろう。ジイサンは、「女の子に頼まれて逃げるとは何事だ」と激怒しそうだし。

まあ、しょうがないか。こういうこともあるだろう。自分を納得させようとしたものの、つい溜息が出てしまう。

結局、店を出るのは八時半になった。後片づけは他のボランティアに任せたものの、松葉杖の子が他の子と話しこんでしまい、なかなか帰ろうとしなかったのだ。「さっさと帰れ」とは言い出しにくいし、ただ時間が過ぎていくのを待つのは、なかなかのストレスだった。一人でだらだら時間を潰すのは嫌いではないのだが、他人のペースで自分の予定が決められてしまうのは大嫌いだ。

松葉杖の女の子は、小学三年生。さくらと名乗った。小柄だが快活な子で、松葉杖が邪魔で仕方がない様子だった。恵理と手をつなごうとしてバランスを崩してしまい、転びそうになる。将が慌てて手を差し伸べると、「ありがとうございます」とぺこりと頭を下げた。小学生というより、いっぱしの女性のような喋り方だった。最近の小学生は、皆こんな感じなのかなあ。

よろよろ歩くさくらにペースを合わせていると、何だか転びそうになる。恵理は普通に歩いていた。やっぱり、子どもの相手をすることに慣れているのだろうか。

「何で怪我したの？」恵理が訊ねる。

「鉄棒で、下りる時に」

「変な風に捻っちゃった？」

「たぶん」

「早く治るといいね」

「一か月ぐらいだって」

「一か月ぐらい、すぐよ」

二人の後ろを歩きながら、将は夜空を見上げた。今夜は月が大きい……それにしても、変な三人連れに見えるだろうな、と苦笑した。

鴨宮飯店からさくらの家までは、普通に歩けば五分ぐらいだろう。しかしさくらのペースが遅いので、結果的に十分ほどかかった。

素っ気ない造りの団地だった。家は二階で、エレベーターもないので、階段を上がって行くのが、また一苦労だった。見かねた将は、おぶってやろうかとも思ったのだが、言い出せない。結局、恵理が手を貸して、一段一段を休みながら上がって行った。

さくらが、コートのポケットから鍵を取り出した。慣れた手つきで解錠して、ドアを開ける。当然、中は真っ暗だった。

「どうぞ」また大人びた口調で言って、暗い玄関を手で差し示した。

「中には上がれないわよ」恵理が遠慮がちに言った。

「でも……」さくらが寂しそうにうつむく。

「お母さん、何時頃帰ってくるの？」

「十時？　十一時？」さくらははっきりしたことは分からないようだった。「いつも私が寝てから帰って来るから」

「そろそろ寝ないと駄目よ」恵理が左腕を上げて腕時計を確認した。「もうすぐ九時だから」

「うーん。でも……」せっかく恵理が来ているのに、寝るのがもったいないとでも思っているようだった。

「じゃあ、ちょっとだけ寄るから。寝る準備をしましょう」

「やった」遊んでもらえると思ったのか、さくらの顔が輝く。それから真顔になって、将の顔を凝視した。

部屋に入る気にはなれない……将は首を横に振って苦笑しながら、「僕はいいよ」と断った。入っても別に問題はないだろうけど、何となく気が引ける。

「じゃあ、ちょっと待ってて」恵理が言った。

「下にいるから」二階の外廊下で立ったままじっと待っているのを誰かに見られたら、怪しまれるだろう。

二人が部屋に入り、ドアが閉まるのを待って、将は階段を下りた。今日も冷えこむ。間もなく十二月、風が強い夜で、それほど厚くないコートでは寒さを防ぎ切れない。ちゃんとした防寒着が欲しいな……。

将が夏に鴨宮へ来てから、もう四か月になる。一度だけ世田谷のマンションへ帰ったが、服を全部持ってくるまでの余裕はなかった。もう一度戻る気はない……そもそも、あの家に足を踏み入れるつもりがなかった。

何もいい想い出がない実家。別に顔を出さなくてもいい――出したら駄目だ。取り敢えず過去を捨てることが大事だろう。そうしないと、何も始まらないような気がしていた。実際、実家に帰って父と顔を合わせるのも嫌だったし……向こうもまったく連絡してこない。まあ、それは別にいい。元々仲がいいわけではないし、広告代理店で働いていてやたらに忙しい父は自分のことしか考えていないだろうから。

とにかく、急がなくちゃいけないのは、冬服を揃えることだ。そのためには金がいる。時々祖父の手伝いをして小遣いは貰っているが、あれではとても足りない。やっぱり、何かバイトするしかないのか。この辺でバイトといったら、何があるんだろう。チェーンのカフェや居酒屋で接客のバイトというのは、想像すらできない。とにかく、不特定多数の人間に愛想を振りまくのは絶対に無理だ。

「何だかなあ」溜息をついて天を仰ぐ。やけに大きな月が、将を見下ろしていた。

祖父には頼りたくない。かといって、悦子や幸平に頼むのも何だか……鴨宮飯店でのバイトはきつそうだ。

その時、メールの着信を告げる音がした。

「暇？」

田口健太（たぐちけんた）だった。

地元の高校生で、将にとっては……まあ、友だちみたいなものだ。家族のトラブルを抱えて悩んでいた男。性格的にはろくでもない奴で、あまりつき合いたくないのだが、向こうはよく連絡してくる。別に一緒に遊ぶわけでもないが……健太にすれば、将はちょうどいい暇潰しの相手なのだろう。

面倒だなあ……そう思いながらも、つい返信してしまう。引きこもっていた時はネットだけが外とのつながりだったので、メールやメッセージが来た時には、とにかく早く返信する癖がついている。


「今は暇じゃない」

「へえ、珍しいじゃない。何してるの？」

「待機中」

「待機って何？　誰か待ってるわけ？」


ああ、鬱陶しい。

メールでやり取りしているのが面倒になり、将は健太に電話をかけた。

「こんな時間に何だよ」最初に文句を言う。まったく、だらだらと……。

「別に用事はないけど」しれっとした口調で健太が言った。

「用事がないならメールしてくるなよ。高校生は高校生らしく、勉強でもしてろって」

「就職する人間には、もう勉強は必要ないからね」馬鹿にするような口調で健太が言った。「こっちは春から就職して真面目に働くんだから。誰かさんとは違う」

「あのねえ、ちゃんと働くつもりだったら、年上の人間に対する口の利き方、少しは考えた方がいいんじゃない？」

「だったらそっちこそ、年上らしくしてもらわないと」

「何だよ、それ」

「いやいや、ちゃんと働く人間の方が偉いでしょう」健太がどこか誇らしげに言った。

大学へ行くような成績でもないから就職するんだろう……白けた気分になったが、さすがにそれを直接言う勇気はない。基本、争い事は嫌いなのだ。

今夜の健太はどこか浮かれているようだった。たぶん何かいいことがあって、誰かに話したくて仕方がないのだろう。そう指摘すると、健太は「へへ」と短く笑った。

「気持ち悪いな」

「気持ち悪い？　失礼だな。まあ、これから俺は忙しくなるんで、今までみたいに遊んでやれないけど。やっぱり、彼女ができると、ねえ」

「彼女、できたのか？」将は思わず目を見開いた。何なんだよ、高校生のくせに生意気だ……というより、高校生にリア充ぶりを自慢される自分は何なのだろう。

「まあ、見たらびっくりするよ。今度紹介するから」

「そんなに可愛いのか？」

「っていうか、美人？」

「年上？」

「二十歳……大学生」

「じゃあ、働くようになったら、君が面倒を見ないとな。年上だからって、学生に奢(おご)ってもらうわけにはいかないだろう」

「まあね……それより、子ども食堂の方、どう？」

「どうって聞かれても、まあ、普通だよ」

「ロマンチックじゃないなあ。ああいうところって、大学生のボランティアとか、いっぱいいるんでしょう？　そこで出会いがあったりしないわけ？」

「いや、別に」一瞬恵理の顔が脳裏に浮かんだが、言葉を濁す。彼女とそういう関係になることは……やっぱり考えられない。「そんなことより、何かバイトないかな」

「バイト？　バイトねえ……」健太は考えこんでいるようだった。

「心当たり、あるのか？」

「ないこともないけど。できるかなあ」

「馬鹿にするなよ」むっとして、将は言い返した。やっぱりこの男とは、真面目な話はできない。

「馬鹿にはしてないけど、働くのに慣れてない人にはどうかな」

「何でもやってみないと分からないだろ」

「じゃあ、やる気になったら電話してよ。紹介できるかもしれないから」

　健太の紹介でバイトを始めるのは少し情けない気がしたが、このまま無収入というわけにはいかない。とにかくすぐに金を稼いで冬服を買わないと、この冬は凍死してしまうかもしれないのだから。

　電話を切ってからしばらく経って、恵理が階段を下りて来た。ほっとしたような笑みを浮かべている。将の顔を見てうなずきかけたが、すぐに別の何か――誰かに気づいたようで、ひょこりと頭を下げた。

　ブレーキが軋む音がして振り向くと、三十代半ばぐらいの女性が、ちょうど自転車から降りるところだった。

「さくらちゃんのお母さん」恵理が小さく声を上げる。

ああ、この人か……将は人の顔と名前を覚えるのが苦手なのだが、子ども食堂で何度か見たことがある。

「ごめんなさい……さくらを送ってもらったんですよね」息が弾んでいた。よほど慌てて自転車を飛ばして来たのだろう。

「今、寝たところです」近くにさくらがいるわけでもないのに、恵理が小声で言った。

「ああ、じゃあ……ちょっと家に戻らない方がいいかも」

「どうしてですか？」

「寝ついたと思っても、眠りが浅くてすぐ起きちゃうんですよ」

「よく寝てましたよ」恵理が首を傾げた。

「私が帰ってくると分かるみたいで……ちょっと時間を潰さないと。家まで送ってもらったお礼にお茶でもどうですか？　私が奢りますよ」

となるとあそこだな、とピンときた。この団地の近くには、巨大な喫茶店がある。チェーン店なのだが、土地があり余っているせいか、やたらと駐車場が広い。敷地内には他にもレストランが二軒併設されていて、将としてはそちらに誘ってもらう方がありがたいのだが……何しろ今日は、夕飯がまだなのだ。

とはいえ、向こうが奢ると言っているので、図々しく「食事にしましょう」とは言い出せない。何か甘いものでも飲んで、空腹を紛らわせよう。砂糖たっぷりのコーヒーとか、ココアとか。

団地からゆっくり歩いて五分ほど。喫茶店に落ち着いて、将は驚いた。広い店内の席は、ほぼ埋まっている。こんな時間でも、お茶を飲む人がいるんだ……鴨宮には、時間潰しのできる場所がほとん

どないから、自然とこの店に人が集まるのだろう

席へ着いて注文を終えると、恵理がすぐにトイレに行った。二人きりにしないでくれよ……と情けない気分になる。実質的に初対面の人と、何を話したらいいのだろう。

「麻生さんのお孫さんですよね」心配をよそに、向こうから話しかけてくれた。

「はい。新城将です」

「将君ね……正木真緒です。いつも子ども食堂ではありがとうね」

「いえ」何とも返事がしにくい。祖父に言われて嫌々ながらやっているだけなのだから。しかしここは、ちょっと会話を転がすチャンスだ。

「あの、正木さんは、お仕事は……」

「病院。看護師なの」

「ああ、そうなんですね」言われてみれば、何となくそういう雰囲気がある。将は病院には縁のない生活を送ってきたから、実際に看護師がどんな感じなのかは知らないが、真緒はテレビドラマなどで見る看護師のイメージに近い感じだ。人当たりと面倒見がよくて、少し疲れている……看護師の仕事は、やたらとハードだと聞いたことがある。

「今日は、急に夜勤を代わってくれって言われて……夜中までいる予定だったんだけど、何とか抜け出せたから。うちの病院、小さな子どもを抱えている人が多いから、皆で融通しあってるんですよ」

「そうなんですか」聞いてもいないのに、よく喋る……普段、仕事の場以外で話ができる相手がいなくて、溜めこんでいるタイプなのかもしれない。

「別に、皆が皆、訳ありっていうわけじゃないけど……うちみたいに母子家庭の母親も何人かいるわ

ね」

「正木さんは……」

「ああ、旦那が外に女を作って出て行っちゃって」真緒がさばさばした口調で言った。まったく気にしていない様子だった。「やっぱり、共働きだといろいろ大変なのよ。時間が上手く合わないし、そこに子育てが絡むと、本当に毎日喧嘩ばかりで。そういうのを上手く乗り越えていけるかどうかは、やっぱり旦那の人柄次第ね」

「そうなんですね」

「だから、一歩引いて考えないと駄目なのよ」悪戯っぽい口調で真緒が言った。「恵理ちゃんとはつき合ってたりするの？」

「まさか」将は顔の前で思い切り手を振った。「あそこで……子ども食堂で一緒になっただけです」

「いい子よ。私、小学生の頃から知ってるけど、素直で明るくて、面倒見がよくて。一時、看護師になりたいって言ってたんだけど、結局学校の先生になるみたいね」

「何となく、看護師と学校の先生って、似てますよね」

「ああ、そうかもしれないわね」真緒が認めた。「時々言うことを聞かない相手がいて、それをどう宥めてこっちの話を聞かせるかっていう意味では」

「患者さんも、言うことを聞かないんですか？」

「それはそうよ」真緒が真顔でうなずく。「苦しんでいるわけだし、治療も辛いし、不安だし……だから、わがままになるのはしょうがないと思ってるわ。でも、こういう寛容さを、旦那には向けられなかったわね」

「でも、外に女って……笑って済む話じゃないですよね」

「ちょっと我慢すればよかったのよ。旦那はＩＴ系の会社にいて、結構稼いでたから、結婚している時は、大きなマンションに住んでたし。離婚したから団地に移ってって、分かりやすいパターンよね。私も意地張って、慰謝料も養育費もいらないって言っちゃって。何とかなると思って実家に転がりこんだんだけど、それからすぐに母親が亡くなって、家も手放さないといけなくて……行き場がなくて、この団地に入ったのよ」

「大変だったんですね」

「まあね。今はむしろ、気楽でいい感じだけど」

深入りし過ぎかも、と思いながら、将はさらに訊ねた。

「さくらちゃんを子ども食堂へ来させているのは……」

「私、料理が全然駄目なのよ」真緒が打ち明ける。「もしかしたら、味覚がおかしいのかもしれない。だからさくらが可哀想で、給食以外にも子ども食堂でちゃんとした料理を食べさせたいと思ったの。私が夜勤の時なんか、一人でしょう？　それも教育上、よくないかなって」

「皆と仲良くしてますよ」

「麻生さんのお陰だわ」真緒が笑みを浮かべた。「麻生さんとは昔から知り合いなんだけど、今回も声をかけてもらってよかった……最初はちょっと抵抗があったんだけどね。子ども食堂って、いかにも、家庭に問題がありそうな子を対象にしてるみたいじゃない」

「そんなことないと思いますけど」あまり事情が分かっていないのだが、将は取り敢えず否定してみた。

「あちこちで……この町だけじゃなくて、全国でやってるでしょう？　新聞やテレビで取り上げられているのを見ると、だいたい家庭崩壊とか、虐待とか、そういう家だって話になってるし」

「少なくとも、うちは違いますよ」何だかむきになっているなと思いながら、将は否定した。「新しいコミュニティを作る……そういうことみたいです」

「麻生さんもそう言ってたわね」真緒がうなずく。「だから私も、気軽に行かせられるんだけど。あそこへ行った後は、だいたいさくらも機嫌がいいから。学校以外で友だちができるのは、楽しいみたいね」

「そうだと思います」学校にもろくに友だちがいなかった将にすれば、イマイチ分からない感覚だったが。

恵理が戻って、飲み物も運ばれてきた。後は意味のないお喋り……恵理と真緒は以前から知り合いだったので話が弾み、将はすっかり取り残されてしまった。

何となく、気持ちが晴れない。真緒はさらりと話していたが、さくらはどう思っているのだろう。いつでも、母親と一緒に食事をしたいと思っているんだろうな。まだ小学三年生なのだから。

真緒と別れて、結局恵理を家まで送って行くことになった。月明かりのある夜で、一人で歩いていても全然心配なさそうではあったが……。

しかも恵理の家——実家だった——は駅の北側で、結構遠い。そこから祖父の家まで歩いて帰るには、三十分ぐらいかかるだろう。まあ、別にやることもないんだけど、三十分も歩くのは面倒だよなあ……。

恵理の家は、北口商店街を抜けてすぐのところにあった。ごく普通の一戸建てで、窓から灯りが漏れている。そう言えば、この道路をもう少し歩くと、新幹線の線路にぶつかるんだよな……。

「ごめんね、ありがとう」恵理がすっと頭を下げる。顔を上げると、急いで髪の毛をかき上げた。

「いや、別に……」何だか照れ臭くなった。

「あの、お茶でも飲んでいく？　何も食べてないし」

「お腹は平気だけど」コーヒーが溜まった胃の辺りを擦りながら、将は慌てて言った。冗談じゃない。そんなによく知らない子の家にいきなり上がりこんで、両親に挨拶だなんて、自分には絶対無理だ。

「もう遅いし、帰るよ」

「そう？　別にうちは平気だけど。しょっちゅう友だちが泊まりに来てるし。男の子も来るわよ」

「マジで？」

「別におかしくはないでしょう？　友だちだったら、家に行くぐらい普通じゃない」

「そうかなあ」

「東京では違うの？」

「いや、そんな……だいたい、鴨宮だってそんなに田舎じゃないでしょう」思わず、心にもないことを言ってしまった。東京生まれ東京育ちの人間からすれば、ここはとんでもない田舎だ。

「東京駅から鴨宮駅まで、八十キロぐらいあるのよ？　それだけ離れていたら、どれぐらい田舎か、分かるでしょう？」

「東京に出ようとは思わなかった？」恵理は、実家から県内の大学に通っているという。

「タイミングが合わなくて」恵理が肩をすくめる。

恵理が寒そうに自分の肩を抱いた。家の前で立ち話……これも変だ。商店街からも外れ、人通りもほとんどないから、誰かに怪しまれることはないけど、とにかく寒さが身に染みる。さっさと帰りたかったけど、少し気になっていることがあった。

「学校の先生になるのに、子ども食堂は勉強になるかもしれないけど、大変じゃない？」

「そんなこともないけど」

「その……さっきの正木さんのところとか、ああいう家の事情を聞くと、辛くない？」

「正木さんなんか、まだましよ。強い人だから。自分の離婚だって、笑い飛ばしているでしょう」

「ああいう神経、分からないなあ」将は首を傾げた。

「あんな感じで突っ張ってないと、辛いんだと思うけど……もっとしんどい思いをしている人もいるし」

「そうなんだ」

「母子家庭……離婚して、母親の手が回らない子もいるわ。でも、問題なのは、両親とも揃っているのに、ちゃんと面倒を見てもらえない子がいることよ。それこそ、両親の育児放棄ってことよね。ネグレクト」恵理の顔が暗くなる。

「食事もろくに食べさせてもらえないとか？」

暗い顔のまま、恵理がうなずく。

「茜（あかね）ちゃん、分かる？　山崎（やまざき）茜ちゃん」

将は無言でうなずいた。確か、さくらと同じ小学三年生……その歳にしては小さい気がした。

「あの子、妹さんがいるんだけど、今、二人とも母方のおじいちゃんとおばあちゃんのところへ引き取られてるの」

「何で？」

「両親が全然面倒を見てくれなくて、茜ちゃんがご飯を作ってたの。でも、小学三年生じゃ、ちゃんとした料理なんてできないでしょう。インスタント食品ならまだしも、グラノーラに牛乳をかけないで夕飯にしたり、ポテトチップスだけとか……それで、栄養失調になって。茜ちゃんは、給食で何とか栄養は摂れてたけど、下の子はまだ四歳だから」

「幼稚園とかには？」

「行かせてなかったの」恵理の目に涙が光る。「とにかく、ひどい親なのよ」

牛乳抜きでグラノーラを食べるのはどんな気分だろう。しかもそれが夕食……聞いているうちに、将は暗い気分になってきた。引きこもっていた頃、食べるものがなくて、冷蔵庫の片隅に残っていた魚肉ソーセージを齧ったことを思い出す。グラノーラよりは魚肉ソーセージの方がましだと思うが。

「もっと危ない親もいるけど」鼻をぐずぐず言わせながら、恵理が続ける。

「まだ？」将は目を見開いた。

「浅野智仁君……あの子のお父さん、今、服役中なのよ」

「ええ？」

「覚せい剤の所持で何度も逮捕されて、今回は実刑判決を受けて。さっさと離婚すればいいのに、まだ離婚してないみたいね」

「それは、それぞれの夫婦の事情があると思うけど……」将は軽く反論した。

「たぶん母親も、かな」

「マジで？」

「そっちは捕まってないけど。普通は離婚するわよね。でも、帰りを待ってるのは、自分も覚せい剤をやってるからだろうっていう噂なの。夫婦じゃなくて、覚せい剤仲間みたいな感じ？」

「それはひどいなあ」将は思わず嘆息した。

「だから、気をつけて子どもたちを見ていないといけないのよ」

「そんなこと、ボランティアの身では……俺たちには対応できないじゃないか」

「麻生さんがいるから」恵理がようやく笑みを浮かべた。「本当に大変なことになったら、麻生さんが何とかしてくれると思うわ」

「買いかぶり過ぎじゃないかな」将は首を傾げた。「別にもう、警察官じゃないんだから」

「でも、頼りがいがあるじゃない。あと、気になるのはやっぱり、怜奈ちゃんのことね」

「ああ」二週間前に素っ気なく撃退されたのを思い出し、情けなくなる。「でも、話もしてもらえないし。今日も来てなかったじゃない」

「心配よね……会ってきたら？」

「俺が？」将は自分の鼻を指さした。「こんな時間に、それは……まずいよ」

「でも、ちゃんと見てあげて」

そんなこと言われても。将は目を伏せた。

第3章　張り込み

「何でちゃんと、怜奈ちゃんと話さないんだ！」

午後十時過ぎ。家に帰って来た将に、麻生はいきなり雷を落とした。両手を腰に当て、思い切り睨みつけてやると、すぐに目を逸らしてしまう。まったく、人と目を合わせて話もできないのか……。

「だって、相手にされないし」将が、ぼそぼそと言い訳する。

「今夜は来てなかったそうじゃないか。今まで一度も、そういうことはなかっただろう」

「たぶん」

「何かあったんじゃないのか」

「そうかもしれないけど……それ、こっちには関係ないでしょう」

「いや、こっちの話だ」麻生は一歩、将に詰め寄った。将がすっと引く。「一度かかわってしまった人間の面倒は、最後まで見るんだ」

「別に、かかわってないけど」

「いいや、もうかかわってる」どうしてこいつは言い訳ばかりしてるんだと苛々しながら、麻生は言った。「子ども食堂は一つのコミュニティだ。怜奈ちゃんもお前もその一員なんだから、面倒を見るのは当然だろう」

「はいはい」反論するのが面倒になったのか、将が呆れたように言って、階段へ向かう。

「おい、飯は食ったのか？」

「食べてないけど、後で何とかするから」

「煮物が残ってるぞ」

「ああ……」振り向いて、将が嫌そうな表情を浮かべる。「適当に食べるから」

麻生の食事は和食が基本だ。歳を取ったからさっぱりしたものを……というわけではなく、単純に体のためだ。昔ながらの和食が、健康には一番いい。そのための自炊で、少し体に油を入れたい時には、隣の鴨宮飯店へ食べに行く。

しかし将は、麻生が作った料理を気に入らないようだ。やはり、あの年齢の若者が必要とするのは、肉であり油なのだろう。気にいらないなら自分で作れ、といつも言うのだが、決して台所に立とうとはしない。まったく、どうしようもない奴だ……もっとガンガンぶつかってきてくれた方が、よほどやりやすいのに。ぶつかり稽古(げいこ)なら、いつでも歓迎だ。


風呂を済ませてから自室に戻る。麻生には、気になっていることが二つあった。

一つは、怜奈のこと。将が接触に失敗して、今日は子ども食堂にも顔を見せなかった。子ども——中学生というのは、大人には分かりにくい考えと行動パターンを持っているものだが、怜奈の場合は特に読みにくい。

子ども食堂に毎回通っていたということは、無料で食べられる食事を必要としているか、あるいはあの「場」に惹(ひ)きつけられているか、どちらかだ。将に声をかけられたのが気にくわなくとも、それぐらいで来なくなってしまうものだろうか。もっと別の事情があるのでは、と麻生は疑っていた。

この件については、もう少し調べてみる必要がある。将は頼りにならないから、クビ。後は自分でやるか……それでは怜奈に用心されてしまうだろう。こんなジジイがいきなり訪ねて行ったら、警戒するに決まっている。

ここは恵理に頼るか。あの子は人当たりがいいし、子どもの相手をするのも好きだ。だからこそ、子ども食堂にボランティアで参加しているのだし。

まあ、少し考えよう。中学生はデリケートな存在で、扱い方を間違えると、とんでもない方向へ暴走してしまうものだ。

もう一つ気になっているのは本多文子の問題だ。先日来、麻生は何度か彼女の家の近くに行って、状況を確かめてみた。直接話しかけるのではなく様子を見るだけだったが、何となく元気がないのは間違いない。

ついでに、近所の人たちに聞き込みもしてみた。特に変わった様子はないという。体の具合が悪いのではないかと思ったが、日常的に通院してはいないようだった。気にはなったが、手は出せない。近所の人たちに、気をつけて見ておくように頼んだから、ひとまず任せよう。

また思考は怜奈のことに戻る。放っておくのは、やはりよくない……こういう時は、やはり警察の後輩を頼りにするのが一番だ。時間が遅いのは承知で、電話を取り上げる。

「はい」電話に出た原口は、少しだけ迷惑そうだった。

「夜分に悪いな」

「とんでもありません」麻生が詫びた瞬間に、原口の声がしゃきっとする。

「ちょっと情報が欲しいんだが、最近、東中の様子はどうだ？」

「特に問題があるとは聞いていませんけど……何かあったんですか？」原口が逆に聞き返した。

「いや、俺も問題があったとは聞いていない。ただちょっと、気になる女の子がいてな」麻生は事情を説明した。

「なるほど」麻生の話を聞いても、原口の反応に熱はなかった。「しかし、一回ぐらい来なくても、問題とは言えないんじゃないですか？」

「日常生活の破れ、だぞ」麻生は警告した。「たった一回の変化から、地獄に落ちた人間がいる。お前も、そういうのは何回も見てるだろうが」

「でも、中学生ですよ。別に犯罪者ってわけじゃないでしょう」

「それが甘いんだ」麻生は、ぴしりと言った。「本人はともかく、周りで何かあったかもしれない。子どもの場合は、大人が気づいてやらないと、自分ではどうにもならないことがある」

「じゃあ、取り敢えず目は配っておきますよ」

「頼むぞ。お前のところじゃなくて少年係の仕事になるが……」

「所轄の生活安全課なんて、小さな所帯ですから。全員で情報共有が基本です」

「結構、結構」麻生は壁に向かってうなずいた。「そういう心がけは大事だ。縦割りの官僚主義は、警察の敵だぞ」

「了解です」

取り敢えず電話を切ったものの、麻生はこの線は弱い、と思った。警察は、あちこちに網を張っている。学校の中であっても、大きな問題があれば必ず情報を摑んでいるのだ。もしかしたら、そういう情報網に引っかからない、陰湿で小さな問題かもしれないが。

ノックの音がした。「入れ」と怒鳴ると、将が遠慮がちに顔を出す。

「何だ」麻生はぶっきらぼうに言った。将が自分からこの部屋に入って来ることなど、滅多にない。

「腹が減って泣きついてきたのか?」

「適当に食べたよ」

「そうか。だったら用件は?」

将が一歩だけ部屋の中に足を踏み入れた。どうもこの部屋には、違和感を覚えているようである。そうかもしれない。何台ものパソコンやプリンターが並んだ作業部屋は、個人の家らしくない。コンピュータ関係の専門書が並ぶ本棚もそうだ。しかし一生懸命勉強したからこそ、定年で辞めた後に新しい世界が開けたのだ。

将も、よく分からない男だ。携帯電話依存症で、引きこもりの時期はネットの世界だけで生きてきたようなものなのに、パソコンとなるとまったく勝手が違うようだ。いくら携帯の使い方に精通していても、社会に出たら何の役にも立たない。パソコンのスキルを覚えないと、今はどんな仕事でも通用しないのだ。いずれ、この辺もちゃんと叩きこんでやらないといけない。

「ええと……怜奈ちゃんのことだけど」

「何か分かったのか?」

「そういうわけじゃないけど……今日、子ども食堂に来なかったわけで……」

「それは分かってる。で、その件について何か情報があるのか?」つい、部下に報告を求める時のような口調になってしまう。

「いや、何もないんだけどね」

「だったら何なんだ」雑談がしたいだけなのか、と苛立つ。どうも将は、まだ、まともなコミュニケーション能力を獲得するには至っていない。

「いや、だから、ちょっと気になって」

「気になるなら調べてみればいいだろう」これなら多少は期待できる、と思った。一番悪いのは無関心だ。

「だけど、調べるって、どうやって？　本人に当たったら、また無視されるし」

「それが怖ければ、周りの人間に聞いてみればいい。学校の友だちとか」

「それは、彼女が……恵理さんが子ども食堂に来てた子に聞いたけど、特に何もなさそうだったから」将が、居心地悪そうに体を揺らした。

「それは一人だけだろう？　一人に聞いただけで、全部が分かるわけじゃない。できるだけたくさんの人に話を聞け」麻生は指示した。

「学校でいじめとか？」

「今のところ、警察も大きな問題は摑んでいない。もっとも、いじめは表に出にくいがな」

「家の方はどうなの？　最近こっちへ引っ越して来たんだよね」

「ああ」麻生は、独自に作っているファイルを立ち上げた。「今年の春だ」

「それまでは東京だっけ？」

「そうだ」

「何で引っ越して来たのかな」

「詳しい事情は分かっていない……それを調べるのはお前の仕事だろう」

「何で？」将が不満そうに鼻に皺を寄せた。

「どうせ暇なんだろうが。それとも、ちゃんと働く気になったか？」

「それは、別に……」将が顔を背ける。都合が悪くなると目を逸らすのが、孫の悪い癖だ。

「暇なんだったら、聞き込みぐらいやってみろ」

「刑事じゃないんだけど」

「聞き込みが大袈裟なら、とにかく誰かと話せ。怜奈ちゃんのことをよく知っている人は、必ずいるんだから、そういう人が見つかるまで、粘り強く探し回るんだ」

「そうするのがいいのかもしれないけど……」

「心配じゃないのか？」

「それはそうだけど」

「心配なら、最後まで面倒を見てやらないとな。ただ心配するだけなら、誰にでもできる。とにかく、気になることは徹底して調べるんだ」

「でも、どうやって……」

「そんなことは自分で考えろ」突き放そうとしたが、ふいにあることを思い出した。「それよりお前、金が欲しくないか？」

「それは……そろそろ冬物の服も買いたいし」

「よし。先払いで二万円やるから、俺のバイトを引き受けろ」

「何？」将の目が不安そうに泳ぐ。

「張り込みだ。誰にでもできる簡単な仕事だぞ」

「張り込みが?」

「二万円、欲しくないのか」

将は明らかに戸惑っていた。

「この張り込みを引き受けるなら、怜奈ちゃんのことでは、俺も知恵を絞ってやろう」麻生は宣言した。

「……どこで張り込み?」

お、珍しく乗ってきたな。ほとんど着替えも持っていないし、そろそろ寒くなってきたのだろう。冬服を欲しがっているのは本気だ。

「うちの近所だ。そんなにしょっちゅう出入りしている人じゃない。確実に外へ出て来るのは早朝だな」

「早朝って?」不安げに将が訊ねる。

「まあ、朝五時台から六時台だ。その時間には新聞を取りに出て来て、家の前を掃除しているようだ」

「そんなに早く?」将が目を見開く。

「朝五時には、もう働いている人も大勢いるぞ。そんなに大変なことか?」

「別に……」うつむき、将がぶつぶつと言った。「いつまで?」

「何か動きがあるまでだ」

「じゃあ、ずっとそのままかもしれないじゃない」

「あるいはな。いつまでやるかは、しばらく様子を見てから俺が判断する。お前はとにかく、毎朝その家の前で張り込んで、俺にレポートを上げろ。レポートは、パソコンを使って作るんだ」

「パソコンなんて無理だよ」

「いい機会だから勉強しろ」

麻生は本棚から一冊の本を抜いて差し出した。『即効　ウィンドウズ10　基礎の基礎』。初心者向けの一冊で、何より分かりやすいのがいい。麻生もＯＳを入れ替えた時に世話になった。

「それと、これ」使っていないノートパソコンも渡す。「ちょっと古いが、ワードでレポートを作成するぐらいなら十分使える」

将が、いかにも重たい物を扱うように、慎重に本とノートパソコンを受け取った。

「明日からだ」

「いきなり？」

「思い立ったが吉日だ。それと、これは前払いだ」財布から二万円を抜いて渡す。

将が渋い表情で金を受け取る。まるで、二万円で魂を売った、と後悔しているようだった。


とにかくこれで、文子の監視はできるはずだ、と麻生は一安心した。将がどれだけ役に立つかは分からないが、ちょっと様子を見るぐらいはさすがに大丈夫だろう。それもできないようでは、これから先、社会でちゃんと生きていけるはずもない。

一人になり、麻生は悦子に電話を入れた。開店前の仕込みも含め実質的に店を切り盛りしている幸平は、夜は早く休むが、悦子は昔から宵っ張りだ。

「どうかしました？」

「大したことじゃないんだが……将に何か仕事がないかと思ってね」冬服を欲しがっていたことを話す。

「お小遣いをあげればいいじゃないですか。まだ、お小遣いを貰っていても、おかしくない歳ですよ」

「いいや、二十歳を過ぎても家族に頼っているようじゃ、駄目だ。自分で稼いで自活しないと、いつまで経っても社会に入っていけない」

「うちはいつでも人手不足だけど……」悦子が遠慮がちに言った。「子ども食堂の様子を見ている限りだと、皿洗いぐらいしかできませんよ」

「接客も無理か」

「愛想がないから」悦子があっさり言った。「せめて、もう少し愛想良くなるか、ちゃんと話ができるようにならないと、フロアにも出せませんね」

「まったく、情けない限りだ」

「とても和馬さんの血を引いているようには見えませんね」

「結局、血筋は関係ないんだろう。要は環境だ。人は環境で変わる」

「そうですねえ……でも、将君ができるアルバイトって、何かあるのかしら」

「なるべく人と接触しない、事務作業みたいなものかな」

「観光協会で、求人がありましたよ。小田原駅の地下に、新しい案内所を作るそうで」

小田原駅の地下は、小さなショッピングセンターになっている。観光案内所があってもいい場所だが……将に観光案内の仕事ができるとは思えない。外国人観光客でも来たら、言葉も分からずパニックになるだろう。

麻生はしばらく悦子と話したが、将のアルバイト先は決まらなかった。

麻生としては、一日でも早く将に一人前になってもらい、この家を出て行って欲しいのだ。休学している大学へ戻ってもいいし、きちんと就職してもいい。とにかく社会との接点を作って、世に出て行くための準備をするのが大事だ。そのためにはアルバイトが一番いい。自分で金を稼ぐ喜びも味わえるし、職種を選べば仕事だってそんなにきついわけではない。小田原なのだから、かまぼこ工場へ働きに行かせるのもいいかもしれない。地元の名産品を作ることで、小田原という街を学ぶこともできるだろう。

あいつが、小田原に対する愛を抱くようになるとは思えないが——小田原だけではない。あらゆるものに対する愛がない。

子ども食堂のボランティアに引っ張り出したのは、同年代の大学生たちがたくさんいるからだ。そういう連中と触れ合うことで刺激を受け、何かが変わるかもしれない……そう思ったのだが、今のところは積極的に交わる様子もない。恵理とは話しているようだが、あれはたぶん、彼女の方で一方的に話しかけているのに、何とか答えているだけだろう。恵理は朗らかで社交的な子だから、将のように暗い人間でも相手にしてくれているのだ。

その好意にも甘えられない……どう対処していいか分からないのではないか。どうせなら、一目惚(ひとめぼ)れして追いかけ回すぐらいの方がいい。ストーカーになったら困るが、自分からまったく動こうとしないよりはましだ。振られて傷つき、涙を流せば、人として一歩前進できるだろう。何もせず、ただ、だらだらと時が過ぎるのを待っているだけというのが一番悪い。

こんな形で孫の世話をすることになるとは……これは仕事にかまけて娘の面倒を見なかったことに対する、贖罪(しょくざい)の意味もある。結婚した娘はあちらの家との関係が上手くいかず、結局将を置いたまま一人でアメリカへ渡ってしまった。子どもを捨ててまで、嫁姑問題から自分の身を守った――その原因が、自分の子育てにあるような気がしてならない。だからこそ、引きこもりになった将を立ち直らせるのが自分の役目だと思う。

しかし、あれだけ手ごたえのない人間も珍しい。警察官として、ワルとはずいぶん対決してきたが、将に対しては、そういう経験がまったく生きていないことに、麻生は愕然(がくぜん)とするしかなかった。

朝五時って……冗談じゃないよ。

今日は朝食も食べずに、起きてすぐに家を出て来たせいか、調子が悪い。最近、規則正しい生活を送っているので、朝食を抜いてリズムが崩れてしまったのだろう。

自転車で走り出すと、空気は身を切るように冷たく、吐く息は白かった。この辺って、東京よりもだいぶ暖かいんじゃなかったかな……と思いながらスピードを上げる。とにかく早く現場に着いて、自転車から解放されたかった。

一つだけ幸いなのは、懐(ふところ)が温かいことだ。財布には、昨夜祖父からもらったバイト代の二万円――これをどう使うか考えるのは、なかなか楽しい。ダイナシティに入っている店では、ダウンジャケットが一万円ぐらいで買える。他にズボンが一本、できれば厚手のトレーナーが二枚ぐらいあれば、この冬は何とか乗り切れるだろう。二万円あればお釣りがくる。

途中でコンビニエンスストアに寄って、サンドウィッチと温かいコーヒーを買いこむ。いかにも早朝の張り込みに似合う軽食だ。こういう時は煙草も必要なんだろうな、とも考える。もっとも、金がないので、煙草は完全にやめてしまったのだが。本当に、何かバイトを見つけないと。このままだと、あっという間に干上がってしまうよ……。

問題の家はすぐに見つかった。細い川のほとりにある、小さな一戸建て。かなり古びた感じだが、年寄りの一人暮らしだそうだから、手の入れようもないのだろう。簡単にはリフォームもできないはずだ。そう言えば、リフォーム詐欺なんていうのもあるらしい。祖父が防犯ニュースに書いていた。

少し離れた場所――鬱蒼とした木立に囲まれた、小さな橋のたもとに自転車を停める。辛うじて、問題の家が観察できる場所だった。木立の中に隠れていて、ちょっと首を突き出せば問題ない。取り敢えず外へ出て来るのを確認したら、今日の仕事は終わる。ちょろいもんだ。

将はゆっくりとサンドウィッチを食べ、コーヒーを飲んだ。一応は仕事をしているのだと思うと、何だか美味い。

午前六時前に、新聞配達がやって来た。あれをやってみるのはどうだろう……自転車で回って、一軒一軒新聞を配っていく。すぐに雇ってもらえるだろうし、バイト代も悪くないと思うけど、仕事はきついに決まっている。だいたい、毎朝、何時に働き始めなければならないのだろう……。

新聞が郵便受けに入ってから五分ほどで、家のドアが開いた。小柄な老女が出て来て、新聞を引き抜く。この人が本多文子……七十歳と聞いている。祖父とほとんど年齢は変わらないのだが、ずいぶん歳を取っているように見えた。というより、祖父が異常なのだ。元気一杯、今も体を鍛えているし、仕事――ああいうのを仕事と言えるのかは分からないが――もバリバリこなしている。正直、孫の将でもついていけない感じだ。

文子は新聞を持って、一度中へ引っこんだ。しかし、すぐに出て来ると、箒で玄関の前を掃き始める。一軒家は、玄関までちゃんと掃除しないといけないんだ……そういえば祖父も、時々思いついたように玄関先を箒で掃いている。あんな仕事まで押しつけられたら、たまったものじゃない……でも、祖父は将に掃除をさせようとはしなかった。たぶん、自分なりの手順を乱されるのが嫌なのだろう。どんなに些細なことにだって、秩序を欲しがる人なのだ。

文子は、五分ほど家の前の道路を掃除していた。何だか疲れている様子で、何度も腰を曲げ伸ばしする。疲れているだけではなく、具合が悪いようにも見えた。終わると周囲をぐるりと見回してから、家の中に戻って行く。

何だよ、これだけ?

将は戸惑った。監視というから、何か特別な動きでもあるかと思ったのに、ただ新聞を取って掃除しただけじゃないか。レポートを出せって言われたけど、これじゃ書くことがない。

こんなことを、毎朝続けなければいけないのだろうか。祖父はいったい、何を狙っているのだろう。何か事情があるなら、最初から話してくれればいいのに。ただ駒のように扱うのは勘弁して欲しい。冗談じゃないと思いながら、将は自転車を漕いで家に戻った。祖父は玄関先を掃除している。

「いたか」箒を使いながら祖父が訊ねる。

「いたけど——」

「さっさとレポートにまとめろ」祖父が、将の顔を見もしないで言った。

「書くほどのこと、ないんだけど。口で言った方が早いし」

「書くことで記録が残る」祖父が腰を伸ばした。「俺だって、記憶力は危なくなってきてるんだ。ちゃんと記録に残しておかないと、後で混乱する」

しょうがない……将は、居間でノートパソコンを広げた。この部屋にはデスクもないから、畳に直にパソコンを置いて電源を入れる。思い切り屈みこまないとキーボードが打てないので、腰と首が凝ってたまらない。寝転がってみると、今度は手が自由に動かなくなった。仕方なく胡坐をかき、パソコンを膝の上に置いてキーボードを叩く。

こういう時はワープロソフトがいいのか……いやいや、見やすいように記録に残すなら、表計算ソフトの方が適しているかもしれない。どうせ大して書くことはないのだし、表計算ソフトの狭いセルでも十分に書きこめるだろう。

とはいえ、パソコンを触ったこともほとんどないぐらいで——高校の時に授業で少しいじっただけ——なかなかスムーズにいかない。ようやく書き終えてファイルを保存した時には、ぐったり疲れていた。

「朝飯はどうした」

いきなり声をかけられ、はっと顔を上げる。祖父が、怖い顔をして立っていた。

「あ、あの……大丈夫。外で食べたから」

「そうか」

「レポート、書いたけど」

「見せてみろ」

将は立ち上がり、ノートパソコンを手渡した。祖父が、立ったままファイルを開いて画面を見やる。眉間に皺を寄せ、すぐに「これじゃ駄目だ。書き直せ」と命じた。

「何で」将は目を見開いた。

「もっと詳しく書くんだ。お前が見たことは全部記録しておけ」祖父が傲慢な口調で命令する。

「全部って言われても……」将は戸惑った。「新聞を取って、玄関前の掃除をして、それだけなんだけど。時間もちゃんと書いてあるよ」

「どんな顔をしてた？　動きは？　溜息をついたりしてなかったか？」

「それは……」

「ちゃんと観察しろ。それを全部書き残せ。それが張り込みっていうもんだ」

「張り込みって言われても」将はぶつぶつ文句を言った。「警察じゃないんだし……」

「俺は今、まさに警察のやり方を教えてるんだ」祖父がはっきりと言い切った。「こういう種類の仕事もある。知っておいて損はない」

「警察官になる気なんかないよ」

「だったら何になるんだ」

将は絶句した。気軽なアルバイトから、何で就職の話にまで広がってしまうのだろう。将来のことなんか、考えてもいない。考えることを想像するだけで面倒なのだ。

「……まあ、いい」祖父が身軽に階段を上がって行った。すぐにカメラを抱えて戻って来る。

ああ、これか、と将は眉をひそめた。以前にも、張り込みの時に使ったニコン。一眼レフで、レンズも三百ミリ望遠の本格派だ。

「これで毎朝、写真を撮ってこい」祖父が命じる。

「何で」

「お前の観察眼が信用できないからだ。写真で記録を残した方がよほどいい」

「カメラなんて使えないんだけど」スマートフォンのカメラ機能なら簡単なのだが……あれでは駄目なのだろうか。

駄目だろう。今日張り込んでいた場所は、距離的にもちょうどいい。でもあの距離だと、スマートフォンのカメラではちゃんと写らないだろう。

「完全に自動で撮れるように設定しておいてやる。軽くシャッターを押せば、オートフォーカスでピントも合うから、後はシャッターを強く押しこめばいい。それで分からないなら、使い方のマニュアル本があるから、後で読んでおけ」

何なんだ、相変わらず言いたいことだけまくし立てて……この人、現役時代には絶対に部下に嫌われていたはずだ、と将は確信した。

昼過ぎ、将はダイナシティに出かけた。家からは結構遠いのだが、自転車があれば何ということもない。寒いのだけは辛いけど、帰りは買った服を着てくればいい。そう考えると心が躍った。服を買うなんて、本当に久しぶりだ。

ダイナシティは巨大で、全部見て回ったら一日かかってしまう。余計なものは見ないようにしよう。ダウンジャケットを探そうと思っていたのだが、途中で気が変わってＭＡ‐１にした。ちゃんとしたアメリカの軍用規格のものではなく、「もどき」だけど、中綿入りで十分暖かいし、値段も四千円を切っている。ついでにと、裏ボアつきのデニムのジャケットも仕入れた。これも同じ値段。だいぶ節約になったとほくほくしながら、シャツやトレーナーも買い足した。勢いに乗って、スニーカーも二足。それでもお釣りがきて、ずいぶん得した気になった。

問題は、大荷物になってしまったことだ。MA‐1は着て帰れるが、他の荷物がまとまらない。自転車は本格的なロードレーサーだから、荷物籠すらないのだ。結局店の人に頼んで、特大の買い物袋を貰った。口を閉じる紐が長いので、上手く調整すれば肩にかけられる。

ほっとして財布の中を確認すると、まだ五千円ほど残っていた。最近、こんな大金を持ったことはなかったな……そうだ、たまには外で何か食べようか。このショッピングセンターには、レストランもたくさん入っている。とはいえ、高い店は避けなくては。安くて腹が膨れそうなのはチェーンのラーメン屋だったが、最近鴨宮飯店によく出入りしているので、中華は食べ飽きている。

フライドチキンにしよう、とふと思い立った。夜中に街をうろつき回っていた頃、コンビニエンスストアでよく、チキンを食べた。あの味を、急に懐かしく思い出したのだ。コンビニではないけど、久しぶりに食べてみよう。

店に入った途端、将は逃げ出そうかと思った。健太がいたからだ。

「あれえ」健太がニヤニヤしながら立ち上がり、手招きした。「こっち、こっち」

見つかってしまったか……こうなったら、黙って引き返すわけにはいかない。いや、引き返してもいいのだけど、このどうしようもない男には妙な引力があるのだ。

「お買い物？」おどけた調子で健太が言った。

「冬物をまとめて」

「じゃあ、バイトが見つかったんだ」

「まあね」早朝一時間ほどのバイト。ただし、いつまで続けなければならないのか、分からない。

「学校はどうよ」

「別にもう、関係ないし。出席日数は足りてるから」

「そんなことじゃ、立派な社会人になれないぞ」

「あんたに言われたくないね」健太が鼻を鳴らした。「何か食べるんじゃないの？」

「昼飯」

「じゃあ、その大荷物は置いていったら」健太が、将が肩から提げた袋を指さした。「体が傾いてるよ」

「そんなに重くない」言いながら、将は袋を下ろした。実際には結構重い……スニーカー二足が効いている。

チキン二ピースにフライドポテトのセット。飲み物はコーヒーにした。戻ると、健太が買い物袋を勝手に覗きこんでいる。

「やめろよ」

顔を上げ、健太がニヤリと笑う。「センスないなあ」と嬉しそうに言った。

「大きなお世話だ」

将は買い物袋を取り戻し、自分の席の横に置いた。センスもなにも、服を買うのはいつ以来だろう。

「で、何のバイトが見つかったわけ？」健太がストローをくわえた。すっかり寒いのに、コーラか何かを飲んでいるようだ。

「張り込み」

「張り込み？」健太が目を見開く。

「ちゃんと道具も持ってさ」将はバッグからカメラを取り出した。慣れるために、何か写してみるつもりだったのだ。

「マジのやつじゃん、これ。ちゃんと使えるの？」

将はカメラを構えて、レンズを健太に向けた。シャッターに指を載せて少し力を入れると、オートフォーカスで、すっとピントが合う。スマートフォンの画面で確認するのではなく、ファインダーを覗くのは新鮮な体験だった。レンズの向こうで、健太が顔をしかめている。変顔をしているわけではなく、撮られるのを嫌がっていた。

「そこは笑顔でしょ」

「いやいや、無理だし」健太が首を思い切り横に振る。

「何で？」

「ちょっと貸してみ」

言われるままカメラを渡すと、健太が将にレンズを向けた。今は望遠レンズではなく小さなレンズをつけているのだが、それでも結構重い。カメラは右に傾いでいた。

レンズを見ているうちに、顔が引き攣るのを感じた。「撮られている」感覚が急に高まる。スマートフォンを向けられても、こんな感じはしないのだが……。

「はい、笑って」健太の顔の上半分はカメラに隠れていたが、口元が緩んでニヤニヤしているのは分かる。

「無理無理、笑えないって」

「でしょ？」健太がカメラを下ろした。テーブルに置く時、ごとりといかにも重い音がする。

将はカメラを取り戻し、あちこちをいじくり回した。機能はまったく理解できていない。「シャッターを押すだけで撮れるようにしておく」と祖父は言っていたが……こんなにボタンがたくさんあると、どんな写真でも撮れそうな気がする。ちゃんと機能を理解して使いこなせれば、だが。

「圧がすごいでしょ」健太が言った。

「そうだな」

「昔って、写真は全部こういうカメラで撮ってたんでしょう？　よく笑えるよね。っていうか、モデルの人とかすげえよ。こんなでかいレンズを向けられてニコニコできるなんて、信じられないね」

「まあね」

「そいつで何をするわけ？　盗撮？」

盗撮は失礼だ。むっとしたものの、言い返せない。実際は盗撮そのものなのだから。

「それとも、あれ？　ええと」健太が両手を何度も打ち合わせた。「パパラッチ？」

「違うって」

「芸能人の張り込みとかじゃないの？」

「どこで？　この辺に芸能人なんか住んでないだろう」

「鴨宮にはいないけど、茅ケ崎(ちさき)辺りには結構住んでるよ」

健太がぺらぺらと芸能人の名前を何人か挙げた。将でも知っているような大物もいる。

「その情報、合ってる？」

「合ってる」

「ただの噂じゃなくて？」

「俺、見たことあるし」健太がどこか誇らしげに言った。ある大物俳優の名前を挙げ、「逗子(ずし)に遊びに行った時に、犬の散歩をしているのを見た」と打ち明ける。

「それがさ、ダッさいジャージを着てたんだ。サンダル履いて……それでサングラスに帽子で顔を隠してるから、かえってバランスがおかしくなっちゃっててさ」

「顔を隠してるのに、どうして本人だって分かったんだ？」将は突っこんだ。

「そこは、ほら」健太が両手を揉み合わせる。「オーラ？　オーラが違ったから」

たぶん見間違いだろうと思ったが、それ以上の議論はやめにした。基本的に将は、人と言い争うのが嫌い――苦手だ。相手が高校生であっても同じ。特に健太のような人間は苦手だ。成績は悪く、ちょっとワルで、でも要領だけはいい。自分とは、まるっきり逆の存在だ。

「それより、就職ってどこへ？」

「ああ、地元で。地元っていうか……まあ、いいじゃん。そんな大した会社じゃないし」

「会社なんだ。公務員じゃなくて」

「公務員なんか、冗談じゃねえよ」健太が大袈裟に顔の前で手を振った。「入った瞬間に、一生で稼げる金額が決まっちまうなんて、気持ち悪くね？」

「決まった収入があるのが一番じゃないのかな」

「ロマンがないねえ」健太がからかうように言った。「男の報酬は、金だけじゃないでしょうが」

就職が決まって余裕がある人間はいいよな、と将は溜息をついた。「金だけじゃない」なんて言えるのは、きちんと金を稼ぐ手段があるからだ。自分の財布の残金は五千円ぐらい……しかもこれは「前払い金」で、この後に金が入る当てはない。

「他に何か、バイトはないかな」

「バイトなんか、いくらでもあるでしょ」健太が白けた口調で言った。「贅沢して選んでるから、見つからないんじゃないの？」

健太がすっと携帯を取り出す。いつの間にか、新しいスマートフォンに替えていた。顔の前に立てて何か操作していたが、すぐに裏返して将の方に画面を向ける。

「こういうアルバイトサイト、あるじゃん。地域別で検索すれば、すぐ見つかるよ。選り好みしてると無理かもしれないけど」

そもそも調べてもいないのだが。段々切羽詰まってきて、働かなくてはいけないと考え始めてはいたが、まだ本気で探すには至っていない。

「まあ、今のバイトが終わってからかな。とにかくきついんだよ」将は「きつい」をわざとらしく強調した。実際、朝五時に監視に行く仕事は楽じゃない……まだ一日しかやっていないけど。

「小田原だと、観光関係の仕事ならいくらでもあるよ。土産物を売るとかさ」

「俺が売り子？」将は自分の鼻を指さした。「無理、無理。愛想笑いなんかできないし」

「だったら、かまぼこ工場で働いたらいいいんじゃない？　絶対、おばちゃんたちにイジられると思うけど」

「それもやだなあ」

「そんなこと言ってると、一生、仕事もしないで引きこもりで終わるぜ」

「引きこもってないよ」

「きちんと社会にかかわるためには、働かないと駄目なんだ」訳知り顔で言って、健太がうなずく。

「まったく、俺を見習えよ」

「高校生にそんなこと言われたくないね」

「高校生にそんなことを言われるのが問題なんじゃない？」ニヤニヤしながら健太が指摘する。

優越感。彼の態度から感じられるのは、それだけだった。

第4章　コミュニティ

怜奈のことを調べろとけしかけたものの、将に任せきりにはできない。こういう話はデリケートで、調査には慎重を要する。

結局麻生は、自分でも動いてみることにした。防犯アドバイザーという肩書きは、こういう時に役に立つ。警察官というわけではないから、あれこれ聞き回っても、さほど警戒されないのだ。それにこの辺の人たちとは、ほとんど知り合いである。

まずは現地調査。現役時代、被疑者や関係者が住んでいる場所を調べるのは、基本中の基本だった。「ヤサづけ」と下品な言葉で呼んでいたが、直接本人に会う前に、ある程度周辺の状況を摑んでおくのは大事だ。

怜奈の家は、団地スタイルの県営住宅だった。子ども食堂の利用者には、名前と住所を書かせるようにしているので、最低限の個人情報は把握している。もちろん、以前から麻生が知っている子もいたが、怜奈は突然姿を現したのだった。どこで子ども食堂の情報を知ったのかも分からない……。

ぶらぶら歩いて団地に辿り着く。麻生の家からは十分ほどだった。古びた、何の装飾もない団地。麻生が若い頃は、こういう団地は清潔な感じがして、「金はないが希望がある」若い夫婦が第一歩を踏み出すのに、いかにも適しているように思えたものだが。

この団地にも知り合いがいる。というより麻生は、あらゆる団地に知り合いがいた。防犯アドバイザーとして、近くの町会の役員たちとは常に顔つなぎをしているのだ。団地にも、それぞれ自治会があるので、役員が替わる度に挨拶して、時々は話をするようにしている。

この団地の自治会長は、徳永という男だった。麻生より何歳か年下で、夫婦二人暮らし。二人の息子は神奈川県内にはいるものの、どちらも結婚して独立している。徳永自身は、小田原駅の近くに持っていた一戸建てを定年後に処分して、敢えて鴨宮の団地に入ってきたという変わり者だった。しかし、「家を売って老後資金を稼いだ」という説明にはうなずかされる。プラスマイナスの計算が冷静にできているのは大したものだと思う。家を手放すのは勇気がいるものだ。

一人で家にいた徳永は、麻生を快く部屋に上げてくれた。団地のこういう雰囲気は何だか懐かしい……こぢんまりとした造り。リビングルームこそ板張りだが、他の部屋はおそらく畳敷きだろう。昔は、集合住宅でも畳の部屋があるのが当たり前だった。

家具は少なく、徳永夫妻がシンプルな暮らしをしているのは一目で分かった。

「女房は出かけているんですが」と謝りながら、自分でコーヒーの準備をしてくれる。豆を挽く本格的なコーヒーだった。

「ずいぶん凝りますな」台所でごりごりやっている徳永の背中に声をかける。

「いやあ……今、趣味はこれぐらいですから。朝昼晩と一日三回、美味いコーヒーを淹れる。それぐらいしかやることがなくてね」

自虐的な言い方だったが、徳永の淹れたコーヒーは美味かった。苦みも酸味も突出せず、すっきりした味わいなのに深みがある。その気になれば店でも出せそうな味だ、と麻生は感心した。

コーヒーを一口飲んだところで、用件を切り出す。

「この団地に、水木怜奈ちゃんっていう子が住んでますよね」

「ああ、はいはい」テーブルから離れ、徳永が別の部屋に入った。すぐに、名簿らしきものを持って戻って来る。

「東中の二年ですね」

「今年になってからここへ引っ越して来たんですよね。ご家族は？」

「母親だけ……ちょっと訳ありみたいですね」

徳永がテーブルにつき、名簿に視線を落とした。パソコンの類は見当たらないが、表計算ソフトできちんと作成されたもののようだ。

「訳ありというと？」

「月に一回の自治会の定例会にも出てこないんですよ。たまたま今年は、あの部屋が役員に当たっているんだけど」

「そういうのを嫌う人も、最近は多いですなあ」麻生は腕を組んだ。「面倒なのか、仕事が忙しいのか」

「仕事は忙しいのかもしれないけど、そういうのともちょっと違うようですね」そう告げる徳永の顔は暗かった。

「仕事は何を？」麻生は訊ねた。

「水商売らしいですが、本人もはっきり言わないんでねえ」

「この辺では、水商売なんかできないでしょう」麻生は首を捻った。北口商店街に、寂れたスナックが二、三軒あるぐらい。小田原駅の近くには、それなりの規模の繁華街があるのだが……。

「詳しく知らないし、無理には聞けませんよ。一応、緊急用に本人の携帯の番号は分かってますけど」

「なるほど……それで、娘さんの方なんですがね」

「何かあったんですか？」心配そうに、徳永が目を細める。

「いや、何があったってわけじゃないけど、子ども食堂に来てるんですよ」

「ああ、麻生さんが始めたやつね」徳永がうなずいた。

「私がじゃなくて、あくまでボランティア団体が」麻生は訂正した。目くじら立てて言うほどのことではないにせよ、麻生としては、あくまで、「主体は学生たち」であって欲しかった。自分もいずれは死ぬ。その後でも、地域のコミュニティがしっかり生きるように、「お節介の血」を残したい――そのためには、学生たちに活動を託すのが一番だ。もちろん、卒業と同時にこの地を離れ、鴨宮でのボランティア活動を忘れてしまう学生がほとんどだろうが、ボランティアサークルの活動自体は、後輩たちに託していける。それこそが、伝統を作るということなのだ。

住民同士の絆（きずな）は、絶対に残していかねばならない。この地域では高齢化が進んでいるという事情もあるし、麻生としては地震を心配していた。いつか必ず起きると言われている大地震では、鴨宮付近も重大な被害を被（こうむ）ると予想されている。その時に、地域のコミュニティさえしっかり機能していれば、より多くの人が助け合って生き延びられるはずだ。

「とにかく、子ども食堂に毎回顔を出していて……最近引っ越して来た子だから、家の事情が分からないし、ちょっと心配になりましてね」

「なるほど」徳永がうなずいた。

「母親が水商売ということは、夜は基本的に一人なんでしょうな」それで母親が、ろくに食事を用意していなければ、二週間に一度開かれる子ども食堂が、唯一の楽しみになっていてもおかしくはない。

「いや……」徳永が言い淀み、ゆっくりと顎を撫でた。

「他にも何か？」

「昼間も、この辺でよく見かけるんですよ。つまり、普通なら学校がある時間に」

「ということは、不登校？」

「本格的な不登校かどうかは分かりませんけど、昼間に見かけるってことは、その時間には学校に行ってないわけですよね」

「確かに」麻生は腕組みした。「あまりよくない状況のようですな……声をかけたりしますか？」

「挨拶ぐらいはね」徳永の眉間に皺が寄る。「ただ、返事はしてくれませんね。ひょいと頭を下げるぐらいで。最近の中学生はそういうものかもしれないけど」

「昼間この辺で見かけて……何をしてるんですかね」

「いやあ、よく分からないです。この辺には、中学生が遊ぶような場所もないでしょう」

　それは間違いない。駅前でさえ賑わいからは程遠い鴨宮で、中学生が溜まって時間を潰せる場所というと、北口の大型ショッピングセンターぐらいだ。ただあそこは、この団地からは結構遠いし、遊べば金もかかる。友だちでもいれば別だが、一人だけだったら時間も潰せないだろう。小田原駅まで出れば、暇潰しをする場所には事欠かないのだが。

「今のところ、別に問題があるわけじゃないけど、ちょっと気を遣って見てくれるとありがたいですな」

「いいですよ」徳永が請け合った。「でも、家の中までは覗けませんけどね」

「そこまでは……そこまでやると、お節介がすぎますかな。見かけたら声をかけてあげて下さい。それで、何か変なことがあったら、すぐに私に連絡して下さい」

「相変わらず面倒見がいいですね」

「それしか取り柄がないものでね」麻生はにやりと笑った。


放課後、麻生は東中を訪れた。当然、学校にも顔は利く。ただし教員全員を知っているわけではないから、怜奈の担任は、校長に紹介してもらうしかなかった。

校長はやけに警戒していた。麻生は警察官ではなく、あくまで民間の「防犯アドバイザー」。しかし、警察官だった経歴は知れ渡っているので、何か事件でもあったのか、と恐れたようだった。

「いやいや、そうじゃない」校長室で、麻生は必死に否定した。「ちょっと気になったので、首を突っこんでいるだけですよ。お節介は、何歳になっても直らないものでねえ」

「しかし今、東中には何の問題もありませんよ。幸い、いじめのようなこともないし」

「それは分かってます」麻生はうなずいた。「基本的にここは、いい子が多いですよね」

東中は昔から、いじめや校内暴力とは無縁だった。全国的に校内暴力の嵐が吹き荒れたのは、もう三十年以上も前のことだが、あの頃だってのんびりしたものだった。どうも、海に近いこの環境が、子どもたちの荒い気性を削いでしまうようである。

このあたりでは、昔から暴走族の活発な活動に引っ張られるように、中学生ぐらいからやんちゃな子が多かったのだが、東中は、そういう流れにはずっと縁がない。

「とにかく、学校には問題はありません」校長が強く否定した。

不登校は問題ではないのか、と麻生は突っこみたくなったが、言葉を呑みこんだ。校長は生徒一人一人の状態をしっかり把握しているわけではなく、ここはどうしても担任の話を聞きたい。

「まあ、防犯アドバイザーとしてではなく、近所のお節介なジジイが、気になって訪ねてきたと思ってもらえませんか」

「まあ、そういうことなら……麻生さんの頼みなら仕方ありませんね」

ようやく話が通った。校長としても、一応抵抗したというポーズを作りたかっただけでは、と想像する。

まあ、いい。肝心なのは必要な情報を手に入れることだ。そのためには、多少回り道してもしょうがない。

怜奈の担任、三木彩香（みきあやか）はまだ若かった。ダイレクトに年齢を訊ねていいのは被疑者だけ……という信念に従って、麻生は曖昧に彩香の年齢を確認した。

「あなた、先生になって三年目ぐらいですか」

「惜しいです」彩香が、丸い顔に満面の笑みを浮かべる。「四年目——二十六です」

「ニアピンですね。昔から、女性の年齢はよく当てられるんですよ。勘がいいでしょう」麻生はこめかみを人差し指で突（つつ）いた。

面会の場所は校長室……横に校長がいるのは邪魔だが、この際しょうがない。二人きりで話せる場所も、学校にはないだろう。

「それで、水木怜奈ちゃんのことなんですけど……学校にはちゃんと来てますか？」麻生はいきなり直球を投げこんだ。

「ああ、はい……来ているというか」

「はっきり言いなさい」

校長が助け舟を出した。実際には助け舟にはなっておらず、彩香の丸い顔には戸惑いが広がるばかりだったが。

「休みは多いです。でも、出席日数を問題にするほどじゃありません」

「だったら時々、気の向いた時に出て来ている感じですか」

「もちろん、来ている日の方が多いですよ。今日も来ていました」

「休みの時は、ちゃんと連絡があるんですか」

「それは……あります。だいたい風邪だって言ってますけど」

「そんなにしょっちゅう風邪を引くわけじゃないですよね」麻生は突っこんだ。「家庭訪問とか、必要じゃないのかな」

「それは検討しています」彩香の顔に朱が差す。

本当に検討しているのかどうか……麻生に言われて慌てて考え始めたとしても、それはそれでいい。どんなことがきっかけであっても、怜奈に気を配ってくれればいいのだ。もちろん担任なのだから、もっと早く「おかしい」と気づいて手を打っておくべきではあったが。

「母子家庭だそうですね」

「ええ」

「その辺に何か、理由があるんですかねえ？」

「あの……」彩香が居心地悪そうに体を揺らした。助けが欲しくなったのか、横に座る校長をちらりと見る。

「話しなさい」校長がさらりと言った。先ほどまでの非協力的な態度とは正反対……麻生は他で話すような者ではないから、特に問題はないと思っているのかもしれない。

「転校して来た時、最初に三者面談をしたんです。その時のお母さんの格好が……」

「派手だった？」

「派手でした」彩香がうなずく。「四月だったのに、思いきり肩を出して、ものすごいミニスカートで」

「それぐらいの格好をしている若いお母さんは、今時珍しくないでしょう」麻生は特に「けしからん」とは思わない。服装は個人の自由だし、ジジイにとってはいい目の保養だ。七十を過ぎれば、「目のやり場に困る」こともない。

「態度もよくなかったんですよ。話している間も、ずっと携帯をいじっていて」

「その時、怜奈ちゃんは？」

「私の話は聞いてくれましたけど、やっぱり心ここにあらずっていう感じでした」

親子揃って、学校には興味がないということか。もちろん、そういう人間は昔からいたものだ。

「東京から引っ越して来たそうですけど、何か事情があったんですかね」

「離婚した、とは聞きましたけど、それ以上のことは分かりません」彩香が言った。

「まあ、家庭の内情には、立ち入り辛いところはありますよ」校長が言い添える。「最近は、とにかくプライバシー重視ですからね」

「分かりますがねえ……」麻生は黙りこんだ。プライバシーはもちろん大事だ。余計なことは詮索すべきではない。しかし、雑談の中でも情報を得るぐらいはできる。意識してでなくとも、とにかく話して相手の持つ情報を知る——それは、どんな仕事であっても同じはずだ。まず相手を知らないと、何もできない。

「怜奈ちゃんも、あまり学校が好きじゃないんですかね」麻生は口を開いた。

「そうかもしれません。残念ですけど、そういう子は必ず一定数、います」

「離婚の原因は、本当に何も言ってなかったですか」麻生はしつこく聞いた。

「私は聞いていません」彩香が、丸い顔に強硬な表情を浮かべた。「聞くべき話ですか？」

「それが、子どもさんの欠席が多い原因かもしれないでしょう」

「でも、聞きにくいですよ」

「じゃあ、私が聞いてみましょうかね」麻生は膝をぽん、と叩き、腰を浮かした。「私はお節介な人間として有名らしいので」

「いや、あまり刺激しない方が……」校長が気弱そうに言った。

「タイミングを見てやりますよ」麻生はまた腰を落ち着けた。「それで、学校での怜奈ちゃんの様子はどうですか？　友だちはいますか？」

「あまり馴染んでいないようです」彩香が正直に打ち明け、すぐに慌ててつけ加えた。「いじめとかじゃないんですよ。ただ、この学校の生徒たちは、基本的に田舎の子だから……東京から転校生が来ると、かえって緊張しちゃうんですよ」

「でも、もう結構時間が経ったでしょう」

「時間はあまり関係ないかもしれません。私も、子どもたちには『ちゃんと話しかけて友だちになるように』って言ったんです。頼れる子もいるので」

「そういう子たちは、ちゃんと話しかけたんでしょうかね」

「やってくれましたけど、上手くいかなかったみたいですね。『あの子、喋らないから』って匙を投げてました。基本的に無口というか、他人とのコミュニケーションが苦手な子なんでしょう」

「勉強は？」

「普通ですね。中の中、という感じです」

「部活は？」

「やってません」

「来年三年生だけど、進路は？」

「最近は、ほぼ自動的に高校進学ですよ」校長が口を挟んだ。「でも、ちゃんとした進路指導は三年生になってからですから、まだ先の話です」

確かに。しかし、あまり学校に馴染んでいないのに、進路指導は上手くいくだろうか。

両親が離婚して、それまで慣れ親しんでいた東京から、相当な田舎町である鴨宮に引っ越した――中学二年生の少女には、結構重い経験だったはずだ、と麻生は同情した。引っこみ思案な性格だったら、友だちを作って学校に馴染むのも難しいだろう。

「誰か、親しい子はできなかったんですか？」麻生は校長、彩香と順番に顔を見て疑問を発した。

「それは……」彩香が言い淀み、唇を噛んだ。「私が見た限りではいないようですね」

「普段は何をしてるんですか？　家と学校の往復だけ？」それにしては、学校も休みがちなのだが。

「それは把握してないんですけど……とにかく、これまで問題があったとは聞いていません」

「それは私もそうですよ」うなずいて麻生は同意した。「警察沙汰になったというような話は聞いていませんから」

校長の喉仏が上下する。やはり「警察沙汰」という言葉には敏感に反応するようだ。麻生は組んでいた足を組み替え、少し声のトーンを落として続けた。二人を脅すのは本意ではない。学校とは、きちんと協力してやっていかなくては。

「何かあれば、警察から私の方に情報が入ることになっています。今のところは、そういう情報はありませんし、最近は中学生がどこかにたむろして悪さしているという話も聞きませんから。それは心配ないでしょう」

「じゃあ、そもそも水木さんについては何も問題ないじゃないですか」彩香が反論する。

「何もない……それはそうなんです。ただ、気になるんですよね」

「何がですか?」彩香が目を見開く。

「勘としか言いようがないんですがね。子ども食堂でも、誰とも話そうとしない。他の子たちは、新しい遊び場のような感じで楽しんでくれているんですが、彼女は本当に、ただ食事をしに来ているだけのようなんですよ。家で食べていないんでしょうか」

「どうでしょう……」彩香が急に不安そうになった。

「昼は給食ですか?」

「ええ」

給食なら、少なくとも昼はちゃんと食べているわけだ……ただし、怜奈は中二にしては小柄である。

栄養が足りていないのでは、と麻生は心配になった。

「給食費は、ちゃんと払っているんですか？」

「今のところ、滞納はないです……あの、本当に、まだ学校に馴染めていないだけなんじゃないでしょうか？」彩香が訊ねる。

「それもあるでしょうけど、他にも……どうも、何か問題を抱えているような気がするんです。ただ、それはまだ表沙汰になっていない。表沙汰にならないうちに、何とか解決したいものですね」

「それは、学校の方でちゃんとやりますから」

校長が言った。素人の助けは借りない、と宣言するようなものだったが、麻生は内心鼻を鳴らしていた。学校の力は、学校の中にしか及ばない。地域社会と学校が連携して——という話はよく聞くが、それを実現するためには、地域社会の方が頑張らねばならないのだ。そう、麻生のようにお節介な人間が、学校の中にも首を突っこむ必要がある。

「私もね、もう七十を過ぎました」

麻生がしみじみ話しだすと、二人の態度が変わった。座り直し、背筋を伸ばして麻生の話に耳を傾ける。

「警察官時代には、いろいろな事件を担当しました。警察官を辞めてから十年以上……当時の感覚は忘れかけています。頭も手先も鈍くなる一方で、老化はどんどん進んでいるんですよ。でも、そういう中でも衰えないのが人脈というものでね。私は鴨宮で生まれ育って、ごく一時期を除いてはずっとここに住んでいます。年齢は関係なく友だちも多いし、今でもいろいろ相談したりされたりで——つまりここは、私の街なんですよ。人間関係でつながった自分の街です。だから、この街に住む人にはつつがなく暮らして欲しいし、トラブルに巻きこまれるなんてもってのほかだ。そういうことがないように、この老体に鞭打(むちう)って、何でもやるつもりですよ」

二人はピンときていない様子だった。それはそうだろう。教員と刑事では仕事の内容がまったく違う。麻生は取り敢えず、自分の話で自分を納得させた。


家に帰ると、将が自室で何やらごそごそやっていた。いきなりドアを開けると、びくりと身を震わせ、怖々と振り返る。

「何？」

「何やってるんだ？」

「服の整理」

なるほど。クローゼットに体を半分入れ、両手にはハンガーを持っている。どうやら、この前渡したバイト代で冬服を揃えてきたらしい。これぐらいの金額なら、バイト代ではなく小遣いとして渡してやってもいいのだが、甘やかすと、ろくなことにならない。

「写真はどうだ」

張り込みを始めさせて三日目。写真もちゃんと撮っているはずだ。

「ああ……」

将がクローゼットから出て来て、床に直に置いたノートパソコンを開いた。麻生は孫の正面で胡坐をかき、パソコンを自分の方に向けてレポートを確認した。

表計算ソフトに日付、書きこみがあって、さらにデジカメで撮影した写真も貼りつけてある。まあ、なっていない……写真が大き過ぎて空白だらけだ。取り敢えず状況は分かるのだが。

今日の分を読むと――六時五分、玄関に出て新聞を回収。六時七分、いつものように玄関の掃除を開始。十五分、水を撒いて終了。

写真は、玄関先を掃き清める文子の姿を捉えていた。ただし、うつむいて掃除しているので、顔までは見えない。

「お前ねえ……もう少し写真を撮るタイミングってもんがあるだろうが。これじゃ表情が分からない」

「ずっとうつむいてるんだから、しょうがないでしょう」将が唇を尖らせて反論した。

「顔はまったく見えなかったのか？」

「そういうわけでもないけど」

「今朝はどんな顔をしてた？」

「普通」

「お前の言う普通っていうのは、どういう普通なんだ？　毎日見てるんだから、ちゃんと分かってるんだろうな？」段々焦れてきた。まったく、人間観察もレポートもできていない。こんなことでは、まともな仕事に就くことなど、絶対に無理だ。

将は頼りなかった。物事をちゃんと見ていない……しかし麻生としては、叱りつけて気合いを入れてやることにも、もういい加減うんざりしていた。何とか孫を、普通に社会人としてやっていけるように鍛えようと思っていたのだが、努力は無駄に終わりそうだ。

とはいえ、一つ約束がある。こんな人間を売りこんだら、相手に対して失礼かもしれないが、とにかく物事はチャレンジだ。

「これから出かけるぞ」

「は？」将が顔を上げる。

「小田原まで行くんだ。さっさと準備しろ……それよりお前、ちゃんとした服はないのか」

「ちゃんとしたって……」将の顔に戸惑いが浮かぶ。

「背広とか、せめてブレザーとか」

「まさか。そもそも持ってないし、そんなものを買う金もないし」

「しょうがない」麻生は舌打ちした。「取り敢えず、一番小綺麗な格好に着替えろ」

「ちょっと、小田原って何なの？」

「お前にバイトを紹介する。これから面接だ」

「バイト？」将が目を剝いた。「バイトって、何のバイト？」

「仕事の内容については、俺も詳しくは知らん。向こうで説明してもらえばいいだろう」

迷った末、結局、観光協会の仕事をやらせることにしたのだ。

「意味、分からないんですけど」

「金が欲しくないのか？」

「それは……」

「金が欲しいんだったら、働け」

「でも、朝の仕事はどうするの？」

「それは続行だ」

「じゃあ、一日に二つ？　バイトをかけ持ち？　あり得ないんですけど」

「愚図愚図言うな」麻生は立ち上がった。まったく、動き出す前に文句ばかり言うこの性格は、どうにかならないものか。

警察学校にでも放りこんでやりたいものだ。あそこでびしびし鍛え直せば、生まれ変われるかもしれない。実際、見違えるように立派になった若者を、麻生は何人も見ている。しかし……将は途中で挫折するタイプにしか見えなかった。

第5章　アルバイト

東京から鴨宮へ「拉致」されてから、将は小田原へは何度か来ているが、その度に目が眩むような思いを味わう。高い建物が一切なく、基本的には静かな住宅地の鴨宮と違って、小田原は賑やかだ。渋谷や新宿の雑踏を身をもって知っているはずなのに、今では小田原がまぶしい。それなりの規模の繁華街もあるし、箱根へのゲートウェイということで、いつも観光客で混雑している。

その観光客相手の仕事って……将は不安を覚えた。健太も、そういうバイトならいくらでもあると言っていたが、接客なんか自分には絶対に無理だ。

小田原駅は複数の路線が乗り入れるターミナル駅で、構内も広々としている。鴨宮に比べたら、はるかに巨大な駅だ。上にはアーチ状に半ば透明な屋根がかかり、陽が照っている時は常に明るい。西口を出るとすぐに、小田原の象徴とも言える北条早雲公像が出迎えてくれるが、基本的には静かな住宅街である。一度、この辺を自転車で走り回ったことがあるが、早々に飽きてしまった。坂が続き、自転車向きではないのだ。それに、妙に寺が多くて何だか辛気臭い。

一方東口には、賑やかな繁華街がある。こぢんまりとしてはいるが、夜になると結構騒々しい。駅前にはバスターミナル。新しい商業ビルもあって、人の流れも激しい。

これまで一度も足を踏み入れなかった、駅の地下街へ向かった。地下街といってもこんなものか、と気が抜ける。大した規模ではないし、空きスペースもある。入っている店舗は土産物屋、蕎麦屋、かまぼこ屋など。まあ、心沸きたつ感じじゃないね、と将は内心小馬鹿にした。所詮は地方都市の、大したことのない駅の地下街だ。たぶんここも、すぐに寂れて人通りが少なくなるのだろう。

祖父は「うめまる広場」の看板がある開けた場所に将を誘った。ここは地下街の休憩所のようで、木製のベンチがいくつか、それに自動販売機が置いてある。祖父が近づいて行くと、一人の男がのっそりとベンチから立ち上がった。

「どうも、お疲れ様です」

「観光協会の宮地君だ」祖父がすかさず紹介する。「こっちが孫の将」

宮地と名乗った男は、馬鹿丁寧に頭を下げた。将も慌てて相手の動きに合わせたが、体がばらばらな感じ……こんな風に誰かに挨拶したのは、いつ以来だろう。

「宮地君とは古いつき合いでね」

「いやいや……」祖父の台詞に、宮地が嫌そうな表情を浮かべた。「昔の話は勘弁して下さい」

「もう時効だよ。ちょっとした武勇伝じゃないか。それに俺は、あの一件は評価してるんだぞ。警察官としてはともかく、男としては拍手を送りたかったね」

「何なんですか?」将は恐る恐る聞いてみた。どうせ暴力沙汰だろうが……と思いながら。

「高校生の時、隣の高校に殴りこみに行こうとしたんだ」祖父がさらりと言った。

やっぱりそういうことか。将は表情を歪めた。この手の話は苦手なんだよなあ……しかし祖父は、得々として話し始める。

「宮地君の友だちが、駅前で突然襲われたんだ。まったくの因縁で、まあ、要するにガキの喧嘩だよ。でも、腕の骨を折られて重傷を負った。やった相手は分かっていたから、宮地君は翌日すぐに、仲間を連れて隣の高校に乗りこもうとしたんだ。しかし我々も、傷害事件で捜査を始めていたからな。相手の学校の前で彼らにぶつかって、慌てて止めた。そこで騒ぎになっている間に、犯人たちには逃げられたんだが」

「勘弁して下さいよ」宮地が髪を短く刈り上げた頭を掻いた。「もう、三十年も前の話じゃないですか」

「その後、犯人は無事に捕まったから、問題ないんだよ。しかし君も、ヤバかったぞ」祖父が将に顔を向ける。「柔道部とラグビー部の猛者(もさ)を引き連れて殴りこみをかけようとしたんだから。タイミングが狂ったら、大乱闘になっていた」

「本当に面目ないです」宮地の顔は真っ赤になっていた。

今までも散々祖父にからかわれてきたようだ。まあ、どうでもいい……昔の若者はきっと、後先も考えない馬鹿ばかりだったんだろう、と将は思った。

宮地が缶コーヒーを買ってくれた。ひょこりと頭を下げて受け取り、さっさとベンチに腰を下ろす。途端に、祖父の厳しく冷たい視線を感じて、慌てて立ち上がる。

「お前が座るのは最後だ」

「まあまあ、麻生さん、そんなに固いことを言わなくても」

宮地がとりなしてくれたが、祖父はいきなり説教を始めた。

「一番若い奴は最後に座るものだ。それに、コーヒーをもらったら、ちゃんと礼を言う。人間関係の基本中の基本だぞ」

「……ありがとうございました」逆らう気にもなれず、頭を下げてもそもそと礼を言った。

「まあまあ……とにかく座って下さい」

言われて、慎重に腰を下ろす。ベンチに浅く腰かけ、背筋を伸ばすように意識した。これで背中が曲がっていたら、祖父にまた何を言われるか、分かったものではない。

「しかし、麻生さんにこんな大きなお孫さんがいたとは、知りませんでしたよ」

「ひ孫がいてもおかしくないぞ」

「いや、まさか」宮地が苦笑する。

「ずっと東京にいたもんでな。この夏から、こっちで暮らしてるんだ」

「そうですか。大学生……だよね？」宮地が将に訊ねる。

「大学は今、休んでます」

「ああ、訳ありなんだ」宮地がうなずいた。どうやら、祖父が既にだいたいの事情を話しているようだ。事情を知ったら、とてもバイトとして雇う気にはならないはずだが。

「あの、バイトは……」

「人手が足りないんだ」宮地がさらりと言った。「それに、麻生さんの保証なら――麻生さんのお孫さんなら、一番確実だから」

「何ができるかは分からないが、とにかく使ってやってくれると助かる」祖父が頭を下げた。

「もちろん、こっちは大歓迎ですよ」

自分抜きでどんどん話が進んでいってしまう……それも不安だし、バイトがこなせるかどうかも分からないが、金の魅力は大きい。金さえあれば、好きなように生きていけるはずだ。

「あの、それで……どういうバイトなんですか」将は遠慮気味に訊ねた。

「ああ、ここに新しい観光案内所を作るんですよ」宮地がさっと右手を動かした。「そのスタッフです」

「でも、観光案内所のスタッフって、人を案内したりとか……そういう仕事ですよね？」

「そうですよ」宮地が怪訝（けげん）そうな表情を浮かべる。「何しろ案内所ですから」

「外国人観光客もいたりして」

「もちろん」宮地の顔に笑みが浮かぶ。「これからは、小田原も国際的な観光都市としてやっていかなくちゃいけないから。中国からの観光客はぐっと増えてるけど、そういう観光客は、だいたい熱海や箱根へ流れます。小田原にも金を落としてもらうためには、ここをもっと魅力的な街にする必要がありますからね。そのためにはまず、サービスの充実です。ソフト面から取り組むんですよ」

宮地が滑らかに並べたてたが、将は思い切り白けていた。この人、マジで言ってるのかね……小田原の観光資源って何だろう。小田原城はいい。だけど、他には？　土産物といえば干物とかまぼこぐらいで、金持ちの中国人観光客が喜ぶとは思えない。だいたい、この広場の近くにさえ、人があまりいないじゃないか。

「他にはどんな仕事があるんですか？」念のために将は訊ねた。

「ホームページもリニューアルしますし、印刷物もたくさんあります。そういうのを、これまで業者任せにしていたんですけど、これからはできるだけ自分たちでやろうと……何しろ、予算的に厳しいご時世なんで」

そっち方面の仕事ならできるのではないだろうか。パソコンには詳しくないが、人と会わないでもやっていけそうなのは大きい。

「この場所が、観光案内所兼観光協会の出先にもなります。何しろ駅の真下ですからね」

「あの……働くとしたら、勤務時間はどうなりますか？」

「交代制ですね……ローテーションはこれから決めますけど、午前か午後かを選んでもらう感じになりますよ」

やれるかもしれない、と将は思った。

将は、まず観光協会へ通うことになった。そこで仕事を覚えながら、駅地下の観光案内所ができた後は、そちらに詰める。観光案内所に詰めることになったら、改めて勤務シフトを作成する。観光客相手の仕事なので土日に休めるわけではないが、週休二日は確約――。時給は千円。一日四時間働くとして週二十時間、これで週給は二万円だ。一か月で八万円ぐらい。家賃はかからないわけだから、しばらく働けば金も貯まって、好きなことができるだろう。悪くない条件に思えた。

好きなことが何なのかは、全然分からなかったが……取り敢えずあの家は出よう。

話し合いが終わると、祖父は「打ち上げだ」と言って近くの居酒屋へ向かった。

居酒屋ねえ……そういえば、大学へ入ったばかりの頃、つき合いで行ったことがあるが、馴染めなかった。とにかく煩くて、酔っ払いが多くて、まったく落ち着かなかったのだ。

駅の近くの東通り商店街に入り、すぐに一軒の店に落ち着く。チェーンの居酒屋ではなく、地元の人がやっている店のようだった。例によって祖父は、この店の店長とも知り合いのようで、気軽に言葉を交わしている。

「お前も呑むだろう？」

小上がりに落ち着くと同時に、祖父が当たり前のように言った。

「え？　僕は……」

「酒を呑んでもいい年齢なんだから、呑むんだ。呑めないのか？」

そういえば今まで、祖父に酒を勧められたことは一度もない。家で、祖父が呑んでいるのも見たことがなかった。外ではつき合いで呑むのだろうか。

「……じゃあ、呑むけど」

「よし、宮地君、ビールを三本、頼んでおいてくれ。生じゃなくて、瓶だ」

「相変わらず瓶派なんですね」

「ああ。ちょっとトイレに行ってくる」

祖父が小上がりから出ていくと、宮地が盛大に溜息を漏らした。それを見て将は、この男が祖父を苦手にしているのだと悟った。要するに、自分と同じ人種だ。

「祖父のこと、嫌いなんですか」

「いやいや、とんでもない」宮地が顔の前で思い切り手を振った。「麻生さんは恩人だからね。あの時、本当に殴りこみをしてたら、俺の人生はすっかり狂ってたはずだ。本当は、逮捕されていてもおかしくなかったんだよ。凶器準備集合罪になるわけだから」

「凶器、持ってたんですか？」将は目を見開いた。

「それこそ、ナイフとかバットとか。今考えるとぞっとするね。あれを使っていたら、本当にヤバかった。たぶん麻生さんは、全部分かってたね。分かってて、とにかく俺たちを解散させて、後は何も言わなかったんだから」

「警察として、そういうのってありなんですかね」

「じゃあ、俺は逮捕された方がよかったのかな」宮地が苦笑する。

「いや、そういうわけじゃないんですけど、基準がよく分からないんですよ。物事の基準というか、判断基準というか……あれこれ言われるんですけど、毎回言うことが違うんですよね」

「ああ、そういうところはあるね。要するに柔軟なんでしょう」

「そうですかねえ」将は首を捻った。

「杓子定規じゃ、世の中の問題は解決できないから。その辺、麻生さんはいろいろ経験してるから、分かってるんだろうなあ」

「原則を決めたら、その通りにやって欲しいんですよね。ついていけませんよ」

「あなたも、麻生さんのお孫さんにしては愚痴っぽいね。麻生さんは愚痴なんか零さない人だけど」

「でも、文句は言いますよ」

「説教とか」宮地が声を上げて笑った。「そういうキャラなんだから、しょうがないよ。でも君は、麻生さんからはあまり影響を受けていないようだね」

「そんなに会ってませんでしたから」母親——祖父にとっては娘——と不仲で、ほとんど会うこともなかったからしょうがない。

「何でまた、今はこっちに住んでるの？　大学は何で休んでるの？」

いきなり自分のことを聞かれ、将は困った。大学を休学した理由も、何と説明したらいいのか……ふと思いついて、「自分探し、です」と口から出まかせを言った。

「ああ」少し馬鹿にしたように宮地が笑う。「自分探しって言葉、いつ頃から使うようになったのかな……俺たちが若い頃は、そんな言葉はなかったと思うけど」

「そうなんですか？」

「そうだよ。とにかく、仕事もしない、学校へも行かないでぶらぶらしていても、今は『自分探し』って言うと大抵許されるんだから、便利な世の中になったよねえ」

「いや、本当に自分探しなんですけど」後づけの理由だが、言った後で何だか納得してしまった。何をしていいか、何をやりたいのか分からないから、今はこうやって無為な時間を過ごしている……。

祖父が戻って来て、小上がりにどっかと腰を下ろした。同時にビールがやってくる。宮地がお酌をしようとビール瓶を取り上げたが、祖父は「面倒臭いから手酌でいこうや」と切り出した。仕方なく、将もビール瓶を取り上げて自分のグラスに注ぐ。勢いが良過ぎて、半分以上泡になってしまった。

「お前ね、ビールは丁寧に、ゆっくり注ぐもんだよ。そうしないと、美味く呑めない。泡で蓋をするように注ぐんだ」

確かに祖父のグラスの上部には、二センチほどの綺麗な泡の層ができている。

「じゃあ、お疲れ様」祖父がグラスを掲げた。「こいつがちゃんと働けるかどうかは分からないけど、鍛えてやって下さい」

「すぐに慣れますよ」言って、宮地がグラスを傾ける。将も一口……覚えていたよりも苦い。こんなもの、よく呑めるよなあ……。

「しかし、もうビールじゃなくて熱燗の季節だな」祖父が言った。

「そうですねえ」宮地が同意する。「まあ、冬も嫌いじゃないんですけど、私はやっぱり、ビールが美味く呑める夏の方が好きですね」

「俺はどうも、ジョッキで生ビールっていうのが好きになれないんだけどな。昔からだが」

「好みの問題でしょう」

酒呑み同士の会話が、耳をすり抜ける。

もう酔っ払ってきた？……いつの間にか体が揺れ始めている。しかも眠い。酒なんて、別に必要ないよな、と将は本気で思った。

「ほら、もっと食え」祖父が、テーブルに並んだ料理を勧める。まあ、不味くはない――美味いんだけど、ビールで胃が一杯で、もう何も入らない。

「麻生さん、そろそろお開きにした方がいいんじゃないですか？」宮地が言った。

「まったくだらしないな……ビールを二、三杯呑んだだけでこの調子じゃ、先が思いやられる」
二、三杯？　マジで？　もう、ビール瓶を何本も空にしてしまったような気がする。
「何か、腹に溜まる物を食っておかなくていいか？」と祖父が宮地に訊ねる。

「茶漬けでもどうですか？　鯛茶漬けがありますよ」

「お、いいな。俺もそれに乗った。将、お前はどうする？」

「ああ、食べる……」食欲なんかないのに、つい同調してしまった。

運ばれて来た鯛茶漬けを、祖父と宮地は最初、茶漬けにせずに食べた。ゴマダレにまみれた鯛をおかずに、白いご飯だけを。それから刺身と薬味を全部茶碗に載せて、だし汁を注いだ。将は白いご飯をそのまま食べる気になれず、二人のやり方を見て、最初から茶漬けにした。

茶漬けは、引きこもっている頃によく食べた。コンビニエンスストアで買ってきた握り飯を茶碗に入れ、湯を注いで解(ほぐ)すだけ。握り飯の具がそのまま茶漬けの具になるし、海苔(のり)もあるから何となく茶漬けっぽくなるのだ。この味は、引きこもりの味だよなあ……ただあの頃食べていたものよりは、ずっと旨味(うまみ)が濃いけど。

結構美味いじゃないかと思いながら、結局最後まで食べ切ってしまった。腹はパンパン。酔いも回っていい気持ち。

次に気づいた時には、自宅に戻って布団で寝ていた。スマートフォンを引き寄せ、時刻を確認すると、まだ午後十時。何だよ、酒って、時間の感覚を消してしまうのか？　目を閉じ、もう一度眠る。今度はしっかり。眠りはすぐにやってきた。


将はまず、痛みで眠りから引きずり出された。何なんだ……頭が痛い。二日酔い？　二日酔いってこんな感じなのか？

「とっとと起きろ！」耳元でドスの利いた声が響く。

慌ててはね起きると、頭痛が激しくなった。思わず頭を抱えこみ、うなだれる。

「遅刻するぞ」

「え？」

ゆっくりと顔を上げると、間近に祖父の顔があった。真顔。一番怒っている時の表情だ。慌てて布団をはねのけ、側に置いたスマートフォンに目をやる。五時……別に遅刻じゃないよ。いつもこの時間に起きて出かけてるのだから——そうか、出かけるのか。

「今日も行かないと駄目なわけ？」

「当たり前だろうが」祖父が脅しつけるように言った。「金は前払いしてある。その分はしっかり働け」

「あの二万円は、何日分？」

「余計なことは考えるな」

クソ、人を雑に使いやがって……慎重に立ち上がったが、まだ頭が痛い。その時ふと、頭痛の理由が二日酔いだけではないことに気づいた。別の痛み……祖父に頭を殴られたに違いない。叩き起こされる、とはまさにこのことだ。冗談じゃない、暴力反対……。

このまま愚図愚図言っていてもよかった。しかし何故か、自然に体が動いてしまう。洗面所へ行って冷たい水で顔を洗うと、一気に目が覚めた。ついでに歯磨き。何度も吐き気に襲われる——これはやっぱり、二日酔いだよ。絶対にもう、酒なんか呑まないぞ。

ひんやりした朝の空気の中、自転車を漕ぎ出す。顔は冷たいが、寒さはそれほど苦にならなかった。安いＭＡ－１でも、防寒機能はそれなりにしっかりしている。これなら何とか、冬を乗り切れるだろう。

走っているうちに、酔いが抜けていくようだった。やたらと喉が渇く。まだ財布には少し余裕があるから、途中で水でも買っていこう。まだ固形物は胃に入りそうになかったが……文子の家についた時には、息が弾み、顔が熱くなっていた。さて、今日もバイト開始だ。


こういうのも寝落ちというのか。

将は自転車のサドルから転げ落ちそうになって、慌てて目を覚ました。膝が変な具合に折れ曲がって、痛みが走る。ただそれで、眠気は一気に吹っ飛んだ。

「やべ」

声に出して言い、顔を思い切り擦る。自転車に跨ったまま寝てしまったわけだが……そんなことができるとは思ってもいなかった。電車の中でだって寝たことはないのに。

誰が見ているわけでもないのに、一つ咳払いする。思い切り背伸び……背中がばきばきと音を立てる。スマートフォンを取り出して時刻を確認すると、もう六時を回っていた。普段なら、文子はもう新聞を引き抜き、玄関の掃除も終えている時間である。川沿いの木立から抜け出して家を確認したが、文子の姿は見当たらなかった。

まあ、こういう時もあるよな、と自分を納得させようとする。毎日、まったく同じ行動を繰り返しているわけじゃないだろうし。たまには寝坊するとか……。

しかし、何かが気になった。

将は、思い切ってもう一度木立を離れた。川沿いを歩いて、文子の家に近づく。

すぐに異変に気づいた。

郵便受けに新聞が入っている。それも今日の分だけではない。中に落ちないようにそっと確かめてみると、昨日の夕刊と今日の朝刊、両方が突っこんであった。

つまり、文子は昨日の日中から家にいない。

昨日の朝、文子がいつもと同じように新聞を引き抜き、玄関を掃除するのはこの目で見た。写真という絶対の証拠も残っている。今日は……家の前の道路には、落ち葉が溜まっていた。文子はいつも、道路まで綺麗に掃き清めていたのに。

いや、別におかしくはないだろう。文子は他の街に住んでいる子どもたちの家に遊びに行ったかもしれないし、一人で旅行に出た可能性もある。一日ぐらい家を空けたって、何かが起きたとは限らない。たぶん、何でもないんだ。

そう自分に言い聞かせたものの、嫌な予感が消えない。

七時まで待った。周りはすっかり明るくなり、行き交う人も増えてきた。駅へ向かうサラリーマン、朝練なのか、ジャージ姿で走って行く中学生たち……街が急速に目を覚ましつつある中、将は一人取り残された気分になっていた。これでいいのか？　いつまでもぼんやり突っ立っているだけでは、何も分からない。かといって、どうしていいか、上手い手も思い浮かばなかった。

こういう時は、祖父に電話すべきだろうか？　きちんと報告して、どうすべきか指示を仰ぐ——しかし、馬鹿にされそうな気がして怖い。「何でそんなことで騒いでいるんだ？」と指摘されたら、答えようがないではないか。「勘」なんて言っても、絶対に鼻で笑われるだろう。

どうするか悩んでいるうちに、いきなりスマートフォンが鳴った。びくりとして、ＭＡ‐１の内ポケットからスマートフォンを引っ張り出す。祖父——登録名は「ジジイ」——だった。そういえば、登録したものの、祖父から電話がかかってきたことが一度でもあっただろうか……。

「はい」

「どうした」祖父がいきなり切り出した。「今朝は何で帰りが遅いんだ」

「文子さんがいないんだ」

「いない？」祖父が疑わしげな声を出した。「いないっていうのはどういうことだ」

昨日の夕刊と今日の朝刊が郵便受けに挿（さ）さったまま、今朝は掃除にも出て来なかった——状況を説明すると、祖父がいきなり声を張り上げる。

「そういうことは早く報告しろ！」

鼓膜を突き破りそうな怒鳴り声に、将は思わずスマートフォンを耳から離した。それでも祖父の声は、まだ耳に突き刺さってくる。

「ノックしろ。ノックして反応を見て、もう一度電話しろ」

ぶつり、と乱暴な音がして電話は切れてしまった。

クソ、もうちょっと言い方があるんじゃないか……ぶつぶつ文句を言いながら、将は歩き出した。文子の家までは、わずか数十メートル。短い時間で考えをまとめようとしたが、無理だった。

将は馬鹿正直にノックした。結構大きな音が響いた後で、ドアの横にインタフォンがあるのに気づく。祖父の言う通りにノックする必要なんかなかったんだ……だいたい今時、ドアをノックする人なんかいないだろう。

何だか恥ずかしくなって咳払いし、改めてインタフォンを鳴らす。普通に家の中から呼び出し音が聞こえたが、反応はなかった。一歩下がって、ドア全体を見る。特に異変はない……いや、異変があるかどうか分からないのだ、とすぐに思い直した。いつも離れたところから家と文子を見ているだけで、ドアと正面から向き合ったことは一度もない。

もう一度インタフォンを鳴らす。ノックも。やはり返事はない。

そこで将は、自分でも思ってもいなかった行動に出た——ノブを回し、無施錠なのを確認してドアを開けたのだ。

隙間から顔を突っこみ、玄関の中を覗く。それほど陽が入らないので薄暗く、ひんやりした、少し黴臭(かびくさ)い空気が淀んでいる。くしゃみが出そうになり、慌てて首を引っこめた。

深呼吸してから、もう一度玄関に首を突っこむ。思い切って、「本多さん?」と呼びかけてみた。

返事はない。

今度はもう少し声を張り上げる。しかし、やはり返事はなかった。

急に不安が膨れ上がってくる。まさか、家の中で倒れている——死んでいたりして。死体を見つける役回りだけは勘弁して欲しい、と思った。まだ二日酔いは抜けていないし、間違いなく吐くだろう。

急いでドアを閉め、玄関から離れる。とにかく祖父に連絡だ——しかし手が震えて、スマートフォンを取り落としてしまった。慌てて拾い上げ、ＭＡ‐１の袖口で埃を拭ってから発信しようとした瞬間、また電話が鳴る。祖父……何でこの人は、見計らったように電話をかけてくるんだ？

返事がないと報告すると、祖父が緊張した声で「すぐにそっちへ行く」と言った。

自ら出馬？　祖父も、自分と同じ不安に襲われたのだろうか。

第6章　緊急事態

　こういうこと——自転車に乗りながらの電話——は絶対に駄目だ。しかし今は非常時。麻生は必死にペダルを漕ぎながら、原口のスマートフォンを呼び出した。

「はい」原口の声は小さい。背後に駅の音……出勤途中なのだとすぐに気づいた。今日は電車を一本遅らせてもらう必要があるかもしれない。

「私だ」

「電車に乗るところなんですが」麻生の予想通りだった。

「ちょっと聞いてくれ。本多文子さんのことなんだが」

「どうかしましたか?」

「家にいない。ドアに鍵がかかっていなかった。今から家に入ってみる」麻生はテキパキと報告した。

「分かりました」原口の声が急に大きくなる。「でも、心配し過ぎじゃないですか?」

「歳を取ると、どういうわけか、家の鍵をかけることだけは忘れなくなる……もちろん家にいるかもしれないが、倒れている可能性もあるからな」

「そうですね……何かあったらすぐに連絡して下さい」

「何もなくても連絡するよ。お前さん、心配性だからな」

「そりゃそうです……だけど、心配事を増やしているのは麻生さんですからね」

「生意気言うな」

　捨て台詞を吐いて電話を切り、ペダルを漕ぐ足に力を入れる。ぐんぐんスピードが上がり、頬を叩く寒風が強くなった。

　ほどなく、文子の家に到着。将が、心配そうな顔つきで、玄関前に立っていた。

「どうだ」自転車を降りて、すぐに訊ねる。

「どうって、返事、ないけど」

「声はかけたんだな？」

「何度もかけた」将がむっとした声で答える。

「よし、中に入るぞ」

「いいの？」将が目を見開く。

「いいんだ。近所の人間が心配して家を覗く――何もおかしくないだろう。ここは東京じゃないんだから、こういうのも普通なんだぞ」

　人がいない家は、気配ですぐに分かる。たとえ大きな一軒家に一人が住んでいるだけでも、その体温が家の空気感を変えるのだ。

　玄関に入った瞬間、文子は家にいない、と麻生は確信した。あるいは死んでいるか、だ。生の気配がまったく感じられない。

「どうした、入れ」振り向き、将に声をかける。

　将は玄関の外に立ったまま、ドアを手で押さえていた。顔色は真っ青で、今にも吐きそうである。まったく、気が弱い男だ。こんなことでは、社会の荒波に向かっていけない。

気弱な孫への説教は後回しだ。麻生は「文子さん」と声をかけ、返事がないのを確かめてから靴を脱いだ。慎重に……一つも見逃さないように気をつけなければ。現役時代の勘が蘇ってくるのを感じた。

「将、中へ入れ」

「だけど……」将が愚図愚図と言い訳をしようとした。

「いいから、さっさと入れ！」小声で、しかし鋭く命じる。「そこで突っ立っていても、何にもならないぞ。お前も家の中を調べるんだ」

「調べるって、どうやって……」

「俺について来い。とにかく、一つも見逃すな。何かおかしなことに気づいたら、すぐに言え」

「普段の様子が分からないんじゃ、何がおかしいか分からないでしょう」

「無神経な奴ほど、よくそう言うんだ。観察眼の鋭い人間なら、初めて入った場所でも異変に気づく。これは、お前の観察眼のテストでもあるんだ」

将が何かぶつぶつ言ったが、麻生は聞き流した。孫の愚痴にいちいちつき合っていたら、こっちが参ってしまう。

玄関から続く廊下には、わずかに黴臭い空気がこもっている。しかし、掃除は行き届いており、廊下の隅の方にも埃一つ落ちていない。

廊下の奥がリビングルーム。古いなりに綺麗に掃除され、整頓も行き届いている。余計なものが一つもないように見える部屋……やはり文子は、掃除好きなようだ。一日の大半を、この家を綺麗に磨き上げることで過ごしているのではないかと思えた。

一階にはキッチンとリビングルーム、六畳の和室。二階には洋室が三部屋あった。和室には仏壇。ここは普段使っている様子がない。線香の匂いがかすかに漂っていた。仏壇に飾られた写真には見覚えがある。麻生は、亡くなった文子の夫とも、会話を交わしたことがあった。

上の部屋のうち二つは雑然としている……たぶんここは、子どもたちが独身時代に使っていた部屋なのだろう。掃除はしているようだが、物は溢れている。だいたいこういう部屋は、片づけにくいものだ。もう子どもが帰って来るはずがないと分かっていても、何となく整理ができない。

もう一部屋が寝室。ベッドが二つ置いてあるのは、夫が健在だった頃の名残りだろう。片方には普段使っている形跡があるが、窓に近い方のベッドにはそれがない。こういうものだ……一人になればどちらのベッドを使ってもいいのだし、もっと広いダブルベッドに買い換えて一人で独占してもいいのだが、生活はなかなか変えにくい。

それは麻生も、経験上よく知っている。

浴室、トイレもチェック。どちらも綺麗に掃除されていた。これは自分も見習わなければならないと思いながら、麻生は取り敢えずほっとしていた。

一番心配していたのは、文子が家で倒れていることだった。連絡も取れず、誰にも気づかれずに、倒れて死を待つだけ——それは、ある程度歳を取った人なら、誰でも想像して恐れる事態である。

ただ、すぐにもう一つの心配が膨らんできた。

ドアに鍵がかかっていなかった。鍵を閉め忘れて家を出るということは、実際にはほとんどないのだ。となると、文子は誰かに拉致された可能性もある……麻生はすぐに、近所の聞き込みをしてみることにした。この辺は静かな住宅街であり、少しでも騒ぎがあれば近所の人たちが気づくはずだ。

麻生は将にも命じて、聞き込みを始めた。成果なし。何かあったとしたら昨日の朝以降なのだが、異変を察知した住人は一人もいなかった。

文子は消えていた。


原口は、自分のデスクに荷物を置く間もなかっただろう。あるいは、署に足を踏み入れてさえいないかもしれない。覆面パトカーから降り立った時には、額に汗が浮かんでいた。身を切るような風が吹いているのに……元々この男は汗っかきなのだが。

「どういうことですか、麻生さん」

「さっき電話で話した通りだ」

「行方不明で間違いないんですか」

「家にいない。ドアが施錠されていない。近所の人たちが昨日から姿を見ていない。以上だ」麻生はぴしぴしと言葉を叩きつけた。焦りが、乱暴な物言いにつながってしまう。

風が吹き抜け、麻生は思わず首をすくめた。寒さには強い方なのだが、今日はひときわ冷える。さっさと覆面パトカーのドアを開け、助手席に乗りこんだ。原口が慌てた様子で、運転席に座る。

「麻生さん、困りますよ。勝手に覆面パトに乗られたら……」

「見られて困るようなものはないだろう」

麻生はぴしりと言った。ドアを引き開け、不安そうな表情で立っている将に声をかける。

「どうした、さっさと中に入れ」

命じても、将は戸惑った表情で突っ立ったままだった。

「麻生さん……」原口がさらに困ったように声をかける。

「いいから。外で話をしていたら風邪を引く。将、早く中へ入れ！」

ようやく将が後部座席に乗りこんだ。覆面パトカーが珍しいのは理解できるが、それにしてもやけに緊張した気配が伝わってくる。振り向いて顔を確認すると、表情は引き攣っていた。

「拉致された可能性がある」

「考え過ぎじゃないですか？　お年寄りですから、徘徊とか」

「文子さんは、頭はしっかりしている。認知症の症状はまったくない」

言い切るのは危険だ……これはあくまで、麻生の印象に過ぎない。専門家が診断したら、実は認知症が進んでいた、ということもあり得る。しかし、ここで病気に関する議論を続けていても仕方がない。認知症ではない、という前提で話を進める。

「徘徊ではないとすると、家出？」

「意味が分からん。文子さんは、ここで一人暮らしなんだ。家を捨てる理由はないだろう……おい、しっかりしろ！　警察官はお前の方なんだぞ？　もう少しちゃんと推理しろ」

「そんなこと言われましても……」原口が、自信なげに口ごもる。

「だいたいこの件は、最初にお前の方から持ってきたんじゃないか。俺に任せきりで後はノーチェックだったのか？」

原口を怒っても仕方ないと思いつつ、現役時代の感覚が蘇ってしまう。原口が新人だった頃、毎日のように怒鳴りあげて、肌感覚で仕事を教えてやった——その結果彼は、優秀な警察官になったのだが、暇な小田原にいるせいで勘が鈍ってしまったのか。警察官は、忙しくしていてこそ、感覚が鋭敏になる。

「とにかく、文子さんが家を出る理由が考えられない。特に問題はなかったからな」

少し元気がなかったことを除けば。ただ、その原因はまったく分かっていない。近所の人たちも何も知らなかった。どうも文子は、夫を亡くしてから、近所づき合いが少なくなってしまったようだった。

「病気とか？」

「年齢なりには」

「家族のトラブルは？」

「それも聞いていない」言ってから麻生は、文子の子どもたちにまだ連絡を取っていないことに気づいた。子どもたちの家に行っている可能性はないだろうか……いや、やはり施錠していないのは不自然だ。

「取り敢えず、子どもさんたちに連絡を取れ」

「心配されますよ」

「そこを上手くやるのも警察の仕事だろうが。お前にできないなら、俺が電話する」

「いや、それは……」原口が渋い表情を浮かべる。「私がやりますよ」

「よし、今すぐだ。一つ一つ、可能性を潰していくんだ」

原口が、すぐに署に電話をかけ始めた。交番で保管している連絡票を確認して、家族構成を確かめているのだろう。

麻生は一度外へ出て、後部座席に移った。将は緊張しきっている。

「よく思い出せ」麻生は将に声をかけた。

「元気がなかった——具体的にどんな感じだったか」

「そんなこと言われても」将は弱気だった。「一々覚えてないよ」

「お前には観察力がないのか？」

「分からない」

　まったく——麻生は露骨に舌打ちした。それで将が身を硬くするのが分かる。後で、将が撮影してきた文子の写真を確認してみよう。肉眼では気づかなかったものが、写真には写っている可能性もある。

　電話を終えた原口が盛大に溜息をつき、振り向いた。

「連絡先は娘さんになってました。連絡が取れましたけど、相当慌ててましたよ」

「会えないか？」

「会えますよ。娘さん——みのりさんがこっちへ来るそうです」

「どこに住んでいる？」

「長後（ちょうご）です」

　小田急江ノ島線（おだきゅうえのしません）か……藤沢（ふじさわ）まで出て東海道線に乗り換え、ここまで一時間弱。車でも同じぐらいかかるだろう。ここは待つしかない。実の娘ならば、自分たちよりも事情をよく知っているはずだ。

「みのりさんが来るまで、近所の聞き込みだ」

　将に声をかけ、麻生はドアを開けた。

「それ、もうやったでしょう」

「まだ全部聞いたわけじゃない」

「無駄じゃない？　確率的に……」

「確率なんか、どうでもいい！」麻生は吠えた。「そんなことを考えている暇があったら、一人でも多くの人に会え。手がかりはどこに転がっているか、分からないんだぞ」

「はいはい……」

一つ溜息をついてから、将が車を降りる。原口も外へ出た。

「あまり大袈裟にしない方がいいと思いますよ」原口が、遠慮がちにいった。

「何言ってる」麻生はむきになって反論した。

「何かあってからじゃ、手遅れなんだぞ。今までも、警察が遠慮しているうちに、深刻な事件になってしまったケースはいくらでもあるだろうが」

そう、警察は遠慮してはいけない。ストーカーの被害相談を適当に受け流しているうちに、被害者が物理的な被害を受けたケースはいくらでもあるのだ。警察はその都度批判を浴びるのに、「やり過ぎ」には常に及び腰になる。単に面倒臭いだけ、ということもあるだろうし、そこまで手が回らない時もあるだろう。だが今は、現場に三人いる——うち二人は警察官ではないが——のだ。手分けして近所で聞き込みをすれば、何か情報が出てくるかもしれない。

しかし、原口は引かなかった。

「考えてもみて下さい。何でもない確率も低くはないと思います。本当に、鍵を閉め忘れて出てしまっただけとか……この辺の治安の良さを考えると、鍵をかけない人がいてもおかしくないですよ」

「それは嬉しい話ではあるが——」

「でしょう?」原口が麻生の言葉を遮った。「個人的には、何もない確率の方が高いと思います。そのうち無事に帰って来る……我々が大騒ぎしたら、近所の噂になって、文子さんの居心地がかえって悪くなるんじゃないですかね」

「しかし、何かあったら手遅れだぞ」麻生は食い下がった。

「分かります。でも、みのりさんがここへ来るまでは待ちましょうよ。もう少し詳しく話を聴いて、それで何か異常がないかどうか判断する——動き始めるのは、それからでも遅くはありません」

「こういう時には、強引にやっていいんだ」

「後のことも考えましょう。文子さんには、ここでの生活があるんですから」

「そんな弱気でどうする」

なおも反論しながら、麻生は自分の「負け」を意識していた。少なくとも家に入って調べた限り、事件の「臭い」はしなかった。今はまだ、大騒ぎすべきタイミングではないだろう。ゆっくり深呼吸し、気持ちを落ち着ける。

「麻生さん、朝飯は?」

「まだだが」

「ちょっと食べてきたらどうですか?　ここには私がいますから」

「お前は呑気過ぎる!」麻生はまた怒鳴ってしまった。

結局将をコンビニエンスストアまで走らせ、朝食を仕入れさせる。むしゃくしゃする……コンビニのサンドウィッチも美味くなったものだが、朝食としては味気ない。

「麻生さん、そんなに怒って食べてると、味が分からなくなりますよ」コーヒーを飲みながら、原口が呆れたように言った。

「こういう時は、腹に溜まれば何でもいいんだ。仕事の合間の食事に、味なんか期待するな」

「仕事じゃないでしょう……」原口がぶつぶつつぶやく。

分かっている。これは仕事ではなく、報酬のまったくないボランティアなのだ。それでも自分にとっては生きがいであり、全身全霊をかけて取り組んでいる。

そうであるが故に、文子が行方をくらましてしまったことが耐えられない。全て将のせいにするわけにはいかないが、ここはやはり、自分で責任を持って取り組むべきだったのではないか。働きながら学ぶ——どんな仕事でも基本だが、将には無理だったのかもしれない。実際、どれほど身を入れて監視をしていたか、分かったものではない。

その将は、後部座席で小さくなっておにぎりを食べていた。やはり、自分がヘマをした意識はあるのだろう。叱り飛ばしてやりたかったが、原口の前で恥をかかせることもあるまい。

「何かあったと考えるべきなんでしょうか」原口が言った。

「最初に、何かあるかもしれないと考えていたのはお前さんだぞ」麻生は指摘した。

「正直言って、そんなに大きな問題だとまでは思っていなかったんです」原口が打ち明ける。「あくまで念のため、だったんですけどね」

「念のため、はいつでも大事だ」麻生はうなずき、サンドウィッチの袋を丸めた。「百回のうち九十九回が無駄になると分かっていても、残り一回に備えていないと、いざという時に慌てる。警察が慌てたら駄目だな」

「仰る通りです……あ、来たんじゃないかな」

細い道路を、小型車が猛スピードで走ってくる。運転席には、中年の女性の顔が見えた。危ないな――しかし、こういう危機的状況にあって、アクセルを踏む足に力が入らない人はいない。

文子の長女、みのりは四十五歳。結婚して、夫と二人の娘とともに藤沢市に住んでいる。専業主婦で、父親――文子の夫が亡くなって以来、最低でも月に一度は実家に顔を出しているという。

「もっと頻繁に来ればよかったですね」みのりが、罪を告白するように言った。

文子の家のリビングルーム。ここに四人もの人が集まるのは久しぶりだろうな、と麻生は思った。いつもは文子一人……しかし老人の一人暮らしも、慣れてしまえば何ということはない。特に女性は、家事に慣れている分、さほど負担には感じないという。もちろん気持ちの問題は別だが、夫が亡くなった精神的ショックから立ち直ると、むしろ二人で暮らしていた時より元気になる人もいるそうだ。それだけ、夫の面倒を見るのはストレス、ということだろう。

みのりは、何とかパニックにならずに済んだ。車を降りた瞬間には、「何が起きたんですか！」と大声を上げ、目には涙さえ浮かべていたのだが、リビングルームの様子を見たら、落ち着いたようだった。彼女曰く、「いつも通りの部屋です」。つまり、誰かが強引に押し入って荒らしたような形跡はない。もちろんそれぐらいは、麻生や原口が見ればすぐに分かることだが。

麻生は、この場での事情聴取を原口に任せることにした。ここはやはり、警察官の仕事である。

「お母さんは普段、鍵をかけないで家を出るようなことはあるんですか？」原口が訊ねる。

「近所に行くような時には……でも、基本的に鍵はかけます」

そう言うと、急に不安になってきたようで、みのりの目が泳ぎ出す。

「鍵は、普段はどこに置いてありますか？」

「玄関です。靴箱の上に小さなフックがあって」言うなり、みのりが立ち上がる。麻生たちも、彼女について玄関に向かった。

「ここに……」みのりが指さす先の壁には、金属製のフックがある。

鍵はなかった。それで麻生は、混乱し始めた。文子が鍵を持って出たのは間違いないようだ。それなら何故、施錠していない？

麻生は基本的に、家を空ける時には必ずドアに鍵をかける。それは妻が健在だった頃からの習慣で、警察官としては当然の用心だ。隣の鴨宮飯店にちょっと顔を出す時でさえ、ドアに二つある鍵の両方をしっかりかけるほどである。鴨宮付近は、統計的に侵入盗は多くないのだが、気をつけるに越したことはない。

もっとも、そんな風にしない人が多いのも理解できる。隣近所は顔見知りの人ばかりだし、一々施錠するのが面倒臭いという感覚は、麻生にも理解できた。

「最近、どんな具合でしたか？」リビングルームに戻ると、原口が質問を再開した。「実は、近所の人たちが、あまり元気がないようだと言っていたんですが」

「ちょっと体調がよくなかったんです」

「具体的には？」

「いろいろです。大きな病気はないんですけど、歳も歳ですから……血圧が高めで、疲れやすいって言ってましたし。一人暮らしをするのも、段々きつくなってきてたみたいです」

「病院には？」

「通っていましたけど、急に大変なことになるような感じではなかったです。薬もちゃんと飲んで、体調はコントロールできていましたし。私は、この家を処分して、うちへ引っ越してくればいいって言ってたんですけど、一人の方が気楽だからって……」

それはある意味真実だ、と麻生は心の中でうなずいた。多少体調が悪くとも、一人で何とかできるものなら子どもたちの世話にはなりたくない——そう考えるのも自然である。麻生もそうだ。ただし麻生の場合、老いが進んで体調が悪くなっても、頼れる家族はいないのだが。娘はアメリカ。娘の元夫となるとろくに話したこともないし、孫の将は当然当てにならない。将に頼るようになったら、俺の人生は本当におしまいだ。

「ご家族の関係は、上手くいっていたんですか？」

「普通です」みのりがすぐに答えた。もちろん、仮に何か問題があったとしても、初めて会う警察官に対してそう認めるのは難しいだろうが。

「よろしいですか」

麻生は思わず口を出した。隣に座る原口が鋭い視線を向けてきたのが分かったが、無視する。

「私は近所の者で、防犯アドバイザーなんですが」

「はい」みのりが素直に返事をする。一応、「民間人」ということで警戒心を解いたようだ。

「文子さんとは、会えば挨拶ぐらいはする仲でした。最近、確かに元気がない様子だったとは聞いていましたけど……最後に話したのはいつですか？」

「二日……三日前です」みのりが、テーブルに置いたスマートフォンに視線を落とす。「電話で話しました。話したって言っても、母は煮物を火にかけているからって、すぐに切ってしまったんですけど」

「二週間ぐらい前ですね」みのりがスマートフォンをいじり、カレンダーを呼び出した。すぐに顔を上げると、「ちょうど二週間前でした」と訂正する。

「この家で？」麻生は人差し指を床に向けた。

「いえ、藤沢まで出て……娘たちに会いに来たんです。上の子が、推薦で大学入学が決まったものですから、お祝いを持ってきてくれて」

「それはおめでとうございます」麻生はさっと頭を下げた。

「いえ……」

みのりが口ごもる。その時は、肩の荷を下ろしたような気分になっていたに違いないのだが……今は、新たな厄介事を抱えこんだことになる。

「その時、どんな様子でしたか？」

「普通でした」

「体調は？」

「そんなに悪くないようでした。いつも通りというか……ちゃんと薬を飲んでいるかどうか聞いたんですけど、問題なかったです。そういうところはマメな人ですから」

「お孫さんたちとは、上手くいっていたんですか？」

「もちろん」みのりの顔が引き攣る。自分の子どもは関係ない、と思っているのだろう。

「今までの話を総合すると」麻生は話をまとめにかかった。「文子さんがこの家を出る——家出するような理由は見当たりませんね」

「あり得ません」みのりも同調した。「定期的に医者へ行かないといけないので、家出なんて、そんな……そうだ、薬」

みのりが立ち上がり、リビングの一角に置いてあるリビングボードの前でしゃがみこんだ。渋い茶色のリビングボードの上には細い花瓶があり、花が一輪だけ挿してある。造花でないとすると、まだ新しい――活けたばかりのもののように見えた。

みのりは引き出しを開け、何かを確認していた。麻生は「薬ですか？」と声をかけ、彼女の横に立って引き出しを上から覗きこんだ。雑多なもの――銀行の通帳やノート、バインダーなどが入っている。

「ええ」引き出しを閉め、みのりが立ち上がる。「薬はいつも、この引き出しに入れていたんです」

「それがなくなっている？」

「ないです」

麻生の顔を見るみのりの目が、不安げに泳いだ。

「持って出た、ということですか？」

「ちょっと待って下さい」

みのりがテーブルに戻り、スマートフォンを取り上げた。顔を近づけて見ているうちに、眉間に皺が寄ってくる。少し真剣過ぎるように思えたので、麻生は思わず「どうしたんですか」と声をかけた。

「病院へは、二週間に一度行っているんです」

「そういう予定は把握しているんですね？」

いい親子関係だ、と麻生は思った。つかず離れず、互いに鬱陶しくない距離を保ちながら、娘はしっかり母親を気遣っている。

「この前行ったのは四日前ですから、薬はたくさん残っているはずなんです。全部持って行ったとしか考えられません」

「だったら――」家出だ、という結論を麻生は呑みこんだ。本人の意思による家出と、誰かに拉致されるなど事件に巻きこまれるのと、家族にとってはどちらが辛いだろう。事件も大変だが、家出は家出で、本人が無事に帰って来ても家族にショックと不安を残す。

原口が麻生に目配せし、事情聴取を引き継いだ。分かっている――彼の目を見れば、何を考えているかは推測できる。家出の線で調べ、家族が望むなら行方不明者届を出してもらう。警察としては当然の対応だ。すぐに事件・事故の危険があるとは判断できないが、七十歳という年齢を考えると、やはりケアしておく必要はある。

人間、六十歳を過ぎると「老け」の度合いにはかなり個人差が出てくるものだ。麻生は今でも元気一杯、体組成計で測定すると肉体年齢は五十代のままだし、頭もはっきりしている。文子は毎日家の前の道路を掃除し、きちんと生活しているというが、高血圧などの持病があったら油断はできない。急な立ちくらみなどで、見知らぬ街で思いもよらぬ事故に遭うことだって心配しなくてはいけない。

原口は、持病についてさらに詳しく聞き出した。本当に危険性があるかどうかを判断するためには、この情報はどうしても必要だ。

その間、将はぼうっとしていた。麻生と原口はテーブルを挟んでみのりと相対していたのだが、将はみのりの横に座るのは気が引けたようで、別の椅子を引いてきて、少し離れたところに腰を下ろしていた。

原口がひとしきり質問を終えたところで、麻生は将に声をかけた。

「将、お前は何か質問はないのか？」

「え？　いや、別に……」将が目を逸らす。

「何かあるなら聞いておいた方がいいぞ」

「麻生さん、それはちょっと」

原口がやんわりと釘を刺す。警察ＯＢの麻生ならともかく、完全に素人の将には口を挟む権利がない、とでも言いたげだった。それはそうなのだが、孫には少しでも積極的になって欲しい。鬱陶しがられようが、「そんな権利はない」と怒られようが、構わず突進していく図々しさを持ってもらいたかった。

だいたい、自分が監視していた人がいなくなったのに、何とも思わないのだろうか。最初はあたふたして電話してきたものの、その後はまるで他人事のようだ。

少しでもかかわってしまったら、最後まで責任を持つ。麻生にすれば、そんなことは人間関係の基本中の基本なのだが。

原口は、「一日だけ待ちましょう」とひとまずの結論を出した。明日の朝になっても連絡が取れないようなら、署に来てもらって行方不明者届を出す。それをもって、署の方では正式に捜索に入る――麻生の感覚ではちょっとのんびり構え過ぎだが、警察としては通常の対応だろう。差し迫った危機がないのだから、慌てて捜査に乗り出す理由がない。

家を出る時、みのりは合い鍵でしっかり施錠した。ドアに手をかけたまま、しばらく固まってしまう。何が起きているか分からず、何をしていいかも決められないのだろう。

「みのりさん？」

麻生が声をかけると、みのりがのろのろと振り向く。

「あまり心配しないで下さい。警察はまだ動けないかもしれませんけど、私が動きますから」

「麻生さんが？」

「私は防犯アドバイザーですよ。地域の人のために仕事をするんです――いや、仕事ではなくボランティアですけどね」

「それじゃ申し訳ないです」みのりがうつむく。

「年寄りのボケ防止だと思ってもらえれば」麻生は耳の上を人差し指で突いた。「手始めに、文子さんが訪ねて行きそうな人を教えて下さい。親戚とか、友人とか」

「麻生さん、それは警察の仕事ですよ」原口が小声で抗議した。

「警察は忙しいだろう。俺が手間を省いてやるよ。下請けだ」

実際には、原口たちが本格的に捜索に乗り出すとは限らない。行方不明者届が出されても、明らかに事件の可能性がない限り、すぐには動かないものだ。失踪する人間は、毎年全国で八万人ほどもおり、その全てに対応していたら、警察は他の業務ができなくなる。

「何か分かったら教える。みのりさん、是非協力して下さい」

「分かりました」みのりがうなずく。「ここでは分かりませんけど、家に帰れば……電話します」

「お願いします」麻生は頭を下げた。「一緒に文子さんを見つけましょう」

みのりが自分の車で立ち去り、原口も署に引き揚げた後で、麻生は将に向き直った。

「さて」

　短い一言に反応して、将がびくりと身を震わせる。どうしてこんなにビクビクするのか……この男は、もっと堂々と振る舞うことを、まず覚えなければならない。でかい態度をしろというわけではなく、ちょっとしたことには動じない強さを持たないと。

「何でずっと黙っていた？」

「口出ししたらまずいような雰囲気だったでしょう」

「まずいかどうかは、やってみないと分からない」

「だって、警察の人——原口さんがいたじゃない。警察の人がいるのに、変なことを聞いたらまずいでしょう？」

「原口は、そんなことは気にしない」実際には、何度も麻生に厳しい視線を送ってきたのだが。「変に遠慮してると、生活面全てにそれが出るようになるんだ」

「はいはい」

　将が呆れたように言って溜息をつく。こういう態度は怒鳴りつけてやらねばならないが、人の家の前でいつまでも説教しているわけにはいかない。

　とにかく、これから忙しくなる。警察が本格的に動き出す前に、こちらでできるだけ情報を集め、できたら自分たちで文子を見つけ出したい。そのためには、将にもフル稼働してもらわないといけないのだ。

「この後、みのりさんから連絡があるだろう。電話するなり直接訪ねるなりして、情報を確認しないといけない」

「ええと」将がスマートフォンを取り出した。「これからバイトなんだけど」

「ああ？」

「観光協会。今日、顔を出すことになってるんだ」

「……そうか」すっかり忘れていた。バイトは将と社会をつなぐ橋であり、サボらせるわけにはいかない。取り敢えず、文子のことに関しては、自分で調べてみるしかないだろう。一日で済まなければ、明日以降は将にも手伝わせる。

将が小田原の観光協会へアルバイトに出かけた後、麻生はみのりからの連絡をひたすら待った。結局、電話がかかってきたのは昼過ぎ……母親が立ち寄りそうな場所を調べるのにそんなに時間がかかるものだろうか、と首を捻りながら、麻生は電話に出た。

「ちょっと分からないんです」

「はい？」一歩引いた言い方がおかしい。朝方はあんなに心配して、必死で実家まで戻って来たというのに。

「母が最近どういう人とつき合っているか……考えてみたら、ほとんど家からも出ないですし、近所づき合いもあまりないはずです。昔は活発だったんですけど」

「あなたが実家にいた頃ですね」

「もう二十年以上前です……あの頃は町内会の活動なんかもちゃんとやっていたんですけど、父が亡くなってから、どうしても引きこもりがちになって」

「親戚はどうですか？」まずはそこからだ。近所づき合いが少なくても、親族との縁は切れるわけではない。

「それが、今は親戚づき合いもあまりなくて。母方の親戚というと、私の伯父さん――母の兄の一家ぐらいしか残っていないんですけど、佐賀なんです」

「佐賀は遠いですねえ」

「それに最近、伯父は病気でずっと入院中で、連絡も取っていないはずです」

「伯父さんのご家族は？　お母さんにとっては甥御さん、姪御さんもいるんじゃないですか？」

「そちらもばらばらなんです。昔から、あまり行き来もしていませんでしたし、何かあっても頼っていくとは考えられないんですよ。だいたい、私たちに何も言わないで、遠くにいる伯父さんに頼るのは考えられません」

みのりの言うことももっともだ。麻生は手元に置いたメモ帳に、ぐるぐると円を描き始めた。書くべき情報が出てこないまま、円は塗り潰されて黒い丸になっていく。

みのりは、昔の友だち――近所で特に仲良くしていた人たちを教えてくれたが、どうも役にたちそうにない。文子の人間関係は、極めて狭くなっているようだった。


午後、麻生は電話にかじりついて過ごした。みのりからもたらされた情報――文子とつき合いがあったらしい人たちに次々と電話を入れてみたのだが、「最近会っていない」という返事ばかりだった。

その中で麻生は、昔文子が参加していたサークルに着目した。小田原にある「三期会」というサークルについて、麻生も聞き覚えがあったのだ。戦後すぐから続く絵画のサークルで、文子は子育てが一段落した四十代半ば以降、週一回の会合には必ず顔を出し、年に二回は写生旅行にも出かけていたという。若者から高齢者まで参加者の年代は幅広く、文子はそういう人たちとのつき合いを楽しみにしていたようだった。鴨宮に住む会員が、時折家へ遊びに来ることもあった。

ただし、夫を亡くしてからは、「三期会」の活動からも手を引いてしまい、絵を描くこともなくなったという。確かにあの家には、絵に関係ありそうなものがなにもない……文子が描いた絵がかかっているわけでもなく、絵を描くための道具やアトリエもない。ざっと調べた限りでは、絵を描く人の家とは思えなかった。

かつてはよくやり取りしていた——家にも来たことがあるという——三期会の会員に話を聞いてみたものの、「もう十年も会っていない」という答えが返ってきただけだった。事情を聞くと、何か問題があったわけではなく、自然に足が遠のいてしまっただけらしい。まあ、そういうこともあるだろう、と麻生は納得した。歳を取ると、それまでまったく普通の習慣としてやってきたことが、突然面倒臭くなったりもするのだ。そういう状況プラス夫の死——文子が、次第に家に引きこもりがちになったのは理解できる。

あっという間に午後三時。手は尽きていた。それを原口に言うのも何だか悔しく、麻生は畳の上で大の字になった。自分で捜し出してやると決心していたのに、これではどうしようもない。

いや、まだまだ……考えろ。必死に考えろ。必ずどこかに手がかりがあるはずだ。

そう思いながらも、将のことも気になる。あいつ、無事にバイトをこなしているのだろうか。

第7章　会　話

無茶苦茶疲れる……将は顔を上げないように気をつけながら、荷物を運び続けた。両手にはクソ重い紙袋。紙というのは意外に重く、細い持ち手が掌に食いこんでくる。これじゃあ、もっと時給を上げてもらわないとやっていけない、と将は思った。

小田原駅地下の新しい観光案内所となる場所へ、荷物を運びこむ作業だ。どうやら完成が早まるようで、観光客向けのパンフレットや地図の運びこみが始まったのだ。暖房の効いた観光協会の部屋で、取り敢えずパソコンをいじっていればいい仕事だと思っていたのに、こんな肉体労働は想定外だ。

観光協会と駅地下を往復すること三回。いい加減腕が疲れてきたし、掌と指が本当に痛い。しかし、駅地下の新しい案内所では、観光協会の人たちが忙しく働いているので、文句も言えなかった。もっとも、何と文句を言ったらいいかも分からないが。重いんですけど？　そんなことを言っても、荷物が軽くなるわけじゃないだろう。だいたい、これで終わりなんだから、どうでもいいや。

カウンターには、これまでに将が運びこんだ紙袋は四つ、置いてある。さらに二つを追加して置き、痛みと疲れを紛らすために両手をぶらぶらさせていると、いきなりカウンターの下から立ち上がった西野真奈に声をかけられた。

「それ、早く中へしまって」

「はいはい」

適当に返事して、将はカウンターの中に入った。カウンターの下には幅一杯に棚が作られており、将は紙袋を乱暴にそこに突っこんだ。

「ちょっと、そのまま入れないで、紙袋から出して並べて」

将は黙ってパンフレットを紙袋から出し、順番に置いていった。真奈も観光協会のバイトなのだが、将よりだいぶ先に働き始めているので、何かと先輩風を吹かせる。それも鬱陶しいし、とにかく性格が悪い……自分とそれほど年齢は変わらないはずだが、妙に偉そうだし。こういう人とは一緒に働きたくない。

将は、すぐに意識を遮断した。文句を言い出せばきりがない。放置が一番だな、うん。

パンフレットの整理が終わり、将は腰を伸ばした。肉体労働は辛い。スマートフォンを取り出して時刻を確認すると、今日のバイト時間はそろそろ終わりだった。ここで解散になると楽だな……そのまま電車に乗って帰れる。祖父のいる家に帰りたいわけではない——帰れば帰ったで、また変な仕事を押しつけられそうだ——が、また観光協会に戻って「お疲れ様でした」と挨拶するのも面倒だ。

「おやあ」声に気づいて顔を上げると、健太がにやにやしながらカウンターの前に立っていた。相変わらずだらしなく制服を着崩し、両手はズボンのポケットに突っこんでいる。

「バイト、始めたんだ?」

「そうだよ」将は目を合わせないようにして答えた。

「労働は大事ですからなあ」

「うるさいな。仕事の邪魔だから、あっちへ行ってろよ」

「邪魔って、別に仕事してないじゃん」

「一段落したんだよ。ちょっと休んでただけじゃないか」

「一休みばかりしてるんじゃないの？　だいたい、働いてるのが似合わないよね」

「大きなお世話だ」むっとして将は言い返した。

健太の悪い癖は、すぐ調子に乗ることである。ちょっとでも将をやりこめたと思うと、かさにかかって攻めてくる。相手にしなければいいのだろうが、この男に対してはつい言い返してしまう。

そして負ける。

「とにかく、仕事の邪魔だから。高校生はさっさと帰ってくれよ」

「いや、今暇なんで」健太がニヤニヤ笑う。「しかし、つまらなそうな仕事だね」

「何の仕事だか、分からないくせに」

「どうせパンフレットの整理でもしてるんだろ？　観光案内所だから」

「そうだけど……」

「それより、ちゃんとワイファイの整備をしてよ」健太がスマートフォンを取り出して振ってみせる。その視線は、カウンターに貼られた無料ワイファイのシールに注がれている。「全然つながらないし」

「ああ、分かった、分かった」

将は顔の前で手を振った。まったく、一々細かい男だ……その時、いきなり「新城君！」と鋭い声が響く。また真奈かよ……将は肩をすくめ、健太に視線を送った。サボってると先輩が煩いんだよ――健太も目ざとく気づいたようで、「じゃあ」と短く言って去って行った。危険な状態を察知する能力は完璧だ。たぶん、こうやって要領よく世の中を渡っていくのだろう。

健太のようにうまくできれば、自分も今頃こんな場所でこんなことはしていなかったはずなのに。

要領が悪いのは、自分でも分かっている。

幸い、バイトはその場で終了になった。観光協会に戻らなくてよくてほっとした……それにしても疲れている。バイトの初日でこの調子だと、この先、果たして持つだろうか。体力的にはともかく、精神的に追いこまれてしまうのではないだろうか。

自動販売機で缶コーヒーを買い、小田原市のキャラクターの名を冠したうめまる広場のベンチに腰かける。人はいない。本当に、こんな静かな場所に観光案内所を作る意味があるのかな……。

ふと、人の気配に気づく。顔を上げると、近くに怜奈がぽつんと立っていた。

チャンス？　これはチャンスなのか？　分からないまま、将は立ち上がった。子ども食堂では上手く喋れなかったが、こういう場所でなら上手くいくんじゃないか？

怜奈は中学校の制服姿。鴨宮は隣駅だから、小田原にいてもおかしくはないし、学校はもう終わっている時間だ。

ただし、何かする気配はない。小田原に遊びに来たなら、地下街へは入らず、真っ直ぐ繁華街の方へ行くだろう。しかし怜奈は、少し離れたベンチに腰を下ろしてしまった。鞄(かばん)を膝に置き、そこに両手を載せて屈みこむ。顔色は悪く、背中は丸まっていた。

相変わらず不機嫌……声をかけにくい雰囲気を発散している。それでも将は、意を決して彼女に近づいた。うめまる広場に置いてある木製のベンチは三人がけ。怜奈は真ん中に座っているので、隣に腰を下ろすと距離が近過ぎる。さっさと逃げられる様子を想像して、将は怯(ひる)んだ。

だけど、たまには思い切らないと。逃げられたら逃げられたでしょうがない。

腰を下ろすと、怜奈がちらりとこちらを見る——睨んだ。しかしすぐに顔を伏せてしまう。こういう時にスマートフォンがあると、相手を無視する「道具」として使えるのだが、怜奈はスマートフォンを持っていないようだった。

「どうも」将は声をかけた。それだけで、鼓動が速くなる。まったく、ナンパじゃないんだから……自分でも呆れたが、とにかく怜奈に声をかける時は緊張する。子ども食堂でも、散々無愛想な対応をされたのだ。

しかし今回、怜奈はすぐに立ち上がろうとはしなかった。もしかしたら誰かと待ち合わせでもしていて、この場を離れられないのかもしれない。だったら本当にチャンス――将は思い切って話を進めた。

「子ども食堂の新城だけど」

「ああ……」怜奈がつまらなそうに言って、掌で髪を撫でつけた。

「今日は何してんの？」

「これ、何？　補導？」怜奈がいきなり言った。

「まさか。俺は警察官じゃないよ」

いきなり先制攻撃を受けてビビったが、今日は引く気はなかった。どうして急に積極的になれたのかは分からないが、もしかしたらバイトを始めたせいかもしれない。人と触れ合うことで、急に人生が開けてきた――まさか。たった四時間働いただけで、生き様が変わるはずもない。

「別に、学校なんかどうでもいいじゃない」将はできるだけ軽い調子で話しかけた。「俺も行かない時期、あったし」

怜奈が顔を上げ、将の顔をちらりと見た――初めて、正面から目が合う。改めて見ると、本当に子どもだ。中学生って、こんなに幼かったかな、と思う。

「今、学校へは行ってないの？」

「行かない時もある」

「面倒なら、行かなくてもいいよ」

怜奈が目を見開く。たぶん、こんなことを言われた経験はないのだろう。

「だけど、制服を着てうろついてるのはまずいよ。あちこちで先生の目とか光ってるし、中学生だって分かると、変なちょっかいを出してくる人間もいるから」

「ちょっかいって？」怜奈が不快げに目を細める。

「それは、いろいろ」将はうなずいた。「悪い高校生とかが、中学生をからかおうと思って手ぐすね引いてるし。学校へ行きたくなければ、家に閉じこもってればいいじゃないか」

「家にいると……家にはいられないから」

「何で？」

「一人じゃないし」

「ああ、家族？」

怜奈が無言でうなずく。いかにも嫌そうで、家にも居場所はない様子だった。

「家族は面倒臭いよな」将はうなずき返した。「親なんか、何もしてくれないし。顔を合わせるのも嫌な時があるし」

「それって、子どもっぽくない？」怜奈が不審げに表情を歪める。「もう大人でしょう？」

「成人はしてるけど、俺は大人かなぁ……よく分からない。とにかく、親父とは全然上手くいってない。家は出て来たんだ」

怜奈が無言で目を見開く。「家は出て」という言葉に反応したようだ。

将はぼそぼそと自分の事情を話した。そんなことを話して何の意味があるのか分からなかったが、もしかしたらこちらが話せば怜奈も口を開くかもしれない。

母親が家を出てしまい、父親と二人暮らしになって、次第に折り合いが悪くなっていったこと。大学には入ったが、友だちもできず、講義に出る気もなくなって、結局自宅で引きこもっていたこと。そのうち昼夜が逆転して、昼間は寝て夜に外をうろつくようになったこと——怜奈は相槌も打たなかったが、将の話に興味を持っているのは顔を見ているだけで分かった。何となく、目に力がある。こんな怜奈を見るのは初めてだった。

「それで、今年の夏、いきなりジイサンに拉致されたんだ」

「拉致？」

「マンションから、俺を強引に連れ出したんだよ。それって、犯罪だと思わない？」

「よく分からないけど……家族なら別にいいんじゃない？」

「行きたくない場所に強引に連れて行くのは、やっぱり犯罪じゃないかな」思い返すと、また腹が立ってくる。祖父は何かと強引な男だが、あれはやっぱりやり過ぎだったと思う。

「別に、この街にいたくているわけじゃないから」将は人差し指を下に向けた。「他に行くところもないし、金もないから、しょうがなくているだけなんだ」

「そうなんだ……」

「だいたい、こんなところ、つまらないよな。遊ぶ場所もないしさ。さっさと東京へ帰りたいよ」

「東京って……どこ？」

「世田谷」お、ちゃんとした反応があった。この分だと、そのうちきちんと会話が成立するかもしれないと、将は頬を緩ませた。「君も、東京からの引っ越し組じゃないの？」

「ああ、まあ」

「向こうではどこにいたの？」

「町屋」

そう打ち明ける口調が、やけに重い。怜奈は町屋も鴨宮も自分の居場所と思っていないようだ。

「町屋って、どんなところだっけ？」ずっと世田谷住まいだった将には、馴染みのない地名だった。

「どうしようもない……どうでもいい街」

「そんなにひどい？」

「何もないから」

そう言われてもぴんとこない。それほど、将の頭にはイメージがなかった。スマートフォンをいじって、「町屋」で検索する。健太の言う通り、地下で電波の状況が悪いうえ、ワイファイも飛んでいないようだから遅い……まったく、こういう公共の場所ではワイファイぐらいちゃんとして欲しいよな。

ようやく町屋のことが少しだけ分かった。京成と千代田線の二路線がある駅か。近くには都電の停留場も。位置関係は何となく把握できたが、あとはこれといった特徴もない下町のようだった。

「ずっと町屋にいたんだ？」

「今年の春まで」

「何でこっちへ？　親の仕事の都合か何かで？」

「何でそんなこと知りたいの？」怜奈が将を睨んだ。

「いや……話の流れってやつ？」将はどぎまぎしながら答えた。そんなにつんけんしなくてもいいのに。

「親は離婚したの。それで、母親と一緒にこっちへ来ただけだから」

「お母さん、こっちの人？」

「全然」怜奈が肩をすくめる。「家賃が安いから、ここにいるだけ」

「そうなんだ……お父さんは？」

「さあ」

「会ってない？」

「会ってないけど、そっちには関係ないでしょ」怜奈がまた睨みつけてくる。

「変なこと、聞いていいかな」

怜奈がまた睨んだが、先ほどよりも目に力がない。自分について話すことでダメージを受けたのかもしれない。調子に乗って、将は質問を重ねた。

「お母さん、ちゃんとやってくれてる？」

「何を」

「ご飯とか、食べてる？」

「子ども食堂のこと？　私は暇だから行ってるだけだから」

「そうは見えないんだけど」

将は、子ども食堂での怜奈の様子を思い浮かべた。他の子たちと交わろうとせず、ただがつがつと食事をして帰るだけ……とにかく早く腹を満たし、栄養を補給することしか頭にないようだった。普段、ろくなものを食べていないのでは、と想像していた。

「ちゃんと食べてる？」将は念押ししてみた。

「別に……食べるものなんて、いくらでもあるけど」

「お母さん、ご飯作ってくれてる？」

怜奈が黙りこむ。痛いところを突いてしまったようだ……少し慰めようかと思った瞬間、怜奈が顔を上げる。唇をきつく引き結び、また将を睨みつけてきた。そんなに突っ張ることもないのに。

「お母さんなんか、どうでもいいし」

「どうでもいい？」

「別に……母親は母親だけど、それだけだから」

「でも、ちゃんとご飯を作ったり、家のことをやったりするのは親の義務じゃないかな」

「いっぱいいっぱいだから。夜も働いてるから、普通の家のようにはいかないんだよ」

「俺も同じようなものだったけど。父親は仕事ばかりで……顔を合わせることもなかったし。母親は自分の都合で家を出て行って、それっきりだから」

「家庭崩壊じゃない」

「そうだよ」

将があっさり認めると、怜奈が目を見開いた。そんな重大な家族の秘密、簡単に認めちゃっていいわけ？　とでも言いたげだった。

「別に隠すようなことじゃないよ」

「何とも思わないの？」

「俺は何とも思わないけど、ちょっと世間の感覚からはずれてるかもね」将は頬を掻いた。

「そういうの、自分で分かるんだ」

「認めたくないけど、分かるよ。だから今、リハビリ中？」

「それでお節介を焼いたりしてるわけ？」

「そうかもね」

　怜奈の表情が少しだけ柔らかくなる。これはチャンスだ。ここで詳しく話を聞ければ、ポイントになる。

「俺の場合は、ジイサンに引きこもりから引っ張り出されたんだけど、君も、誰かに任せてもいいんじゃないかな」

「別に、何も困ってないし」

「本当に？」

「ねえ、やっぱり大きなお世話なんですけど」怜奈の口調が頑なになる。「放っておいて欲しいな」

「俺はどうでもいい……嫌だって言われたら何もしないけど、俺の周りの人は、そうは思わないだろうな。心配して、どんどん首を突っこんでくると思うよ」

「お節介な人ばかりだね。そういうのが正しいと思ってるんだ？」白けた口調で怜奈が言った。「馬鹿みたい」

「俺もそう思う」

「じゃあ、何で人の事情に首を突っこんでるわけ?」

「これにはいろいろ訳がありましてね」将は両手をきつく組んだ。どこまで話そうか……要するに「ジイサンが怖いから」なのだが、そこまで正直に言ったら完全に馬鹿にされると思う。

「今、何時?」怜奈がふいに言った。

「もうすぐ四時半」将はスマートフォンに視線を落として言った。

「ヤバ」怜奈が立ち上がった。

「約束?」

「約束だけど……関係ないでしょう」素っ気ない口調で言って歩き出す。

「待てよ」

将は怜奈の前に回りこんだ。怜奈が足を止め、将に厳しい視線を向ける。

「変なことしたら、大声出すよ」

「そんなこと、しないよ」

「とにかく、うちは母親に問題あり。私にも問題あり。でも、自分のことは自分で何とかできるから。余計なこと、言わないで。子ども食堂にも、もう行かないから」

「あそこは自由に来てもらっていいんだけど」

「もう、いいです。お節介な人たちにいろいろ言われるの、嫌だから」

「お母さんの問題って——」

怜奈が身をよじるようにして、将の脇をすり抜けた。手を伸ばしかけて、止まってしまう。大声を出されたらたまらない。

「怜奈ちゃんと話したんだけど」

「何だと！」

台所にいる祖父が声を張り上げ、玉杓子を持って出て来た。

「どこで話した」

「小田原駅で。バイトの後に」

「お前は、文節で区切らないと喋れないのか」

「え？」

「まあいい」祖父が力なく首を横に振り、ちゃぶ台の前に腰を下ろした。「座れ」

言われるままに、祖父の向かいに座る。怒られることなど何もないはずなのに、祖父の怒りがひしひしと伝わってくる。将は、背中に冷水をかけられたような気分になった。

「どういう状況でだ？」

「だから、バイトが終わってうめまる広場で一休みしてたら、怜奈ちゃんがいて」

「学校帰りか？」

「たぶん。制服を着てたし」

「あんなところで何をしてたんだ？」

「さあ……誰かと待ち合わせしてたみたいで、その前の時間潰しだと思うけど」怜奈は「約束だけど」と言っていた。素直に考えれば、誰かと会う約束がある、という感じだ。

「誰と？」祖父がさらに突っこむ。

「そんなの、分からないよ」将は口を尖らせた。「そこまで聞ける雰囲気じゃなかったし。友だちじゃないの？」

「その可能性はない」祖父が断言した。

「何でそんなこと言えるわけ？」

「怜奈ちゃんは、東中には友だちがいない。それは学校側に確認している」

「そんなことまで、調べたの？」将は目を見開いた。お節介なのは分かっていたけど、学校にまであれこれ聞くのはやり過ぎではないだろうか。そんなことを調べていた人がいるという話が広がったら、怜奈はまた学校へ行きづらくなるだろう。この人は、いかにも人生のベテランっぽい態度だけど、時々やり過ぎるんだよな……人に対する思いやりが消えてしまうことがある。

「他に聞く場所がないんだ。中学生だったら、家と学校が人生の全てだぞ」

「そうかもしれないけど……」将としてはやはり、やり過ぎとしか思えない。

「尾行しようとは思わなかったのか」

「まさか」将はすぐに否定したが、この後、雷を落とされるな、と分かっていた。祖父はどういうわけか、将を警察官のように扱う。高卒なら、僕の歳で警察官になっている人もたくさんいるだろうけど、一緒にされたら困るよ。警察官になる気なんかまったくないし、そもそも向いてるはずがない。

「あそこ、人が少ないんだよ。尾行なんかしたら、すぐにばれる」

「そこをばれないようにやるのが上手い尾行なんだ」

「そんなの、別に……」

「別に、何だ！」

案の定、雷。将は思わず首をすくめ、「何でもありません」と言った。祖父が鼻を鳴らして立ち上がる。台所に引っこむと、すぐに醤油のいい匂いが漂ってきた。どうやら煮物を作っているようだ。祖父の作る煮物は美味い……将は、年寄りじみた煮物が好きではなかったが、最近はこの味に慣れてしまった。

祖父が振り返り、質問を続ける。

「どっちへ行ったかは分かってるか?」

「たぶん、東口」

「東口には何がある?」

「普通に繁華街だけど……」

「母親のところへ行ったとは考えられないか?」

「夜の仕事でしょう? ホステスか何か?」

「店までは分からないが、この辺で女性が夜働くような店は、小田原にしかない」

「行かないと思うけどな」

「どうして」祖父の視線が険しくなる。

「母親には問題あり……そう言ってたから」

「どんな問題だ?」祖父の質問はしつこく続く。

「そこまでは聞いてないけど……とにかく、怜奈ちゃん本人がそう言ってたから」

「そこが一番大事なところだろうが」祖父が溜息をつく。「しっかり突っこんで聞かないといけないポイントだ。何でそういう簡単なことが分からない?」

「落ち着いてゆっくり話ができるような雰囲気じゃなかったんだよ」自分でも言い訳だと思いながら、将は言わざるを得なかった。

祖父はまた一つ大きく溜息をついたきり、黙りこんでしまい、あとは料理に集中した。これ以上余計なことを言うと、また責められる。ここは黙っているのが利口だと思い、将は二階の自室に引っこんだ。

自室といっても、何があるわけではない。いや、本当に何もない。ただ寝るためだけの部屋だ。もともと、東京のマンションの部屋も空っぽだった。テレビにも本にも興味がないし、一時はゲームに夢中になったこともあるけど、それも卒業した。結局、パソコンと携帯でネットにつながり、そこで何か面白そうなものを探すだけの日々……今もそれは変わらない。ただ、祖父にあれやこれやと言いつけられてやることが増え、ネットの世界で遊ぶことも少なくなっていた。

今も、スマートフォンを覗きこんで時間潰しをする気にはなれない。小さい画面に視線を集中していると、肩は凝るし、目は悪くなるばかりだ。祖父から貸与されたノートパソコンを立ち上げてはみたものの、これでネットサーフィンをするつもりもなくなってしまった。

要するに、そこに答えはないんだよな……。

今、将の頭を悩ませているのは二つのことだ。

頑なに心を開こうとしない怜奈。そして行方不明の文子。

二人ともリアルな世界の人間であり、二人が抱える問題の答えはネット上にはない。

そうだ、そういえば文子はどうしたのだろう。行方不明だと分かったのは今朝だが、自分はバイトに出てしまったので、その後どうなっているか分からない。祖父の様子を見る限り、見つかったとは思えないのだが……それであんなに機嫌が悪いのだろうか。いや、あんな風に怒鳴り散らすのはいつもの通りか。

後で――食事の時にでも確認してみよう。また何か言われるかもしれないけど、少しでもかかわってしまったことなのだから、やはり気になる。もしかしたら、「警察任せにしないで自分たちで捜索する」と宣言されるかもしれないけど。人捜し……どうやってやるのかまったく分からない。

午後六時。普通ならそろそろ夕食の時間だ。

この家に来て最初の頃は、これが辛かった。それまで将は、好きな時間に好きなように食べていた。腹が減れば冷蔵庫の中の物を適当につまむか、深夜にコンビニで食料を仕入れるか。いずれにせよ、食べることは面倒でしかなかった。

しかし祖父は、とにかく規則正しい生活を第一に考えている。朝食、午前七時。昼食、正午。夕食は午後六時。六時に夕飯を摂るのは、将の感覚ではずいぶん早いのだが……「もうちょっと遅い方がいい」とは言えなかった。とにかく、こういうことに関しては頑なで、他人の意見を絶対に聞こうとしない人なのだ。いや、こういうことだけでなく、全てか。

自分が決めて守っていることは絶対的に正しく、他人にとやかく言わせない――そういう人がいるのは、頭の中では分かっていた。そんな人間はろくなものじゃない。社会不適合者だ。

実際にはそうではない。鴨宮という小さな「社会」では、祖父は極めてまっとうな人間で、自分の方が明らかに社会不適合者だ。つまり、鴨宮が特殊な街なのか、自分が特殊な人間なのか、どちらかだ。

どちらであっても、自分があまり楽しい環境にいないことだけははっきりしている。そろそろ祖父から声がかかる頃だ。今日は呼ばれる前に下りていくか……パソコンをシャットダウンする。旧式のパソコンなので、電源が落ちるのにも時間がかかる。しかし、これに慣れていかないと駄目だろう。観光協会のパソコンのOSがこれと同じなのだ。そのうちパソコンを使った仕事も本格的に始まるだろうから、家で勉強しておかないと。

そういえば、ホームページの仕事もやることになっている。いったい何をやらされるのだろう……将は、祖父から借りた参考書をぱらぱらとめくった。内容はさっぱり分からない。こんなの、自分にできるんだろうか。

スマートフォンが鳴る。誰からか確認しないまま出た。

「ガールフレンドはいいけど、中学生はまずいんじゃない？」からかうような口調でそんなことを言うのは、もちろん健太だった。

「ガールフレンド？　何の話？」将は一瞬混乱したが、すぐに怜奈のことだと分かった。「馬鹿言うなよ。中学生とつき合うわけないだろう」

「へえ、マジで中学生なんだ」健太は少し呆れている様子だった。

「見てたのか？」

「見る気はなかったけど、俺は観察力が鋭くてね。知り合いがいると、気配で分かるし」

「あの後、駅に戻って来たのか？」バイトの最中に声をかけられて、不快な思いをしたのを思い出す。

「別に、俺がどこにいようが俺の勝手じゃん……とにかく、見たんだよ。一緒にベンチに腰かけて、結構仲良く話してたでしょ」

「思いこみだよ。別に仲良くない……話してたのは確かだけど」

「マジで中学生ぐらいの子が好みとか？　それってヤバくね？」

「いい加減にしろよ」将はつい声を荒らげた。「別に彼女とは何でもないんだから」

「そう？　結構楽しそうに話しこんでた感じだけど、いったい何なの？」

「あの子はいろいろ問題を抱えてる。相談に乗ってただけだ」正確には、こっちが勝手に話をしていただけだが。

「問題って？」

「そんなの、話せるわけないだろう。プライベートな問題なんだから」

「あんたには、そういう話をしてもいいんだ？　プライベートな問題なのに」

「ボランティアなんだよ」

自分が何をやっているか、一から説明しないといけないのだろうか。確か健太には、子ども食堂のことはあまり話していなかった。健太の頭で、子ども食堂のコンセプトや活動が理解できるかどうか。しかし、ちゃんと話さないと解放してもらえそうにない。健太はやけにしつこいのだ。将は簡単に事情を説明した。

なぜか、健太が相手だとあまり迷わず、順序だてきちんと話せる。健太はちょっと相槌を打つぐらいなのに。もしかしたら、「聞き手」としては優秀なのかもしれない。あまり認めたくはないけど。

「何か、家出っぽくね？」健太が疑うような調子で言った。

「まさか」

「だって、友だちもいないわけだし、小田原に行く理由なんかないでしょ」

「それは分からないけど、隣町だし……買い物とか?」健太の「家出説」に納得がいかず、将は反論した。

「それならいいけど、しばらくベンチに座ってたんだろう? 買い物に行くなら、そんなところで時間を潰してるはずはないと思うけど」

「誰かと待ち合わせしてたんじゃないかな」

「だから、それって誰? 友だちじゃないんでしょう?」

思わず黙りこむ。健太の指摘通り、怜奈が小田原まで行く理由が思いつかなかった。

「それ、マジでちょっと気にした方がいいよ」

「そんなに簡単に首は突っこめないって」

「何かあってからじゃ、手遅れでしょう。相談に乗るぐらいなら、ちゃんと面倒見ないと」

「別に……」将は口ごもった。まともに話をしたのも、今日が初めてなのだ。あれを「会話」と呼べるかどうかは分からないけど。「知り合いでもないし」

「そんな風に見えたけど」

「いや、そんなんじゃないし」

「まあ、どうでもいいけど……そっちの問題で、俺には関係ないからね。でも、ちょっと気になる」

「やっぱり、この辺の人はお節介なのか?」

「はあ? 何だよ、それ」

「すぐに人の事情に首を突っこみたがる」

「別に突っこみたくはないけど、何か危ない感じ、するでしょう。そんなの、俺でもすぐに分かるよ。

じゃあね」

健太は一方的に電話を切ってしまった。何が危ないものか……少なくとも将は、「今すぐ危険だ」とは感じなかった。怜奈がいろいろ問題を抱えて悩んでいるのは分かったが、それだって具体的にどんな悩みなのかは分からない。

しかし健太に言われると、妙に気になる。祖父に相談するために、将は急ぎ足で階段を下りた。


「健太？　あのクソ生意気な田口健太か？」クソ生意気と言いながら、祖父の顔は嬉しそうだった。どうもこの人は、少しやんちゃな若者が好きらしい。ただ祖父にとって、健太はただやんちゃなだけの若者ではない。自分の祖母の死に家族が関係していたのではないかと疑い、精神的に追いこまれた、一種の被害者でもある。祖母の死に関しては、祖父に命じられた将も聞き込みをしたし、警察も捜査に入ったが、結局立件されることはなかった。

事情を話すと、祖父はいきり立った。

「健太がおかしいと思ったのに、お前は何も感じなかったのか？」

「思わなかったわけじゃないけど……」将は低い声で否定した。

「ああ、どうでもいい」祖父が面倒臭そうに言った。「とにかく、今すぐ家へ行こう」

「え？」

「家にいるのかいないのか──母親と話すチャンスでもあるぞ」

祖父が立ち上がった。将は慌てて止めに入る。

「ちょっと、それ、ヤバいでしょう」

「何が」祖父が将を睨んだ。

「何か起きたわけでもないのに、勝手に首を突っこむのはおかしいよ」

「何かあってからじゃ遅いんだ。すぐ出かけるから準備しろ」

「飯は？」

「今日は後回しだ！」

そんなに非常事態なのか？　あれだけ規律を守りたがる祖父が、夕食の時間をずらすなんて……しかし将は、祖父の命令に従わざるを得なかった。実際、自分でも怜奈のことは気になっている。怜奈の母親に話を聴くとなると、ひと悶着(もんちゃく)起きるのは目に見えているが、それは祖父に任せよう。自分は背中に隠れて、黙って様子を見ていればいい。

慌ててMA－1を着こみ、外へ出る。夜になって急激に気温は下がっており、この上着では寒さを防ぎきれない。やっぱり、無理してでもダウンジャケットを買えばよかった。

祖父は自転車を出した。参ったな……こういう時は車だと思うのだが、祖父は近場へ出歩く時は必ず自転車だ。冷たい風を切って走ることを考えるとうんざりしたが、祖父はさっさと走り始めてしまっている。

自分の自転車に跨り、慌てて祖父を追う。かなりのスピード——七十歳を超えているとは思えない勢いでペダルを漕いでいる。引き離されるのも悔しく、将は必死で追いかけた。

全力で自転車を漕いで三分。息が上がり、体が熱くなっている。自転車を降りた祖父は、漕いでいた勢いそのままに、階段を駆け上がり始めた。

第8章　失　踪

嫌な予感がする。

麻生は警察官時代から、自分の勘を大事にしてきた。勘は科学的に説明はできないが、必ずしも馬鹿にしたものではない。経験を積めば積むほど勘は鋭くなり、予め危険を察知することができるようになる。

団地の三階、三〇五号室。麻生は階段を駆け上がった勢いのまま、ドアを思い切りノックした。返事はない……ドア横にある窓は真っ暗だった。

留守か。もう一度、今度は少し静かにドアを叩いたが、やはり反応はなかった。将がようやく上がって来て、荒い息を漏らす。まったくこいつは、若いのにだらしない。

「何……」苦しい息の下、将が言った。

「誰もいない」

「別におかしくないと思うけど……母親は、夜の仕事なんでしょう？」

「じゃあ、怜奈ちゃん本人はどこだ」

「まだ小田原じゃないの？　騒ぐほどのことじゃないよ。この時間だったら、夜遊びしてるとは言えないし」

「母親に会わないとな」

「マジで？」将が目を見開く。

「当たり前だ。会うためにここに来たんだから。いないとなると……仕事場か」

麻生はスマートフォンを取り出した。いずれ怜奈の母親と話さなければならないだろうと思い、自治会長の徳永から携帯の電話番号を教えてもらっていたのだ。

すぐに電話――いや、これは後にしよう。直接会った方が話は聞き出しやすい。

麻生は深呼吸した。慌てるな……将の言う通りで、まだ六時過ぎである。あと何時間か待って、それでも怜奈が帰って来なければ、母親と話すことにしよう。この段階で大騒ぎしても、かえって事態を複雑にしてしまう可能性が高い。

「帰るぞ」

「はあ？」将が間の抜けた声を出す。「来たばかりじゃない」

「今、ここでできることはない」

「何だよ……」将の肩ががっくりと落ちた。「まるっきり無駄足じゃない」

「いや、人生に無駄は一つもない」麻生は即座に否定した。


家に帰る前に、麻生は徳永の部屋を訪れた。食事時だったので申し訳なく思ったが、徳永は快く麻生を部屋に上げてくれた。先日は会えなかった徳永の妻とも、愛想良く挨拶を交わす。ちょうど食事が終わったタイミングだったようで、徳永はまた美味いコーヒーを淹れてくれた。

「怜奈ちゃんのお母さんなんですけど、どこに勤めているか、ご存じないですか」麻生はすぐに切り出した。

「夜の仕事だとは聞いてますけど、それ以上は分かりませんね」

「この辺だと、小田原ですよね？」

「たぶん……横浜だとちょっと遠いでしょう」

麻生はコーヒーを一口飲んだ。すきっ腹にコーヒーは刺激が強過ぎるのだが、コーヒーの美味さに変わりはない。将はコーヒーに手をつけていなかった。そういえば砂糖もミルクも出ていない。まったくこいつは、味覚も完全に子どもだ。

「調べられますかね？　名簿には何か他のデータはありませんか？」

「いや」徳永が渋い表情を浮かべる。「プライバシーの問題がありますから、そこまでは調べてないんです。緊急の連絡先だけで」

「昔は、隣近所の人が何をやってるかなんて、丸見えでしたけどね」

「それが当たり前で、何かあれば皆で助け合ったものですけど……時代が変わったんでしょうね」

「少なくとも電話番号は分かっていますから、最悪、連絡は取れますけど、直接会いたいんです。いつも、帰って来るのは何時頃ですかね」

「さあ……目を光らせてるわけじゃないので」申し訳なさそうに徳永が言った。

「そりゃそうですよね」麻生は苦笑した。「何とかしてみます。その気になれば何でも調べられますから」

麻生はコーヒーを飲み干し、礼を言って立ち上がった。将は口をつけていない。「早く飲め」と言うと慌てて一気に飲んだが、途端に目を白黒させた。結構濃いめのブラックコーヒーは、かなりの衝撃だったのだろう。まったく、いつまで子どもでいるつもりだ？

麻生は最終的に、学校に頼った。前に訪れた時に渋い対応をされた校長に電話をかけ、怜奈の母親の勤務先を聞き出したのだ。水商売というからキャバクラか何かか……とも考えていたのだが、「花茶屋」という店名を聞いた限り、居酒屋のようだ。

一度家に戻り、普段よりも少し遅い夕食にする。どんな事情があってもリズムが乱れるのは嫌なのだが、これは仕方がない。食事を終えると自室にこもり、まず「花茶屋」について情報を集め始めた。

錦(にしき)通り商店街にあるというその店は、麻生の記憶にはなかった。ストリートビューで確認してみると、やはりまだ新しい店のようだ。営業時間は午後五時から深夜零時まで。小田原駅発の上りのJRは十一時台が最終だが、母親はどうやって家に帰っているのだろう。少し早めに仕事を切り上げて帰宅しているのか、あるいは自転車か……たぶん、車は持っていないはずだ。

まあ、この辺は店に確認すれば分かるだろう。麻生は店の住所と電話番号を控えたが、直接連絡を取るのは避けた。いきなり電話で事情を聴こうとしても、上手くいかないだろう。ここはやはり、店に直接出向いて、怜奈の母親・紗子(さえこ)に会うしかない。

となると、今夜の予定は決まってくる。まず、十時ぐらいにもう一度怜奈の家を訪ねてみる。怜奈が家にいれば問題なし。いなければ、小田原に転進して紗子を摑まえる。その際、ゆっくり話を聴くためには車を用意しなければならないだろう。麻生は車を手放して数年経つが、鴨宮飯店の幸平からいつでも借りられる。だいたい幸平も、平日はまったく車に乗る機会がなく、麻生が乗り回すとむしろ喜ぶのだ。

車は動かしていないと駄目になる。人生と一緒だ。

いずれにせよ、夜遅く動くから、湯冷めを避けるために今日は風呂はやめにしよう。明日の朝早く起きてシャワーを浴びることにして……少しだけ生活のリズムが狂ってしまうのが腹立たしいが、今回は非常時だから仕方がない。

今夜は風呂の用意はいらないと将に言うために、麻生は階下へ下りた。


幸平の愛車は、ランドクルーザーである。砂漠などでは、世界で一番頼りになる車と言っていい。本当の意味で「タフ」なＳＵＶで、きちんと舗装された日本の道路では、実力の十分の一も発揮できないだろう。しかし、堂々たる車格のファンは多く、街中でもよく見かける。

将を世田谷の家から連れ出す時にもこの車を使った。ある意味、想い出深い車なのだが、運転しやすいかというとそんなこともない。着座位置が高いので見晴らしはいいのだが、とにかくボディが大きいので気を遣う。全幅は二メートル近く、まるで小型のトラックを運転しているようなものだ。

助手席に収まった将も、どこか居心地悪そうにしている。この馬鹿は、後先考えずにシャワーを浴びてしまい、まだ髪が濡れたままだ。放っておくと風邪を引く――麻生は暖房の温度を二度上げた。

麻生は慎重に運転した。夜も十時近くになると、鴨宮では車も人も極端に少なくなるのだが、事故を起こしたらつまらない。団地の前にランドクルーザーを停めた時には、掌に少しだけ汗をかいていた。

階段を一段下りるぐらいの気持ちでステップに足をかける。ひんやりとした空気に包まれると、嫌でも緊張するのを感じた。将は、外へ出た途端、派手にくしゃみをした。

「この季節、外出の前にシャワーを浴びるなんてのは、考えが足りない証拠だ」

「髪の毛はすぐ乾くと思ったから……」将がぶつぶつ言い訳した。

「風邪を引くのが嫌だったら、中で待ってろ」

「いや……行くけど」

積極的ではないが、やる気がないわけでもないようだった。まずはこれでいい。麻生は一人うなずき、一段とばしで階段を上がった。

扉の外からでも、人気(ひとけ)がないのは分かる。しかし念のためにノックはした。反応がないので、三十秒待ってからもう一回。それからドアに耳を押し当ててみる。まったく音がしなかった。怜奈はとうに帰ってきて寝ている可能性もあるが……帰っていないと確信した。人がいる家は、返事がなくても気配で分かる。

「本当に店に行くわけ?」車に戻るなり、将が訊ねた。

「もちろん」麻生はエンジンをかけた。V8エンジンの太い排気音が轟(とどろ)く。この音だけでも、ランドクルーザーのファンになる人はいるだろうな、と思った。

車を出す。麻生は、車の少ない裏道を選んだ。小田原大橋で酒匂川(さかわがわ)を渡る。この時間になると、道行く車も極端に少なくなっていた。

橋を渡り切ると、もう小田原の市街地に入る。しかし、錦通り商店街には車を停めておけないので、どこかで駐車場を探さないと……商店街の外れにコイン式の駐車場を見つけて、慎重に駐車する。やはり図体が大きいだけあって、両隣の車には気をつけなくてはいけない。降りる時も、ドアを思い切り開けられないので、体をよじるようにして出なければならなかった。

将は相変わらず寒そうにしている。麻生は、念のためにとダウンジャケットを引っ張り出して着てきたので、寒さはまったく問題なかった。

「まさか、酒を呑むわけじゃないよね？」心配そうに将が訊ねる。先日、小田原の居酒屋で泥酔したのを思い出したのだろう。

「今日は話を聴くだけだ」

　ほっとしたように、盛り上がっていた将の肩が落ちる。まったく、酒ぐらいでビビッててどうする……孫には、教えなくてはならないことがたくさんある。

「花茶屋」はビルの一階にあり、この時間でもまだ賑わっているようだった。真っ赤な看板の下には、小さな提灯(ちょうちん)がずらりと並んでいる。一際大きい提灯には、「居酒屋」と黒々と墨書されていた。美味い魚で日本酒を呑むのもいいものだが……今夜はそれが目的ではない。

　麻生は暖簾(のれん)をはねのけ、引き戸を引いた。すぐに「いらっしゃい！」と威勢のいい声に迎えられる。店内はほぼ満席で、外の寒さと真逆の熱気が襲いかかってきた。まさに宴たけなわ、という感じである。

　酒を呑む気もないのに、酔っ払いの群れの中に突入していくのは気が引けるものだが、麻生は生来の強気で押し切った。カウンターに向かい、目の前にいる店員に声をかける。

「水木さんはいるかい？　水木紗子さん」

　まだ若い店員は、一瞬で愛想を引っこめた。真剣な表情で「ご用件は？」と訊ねる。

「ちょっと聞きたいことがありましてね」言いながら麻生は、店内をぐるりと見回した。カウンターの中には、若い男の店員ばかり。フロアに出ているのも男だけだった。

「鴨宮の麻生です」

「そう言えば分かりますか?」

「たぶん」

「今日はもう、上がりなんすけどね」

やはり終電に合わせて勤務時間を決めているようだ。麻生はうなずき、「取り敢えずつないで欲しい」と頼んだ。

しかし店員は、簡単にはOKを出してくれなかった。まず店長に話し、今度は店長が麻生の前に壁になって立ちはだかる。がっしりした体格に髭面の、四十代に見える店長は、太い腕を組んで麻生と相対した。やけに警戒しているが、以前にも紗子に何かトラブルがあったのだろうか。麻生はさっと名刺を取り出し、カウンターに置いた。

「防犯アドバイザー?」店長が不審そうに目を細めながら、名刺を取り上げる。

「そう。警察の外郭団体のようなものです」警察という言葉を強調して言った。

「警察……」一転して、店長が不安そうな表情になった。「何事ですか?」

「別に事件でも何でもないですよ。ちょっと紗子さんに話を聞きたいだけで……取りついでくれるだけでいいです。あとはこちらで勝手にやりますので」

「しかし、ですねえ」店長はすぐには譲らなかった。「いきなり来られても……」

「お宅ではなかなか会えないんでね。ここまで押しかけてくるしかなかったんですよ」

「……ちょっと待って下さい」

店長は店の奥にあるドアの向こうに引っこんだが、なかなか出てこない。紗子が警戒して、会うのを拒絶しているのだろうか。知らんぷりして裏口から出られたら、こちらは追跡しようがない。将に裏口を張り込ませるべきだっただろうか。

　酔っ払いの大騒ぎに五分ほど耐えながら待っていると、ようやくドアが開き、紗子が一人で出て来た……何とも冴えない様子である。若いのに背中は曲がり、視線を上げる気配はない。不機嫌な気配だけがはっきりと伝わってきた。これは相当面倒なタイプ——麻生は苦戦を予感した。

　紗子が一瞬、麻生の前に立つ。この場で話すかと思ったが「外でお願いします」と言うと、すぐに脇をすり抜けて外へ出てしまった。麻生は急いで彼女を追った。

　紗子は歩道の上で立ち止まり、薄いダウンジャケットの前をしっかり閉めた。髪には艶がなく、化粧もしていない。服はくたびれていた——自分に金をかけていない。

「何なんですか、いったい」

「鴨宮の麻生といいます」

「それは聞きましたけど」見ると、紗子は麻生の名刺を持っていた。「警察の人と会う用事なんかないんですけど」

「私は警察の人間じゃありませんよ。民間です」

「じゃあ、ますます関係ないじゃないですか」

「娘さん——怜奈ちゃんはいますか？」

「はあ？」紗子が間の抜けた声を出しながらようやく顔を上げた。「いますかって、いないんですか？」

「母親のあなたは、当然知っているでしょう」

「何かあったんですか」

ここまでの短い会話で、麻生は既に違和感を覚えていた。娘に何かがあったのではと疑えば、もっとむきになって聞いてくるはずだ。それなのに、まるで他人事……経験から、麻生はネグレクトの気配を感じていた。

「何かあったかどうかは分かっていません。ただ、家にはいないようです。確認してもらえますか？」

「何を？」

「いるかいないか、電話してみて下さい」

「あー、無理です」紗子があっさり言った。「家には電話がないし、あの子にも携帯は持たせていないんで。中学生で携帯なんて、冗談じゃないですよ。お金がもったいないです」

「だったら、すぐに家に行きましょう。車で送りますよ」

車で送るという申し出に、紗子はあっさり乗ってきた。早く戻って娘の無事を確認したいからというより、東海道線の終電で帰るのが面倒なだけのようだ。確かに彼女が住む団地は、駅からは少し遠いのだが……ここでも麻生は違和感を抱いた。これはやはり、ネグレクトの可能性が高い。

「すごい車……」

紗子は、ランドクルーザーを見て、まず驚いたように言った。娘のことではなく車の話。麻生は早くも苛ついてきた。同時に、怜奈の状態は自分が考えていたよりもずっと深刻なのではないかと心配になる。

助手席に座ると、紗子が煙草を取り出した。それを目にして、麻生は注意した。

「煙草は遠慮してもらえますか」

「禁煙車なんですか？」

「人の車なんですよ。借りてきただけなので、綺麗なままで返したい」

「煙草を吸うと汚れるって……そんなこと、ないでしょう。うちの店も禁煙なんですけど、居酒屋で禁煙って、なしでしょう。ありえませんよ」

「時代の流れですよ」

返事しながら、麻生はちらりとバックミラーを覗いた。将が、困り切った表情を浮かべている。孫が何を感じているのかは、簡単に想像できた。母親の態度を目の当たりにして、急に不安になってきたに違いない。

「お前の思い違いだといいな、将」わざとらしい大声で呼びかける。「今頃家で寝ててくれれば、万事解決だ」

「何なんですか？　家に入ったんですか？」紗子が鋭い声で訊ねる。

「まさか。鍵はかかってますからね。ただ、怜奈ちゃんの自転車がない」

「自転車のことまで知ってるんですか？　それって、プライバシーの侵害だと思うけど」

「防犯的には、自転車のことも知っていないといけないんです。自転車が年間にどれだけ盗まれるか、知ったら驚きますよ」

「うちのボロ自転車なんて、誰も盗まないでしょう。娘が家にいないって……そんなはず、ないですから」

「どうしてそう言えます？」

車を運転している時によそ見は厳禁だが、麻生はちらりと助手席の紗子を見てしまった。引き抜いた煙草を指先で弄りながら、つまらなそうな表情を浮かべている。娘が行方不明かもしれないと聞かされても、まったく動じていないようだった――いや、不満そうではある。仕事終わりに面倒な話に巻きこまれたと思って、うんざりしているだけのようだ。

「怜奈ちゃんは、しっかりした子なんですか」

「別に……普通の中学生です」

「今まで家出したことは？」

「まさか。そんなこと、できないですよ」

「できないというのは……」

「そんな度胸はないです」

「度胸がない子が家出するものですよ」

少なくとも麻生の経験では、そういうケースは枚挙にいとまがない。子どもの家出は、大抵は親と上手くいかないことが原因だ。強い子なら、大喧嘩になるのも承知で親と衝突し、我を通すだろう。それができない子どもは、そっと家を抜け出して親の呪縛（じゅばく）から逃れようとする。

「とにかく、何で騒いでるんですか？　それに、警察でもないのに、人の家の事情に首を突っこむのは変でしょう」

「警察も、家庭の話には首を突っこみませんよ。私はあくまで民間のアドバイザー、それに近所の人間として心配しているだけです」

「別に、心配するようなことはないし」

「ちょっと用心が足りないですね」麻生は少し皮肉をぶつけてやる気になった。「もちろん私は、嘘（うそ）はついていませんけど、私が犯罪者だったらどうしますか？　娘さんに何かあったと言って、あなたを連れ出す――それで拉致するかもしれませんよ」

「嘘」

ちらりと横を見ると、紗子の顔からは血の気が引いていた。実際、ドアハンドルに手をかけようとする。

「走ってる時にドアは開けないで下さい。危ないですよ。だいたい、私はそんなことはしません。娘さんが心配なだけです」

「お節介なんですね」

小馬鹿にしたように言って、紗子が結局煙草に火を点ける。車内が白く染まり始めた。

借りた車が煙草臭くなったら困る。麻生は運転席側のウィンドウを細く開けた。煙草の煙は追い出されていったが、代わりに寒風が車内に入りこんで、震えがくる。それでも麻生は、紗子が煙草を吸い終えるまで、窓を開けたままにしておいた。バックミラーを覗くと、将が上半身を抱くようにしている。

一言ぐらい喋るべきではないか？　例えば紗子を宥めるとか、慰めるとか。ここは「良い警官、悪い警官」のパターンでいってもいい場面である。一人が厳しく攻め、もう一人が同情して慰め、相手の心を開いていく。この場合、自分が「悪い警官」なのだが、将に「良い警官」の役割を期待するのは無理……そういうのは、長年コンビを組んで、互いの呼吸が分かっている警察官同士でないと、できないのだ。

ウィンドウを上げ、鼻をひくつかせる。まあ……煙草の臭いは消えただろう。

小田原から紗子の団地まで十分ほど。車を停めても、紗子は慌てて出るわけでもなく、ゆっくりとドアを開け、車から降りると、だるそうに歩き出した。麻生はすぐにその後を追う。

「団地、最低」階段を上りながら、紗子がぶつぶつと文句を言った。「何で階段しかないのかな」

「昔の団地はどこもこういう感じですよ」麻生が言ったが、返事はない。紗子が何を考えているのか、さっぱり分からなくなった。

ドアの前に立ち、ハンドバッグから鍵を取り出した紗子が、ちらりと麻生を見た。

「家の中は見ないで下さい」

「入る気はないですよ。取り敢えず、怜奈ちゃんがいるかどうか、確認だけしてもらえれば」

紗子が大袈裟に溜息をついた。まったく面倒臭い……本音が、つまらなそうな表情に透けて出ている。

紗子が部屋に入ると、麻生は小声で将に訊ねた。

「どう思う？」

「どうって……」

「何かおかしいと思うか？」

「ちょっと無関心過ぎ？」

そう。無関心は虐待と同じぐらい悪い。

五分経っても紗子は出て来なかった。おいおい、冗談じゃない……そんなに広い部屋でないことは分かっている。どうしてこんなに時間がかかるんだ？

しびれを切らした麻生は、ドアを勝手に開けて声をかけた。

「水木さん、どうですか？」

返事はない。まさか、紗子も倒れているのでは……玄関に足を踏み入れようとした瞬間、ばたばたと大きな足音を立てながら紗子がやって来た。ジャージの上下に着替えており、怒りの表情を浮かべている。

「中は見ないで下さいって言ったじゃないですか」

「見てませんよ……どうですか？」

「あの……いないけど」急に口ごもる。

「それはちょっとまずいですよ。今まで、こんな遅い時間まで帰って来ないことがありましたか？」

麻生は腕時計に視線を落とした。既に午後十一時過ぎ。中学生が出歩く時間ではない。

「それはないけど……」

「ちょっと話をさせて下さい。こういう時は、大袈裟に考えた方がいいですよ」

「じゃあ、外で」

麻生はちらりと紗子の全身を見て、「何か着てきて下さい。寒いですよ」と忠告した。紗子は麻生を一瞬睨んでから、また部屋の奥に引っこんだ。

出て来るのを待つ間、麻生は玄関から見えている範囲内で部屋を観察した。相当荒れているのはすぐに分かる。玄関から続く短い廊下には、段ボール箱がいくつも積み重ねられている。引っ越ししてからまったく片づけていないようだった。廊下には埃が溜まり、二つある天井の照明の一つは切れている。足元を見下ろすと、玄関は靴だらけ……きちんと並べるつもりすらないようで、ひっくり返っている靴も何足かあった。玄関がだらしない人間は、基本的に生活の全てがだらしなくなる。

また五分待たされた。いい加減うんざりして、家に踏みこもうとした時に、紗子が出て来る。先ほどまで着ていたダウンジャケットを羽織っていた。

「どこで話しますか？　ここですか？」麻生は足元を指差して、皮肉っぽく言った。

「別に、どこでも……」

「ここで話してると、他の部屋の人たちに聞かれると思いますよ。車に行きますか？」

「それでいいです」

まったく関心なさそうに言って、紗子が歩き出す。先に階段を下り始めたが、その足取りはいかにも重かった。

麻生が車のロックを解除すると、さっさと助手席に座る。麻生はエンジンをかけて、暖房を効かせた。結構な音を立てるランドクルーザーのエンジンを団地内でかけっぱなしにするのは気がひけるが、車内が冷えて風邪を引いたらつまらない。

「怜奈ちゃん、家にはいなかったんですね」麻生は改めて確認した。

「いないです」

「置き手紙やメモはなかったですか」

「ないです」

「どこか、行きそうな場所に心当たりは？」

「別に」紗子の答えは常に短い。長い台詞を喋るのも面倒、という感じだった。

「失礼ですが、別れたご主人のところはどうです？」

「何ですか、それ」ますます不機嫌な口調になる。

「探りを入れてるわけではありませんが、あなた、東京で離婚されて、こちらへ引っ越してきたんですよね？　怜奈ちゃん、東京にいるお父さんのところへ行ったとは考えられませんか」

「あり得ないです」

「どうしてです？　今は完全に関係が切れているんですか？」

「刑務所……留置場にいるので」

思いもかけない情報に、麻生は思わず口をつぐんだ。この情報は初耳である。同時に、少し気を回して調べておけばすぐに分かったのに、と悔いる。父親が逮捕されて公判中、という状況なら、怜奈を取り巻く環境は最悪だ。

とにかく、この件は調べられる。そう分かっていても、麻生は「どういうことですか」と、紗子に直接訊ねざるを得なかった。

「それ、言わないと駄目なんですか」

「水木さん、もう少し真剣になって下さい」麻生は思わず頼みこんだ。「怜奈ちゃんに何か起きているかもしれないんですよ。私は、怜奈ちゃんと無事に再会したいんです」

「プライバシーです」紗子が強硬になった。

「それは分かります。でも、ご主人が逮捕されているなら、調べればすぐに分かるんですよ。私は、警察とも協力関係にあるので」

「それで、私も逮捕するんですか？　私は関係ないですよ。詐欺なんか、やってませんから」

「詐欺だったんですね？」紗子の言葉尻を捉え、麻生はすかさず訊ねた。

「話したくないんですけど……」

「分かりました」この件は、明日にでも原口に調べさせよう。たぶん警視庁が摘発した事件だが、原口なら詳細も確認できるはずだ。そもそもニュースになっているかもしれないし。「とにかく、ご主人は逮捕されて……今は裁判を受けているところですか?」

「たぶん」

「離婚はしたんですよね?」

「しましたけど、会って話し合ったわけじゃないので。会いたいわけでもないですけど」

「いずれにせよ、怜奈ちゃんがお父さんに会いに行くことはないんですね?」

「もちろんです。だいたい……逮捕される前から、父親との仲はよくなかったですから。懐こうとしなかったんです」

その一言で麻生はピンときた。これ以上突っこんでいいかどうか分からないが、とにかく疑問に思ったら何でも聴いてみるという、警察官時代の習性が前面に出てしまった。

「もしかしたら、あなたは再婚だったんですか? 怜奈ちゃんはあなたの連れ子?」

「ええ、まあ……」

「それで、ご主人と怜奈ちゃんの関係は上手くいっていなかったんですね?」

「何がどうなっていたか、言いませんよ。話したくもありません」

「だったら結構です。問題は、怜奈ちゃんが今どこにいるか、ですから。どこか、行き先に心当たりはないんですか?」

紗子はずっと不機嫌で、麻生の問いかけにもぼそぼそと答えるだけだった。答えたくない……答えるのも面倒だと思っているのは明らかで、麻生は次第に苛立ってきた。しかし何とか、自分の気持ちを抑えて質問を続ける。

「親戚の方とかは？」

「無理ですよ」紗子が短く笑った。「うちの実家、北海道ですから。中学生が一人で行ける訳ないでしょう」

「ご主人の方の実家は？」

「まさか。会ったことも、向こうの家に行ったこともありません」

「友だちはどうですか？　東京に住んでいた頃の同級生で、仲がいい子とか……」

「そんな子、いませんよ」

「水木さん、やはり警察に届けた方がいいと思います」麻生はきっぱりと言った。

「何で？」

「自発的に家出した形跡がないとしたら、事件に巻きこまれた可能性もありますからね。なにぶん中学生ですから、警察も真剣に探します」

「別に……」

「今日の午後、小田原で目撃されたんです。小田原に行くような用事はあるんですか？」

「さあ……私がいない時に何をしているかは分からないので」

「一日中、家を空けているんですか？」

「昼から夕方まで喫茶店、夕方からはあの店にいるので」

「そこまで必死に働かないといけないんですか？　この辺は東京に比べれば物価も安いし、団地の家賃だって高いわけじゃないでしょう」

「借金があるんです」紗子が盛大に溜息をついた。「私のせいじゃないですけど」

「ご主人の借金ですか？」

「保証人で……騙されましたよ。離婚して、東京を離れれば何とかなると思ったんですけど、店まで取り立てに来て……金を貸している人ってしつこいですよね」

「それで二つの仕事をかけもちしてるんですね」

「ぎりぎりなので……子どものことなんか……」

「ちょっと待って下さい！」将がいきなり声を張り上げた。

後部座席に座っていた将が、前に身を乗り出す。シートの間から顔を突き出して、紗子との距離はごく近くなっていた。しかし紗子は、ぼんやりした顔つきで、特に何も感じていないようだった。

「何でそんなに無責任なんですか？　自分の子どもでしょう！」

「でも……」紗子が爪を噛んだ。

「もしかしたら、今頃ひどい目に遭ってるかもしれないんですよ。そういうことを考えても平気なんですか？」

「分からないから……」

「駄目です。今からでも警察へ行きましょう。何かあってからじゃ遅いんですよ」

これはこれは……麻生は将の勢いに驚いていた。今まで、こんな風にむきになったのを見たことがない。どうしてこんな風にまくしたてているかは想像がつく。怜奈は、将と同じような立場なのだ。将も両親との関係が薄く、家の中で自分の居場所をなくしていた。祖父である自分が介入しなかったら、今頃どうなっていたか……怜奈も今、人生の分岐点に立っているのではないだろうか。

「とにかく、ちゃんと捜しましょう。心配じゃないんですか？」

「別に……そのうち帰って来るでしょう」

「駄目です！」将がまた声を張り上げる。「あなたが警察に行かないなら、僕が代わりに行きます。それでもいいんですか？」

紗子が黙りこむ。将も攻め手を失ってしまったようで、会話が途切れ、車内に重い沈黙が満ちた。

「……とにかく、朝まで待ちますか」麻生は話をまとめにかかった。ここで言い合いをしていても、何も始まらない。「明日の朝、もう一度ここへ来ます。そうですね……七時に。その時点で怜奈ちゃんが帰っていなくて、連絡もなかったら、警察に相談することを考えましょう」

紗子もようやく折れた。さすがに心配になってきたのかもしれない。麻生は最後に訊ねた。

「誰か、相談できる人はいないんですか」

「そんな人がいたら、とっくに相談してます」紗子の口調は最後まで暗く冷たかった。

第9章　捜　索

何だかもやもやする……寝不足だ。将はしばらく布団の中で愚図愚図していたが、何とか気力を振り絞って起き上がった。

もやもやしているのは寝不足のせいだけじゃない。昨夜、柄にもなく熱くなってしまったからだ。あれじゃまるで、紗子を説教したみたいじゃないか。今考えると自分にそんな権利があるとは思えなかったが、あの時は何も考えずに言葉がほとばしり出てしまった。

馬鹿みたいだよな……こんなに嫌な気分になるのが分かっていたら、我慢して何も言わないようにしたのに。

布団を片づけ、顔を洗い、朝食……祖父も言葉少なだった。昨夜の勢いからすると、朝食も抜いて紗子を警察に連れて行きそうな感じだったのに。今朝はほとんど何も喋らず、いつもの調子で黙々と食事をしている。ふと、新聞受けから取って来た新聞が、まだ綺麗に畳まれたままだったと気づく。普段は、朝食の前に目を通してしまうのに。

「よし、行くぞ」食べ終えると、祖父がすぐに立ち上がる。「まず、文子さんのところだ」

「え？」

「お前は馬鹿か」祖父は、いつもの口の悪さを取り戻していた。「文子さんについても、今日警察に届け出るかどうか、決めなくちゃいけない。まず、自宅に戻っているかどうかを確認しないと」

ああ、そうか……昨日はいろいろなことがあり過ぎて、文子の家を覗いたのがはるか昔のように思える。

しかし、今日もバイトに行かなくてはならない。昨日と同じで昼からだが、それまでに警察の用事は終わるだろうか。まあ、警察に話をするとなると、祖父が自分でやるだろう。そんなことを任せてもらえるとは思えないし、将の方でもやれる自信もやる気もなかった。原口は、あまり警察官らしくない――ハードな雰囲気の人ではないのだが、それでも警察署の中で話すことになったら緊張するだろう。その状況に耐えられるとは思えなかった。

朝食の後片づけをして、準備完了。今日も長い一日になるぞ、と将は覚悟した。


文子はやはり家にいなかった。ドアに鍵はかかったままで、応答もない。祖父が昨日、文子の娘から鍵を預かっていたので、それを使って中に入り、文子が帰宅していないことを確かめる。将は、家に入る前から、文子は帰っていないだろうと思っていたが……新聞受けに、昨日の夕刊と今日の朝刊が入ったままだったのだ。文子や祖父のような年齢の人にとって、新聞は生活習慣の一部のようなもので、家にいる限りは放っておくはずがない。

借りたままの幸平の車に戻ると、祖父はすぐに電話で話し始めた。相手は文子の娘。今日も家にいないことを説明し、「すぐに危険なことになるとは思えないが、念のために警察に届け出よう」と説得した。向こうももう覚悟を決めていたようで、午前中に警察署で落ち合うことになった。

「さて、これであと一つだな」静かな声で祖父が言い、車を出した。

怜奈の家へ――まだ早い時間だったが、部屋のドアをノックすると、紗子はすぐに反応してドアを開けた。昨夜は、娘のことなどどうでもいいという感じだったが、一晩経って考えが変わったのだろうか。ひどく心配そうに見える……いや、今朝はまったく化粧をしていないので、さらに顔色が悪いからだと気づいた。昨夜もすっぴんだと思っていたが、あれでも薄化粧はしていたのだろう。今日は髪もぼさぼさで、目が充血している。ほとんど寝ていないのかもしれない、と将は同情した。

「娘さんは帰って来ましたか？」

祖父の問いかけに、紗子が黙って首を横に振った。

「では、警察へ行きましょう。単なる届け出ですから、すぐに済みますよ。それと、怜奈ちゃんの写真を用意しておいた方がいいですね」

「写真……」紗子が顔を上げた。「写真なんかないですよ」

「一枚も？」祖父が突っこむ。

「ないです」

「携帯で撮ったりとか」

「それもないです」

「娘さんの姿を写真に残しておきたいとは思わないんですか？」

紗子はぼんやりした表情のままだった。

小田原中央署は、市役所のすぐ側にある。小田原駅の西口からは、一キロぐらいだろうか。将は、祖父に強引に連れて来られたことが何度かあるが、毎回ひどく居心地の悪い思いをしている。何というか……中に入るだけで、「お前は何やってるんだ」と非難する視線が突き刺さるような感じがするのだ。別に悪いことをしているわけでもないのに、自分が悪人になってしまったような気分になるのはたまらない。

　一階に入った途端、祖父が「お前がちゃんとつき添え」と言ってきた。

「え？」何で俺が、と声が上ずってしまう。

「俺は、入り口で文子さんの娘さんを待つ。誰かが待ってないと、迷ってしまうからな」

「だけど……」

「だけど、じゃない」祖父がぴしりと言った。「つき添うだけならお前でもできるだろう。話は原口がちゃんと聴く。お前は黙って座ってればいい」

　そんなこと言われても……しかし祖父は将に反論を許さず、さっさと外へ出てしまった。署の中で紗子と二人になって、どうにも落ち着かない。紗子は今日も不機嫌で、真面目に警察の事情聴取を受けるかどうかは分からなかった。そういう時、自分はどうしたらいいのだろう。話しやすいように、そっと言葉を差し挟んでみる？　無理、無理。話の流れを整理するなんて、絶対にできない。

　どうしたものかと迷っていると、原口が階段から下りて来た。

「よう」軽い調子で右手を上げて挨拶をしてから、原口が周囲を見回す。「あれ、麻生さんは？」

「外で文子さんの家族を待っているそうです」

「中に入ればいいのにな。寒いし、携帯があるんだから、わざわざ外にいる必要はないだろうに」

「ええ……」これも一種のテストなのだろうと将は思った。俺がどれだけできるか、あの人は試しているのだ。

　どうすれば祖父の基準で「合格」になるのかが分からないけど。

「事情を伺いますので、こちらへどうぞ」

将は、原口から立ち会いを禁止された。ほっとしつつ、だったらどうしてここに一人でいなければならないのだろうか考える。もしかしたら、強引にでも一緒に行くべきだったのか？　それが祖父の考える「正解」だったのかもしれない。

署の一階部分は……ロビーとでも呼ぶべきだろうか。入ってすぐ、「受付」があり、その他にも「交通課」「警務課」などの小さな看板が天井からぶら下がっている。左手が通路になっていて、右手の一番奥にエレベーターホールがあった。通路の突き当たりには、トイレと自動販売機、さらにベンチがある。

ベンチは人で埋まっていた。どうやら交通違反で呼び出しを受けた人たちが待機する場所のようだ。将は座る場所もなく、立ったまま待つ……これは本当に居心地が悪い。しかも祖父が入って来る気配はなかった。本当に外で、文子の家族を待っているのだろうか。様子を見に行こうかと何度か思ったが、踏み止まる。助けを求めにいくようで、いかにもみっともないではないか。

いつの間にか、一時間が経った。喉が渇いたな……財布の中は寂しいが、自動販売機で缶コーヒーを買った。そこへ、原口がやって来る。

「あれ、コーヒー、買っちゃったのか」

「喉が渇いて」

「生活安全課の美味いコーヒーを奢ろうと思ってたのに」

「これでいいですよ……水木さんは？」

「こちらが、水木紗子さんです」

「話は聞いてる」原口が表情を引き締めた。「では、事情を伺いますので、こちらへどうぞ」

「今、上で待ってる。麻生さんとちょっと話したいんだけど……どこだ？」

「まだ外です」

「じゃあ、しょうがないな。君でいいや」

「僕ですか？」将は思わず自分の鼻を指差した。

「ああ。何かまずいか？」原口が不思議そうな表情を浮かべた。

「僕でいいんですか？」

「水木さんとは話してるんだろう？　ちょっとこちらの事情聴取と情報のすり合わせをしたい」

そう言うと、原口はさっさと階段の方へ歩き出してしまった。仕方なく、缶コーヒーを持ったまま彼を追う。

三階にある生活安全課に入るのは初めてだった。警察署の本丸に突入だ……と考えると急に緊張する。

「こっちだ」

原口に誘導されるまま、狭い部屋に入る。まさか、取調室？　胃がきゅっと痛くなり、ドアのところで思わず立ち止まってしまう。

「どうかしたか？」振り返った原口が訊ねる。

「ここ、取調室じゃないですよね？」

「まさか。ただの会議室だよ」原口が短く笑った。

将は恐る恐る部屋に入った。確かに、取調室という感じではない。普通に窓もあるし、観葉植物も……これは偽物かもしれないけど、とにかく柔らかい雰囲気ではあった。

原口の向かいに腰を下ろし、缶コーヒーをテーブルに置く。

「水木さんはどこなんですか？」

「今、生活安全課でお茶を飲んでる。少しお疲れみたいだな」

「結構夜遅くまで働いているので」

「じゃあ、しょうがない。気苦労もあるだろうし」

「そうですかね」

「どういう意味だ？」原口が身を乗り出す。

「その、娘さん——怜奈ちゃんのことについては、別に心配していないっていうか。借金のことなんかは大変だと思いますけど、娘さんが行方不明なのに、あまり心配していないんですよ」

「君はそう思うのか？」

「そんな風に見えました——昨夜から」

「会ったのは昨夜が初めてか？」

「ええ」

「なるほどね……確かに、妙に落ち着いた感じだった。娘さんのことは、気にもしていない様子だよな」

「そうなんですよ」勢いこんで将はうなずいた。「まるで自分の子どもじゃないみたいで。普通、子どもが行方不明になったら、もっと取り乱すんじゃありませんか？」

「ああ」

「どういうことなんですかね」

「たぶん、ネグレクトだな」原口が言った。

「ああ……」

「子育てを放棄している」

こういうことだ、と前置きしてから、原口は話し始めた。

「普通、ネグレクトという言葉は、乳幼児から小学校の低学年ぐらいまでの子を対象に使われる。中学生になると、子どももそれなりに自立するからね」

「でも、中学生だって、親の保護は必要じゃないですか」

「だからネグレクトなんだ。虐待とまではいかないけど、親として面倒を見ない……これも深刻な問題だよな。怜奈ちゃんは、子ども食堂にも行っていたんだって？」

「ええ」

「恥ずかしいから行かないように言ったそうだ」

「そもそも、母親がちゃんと食事を作ってあげれば、何も問題ないじゃないですか」将はむきになって言った。自分の怠慢を棚に上げて、「恥ずかしい」って何なんだよ。

「まあ、感覚は人それぞれだから」原口が宥めるように言った。「とにかく、子どもとの関係は上手くいっていなかった。児相に話を持ちこんでもおかしくないレベルだな」

「児相……」

「児童相談所」原口が呆れたように言った。そんなことも知らないのか、とでも言いたそうだった。

「児童福祉の専門機関だよ。この場合は、養育困難や虐待の問題なんかを相談することになるだろうな……養護相談っていうんだけど」

「いろいろ事情もあるみたいですよ」

「旦那が逮捕されて、離婚したこととかだろう?」

「逮捕された話、本当なんですか?」

「ああ。去年、詐欺容疑で逮捕されて、現在公判中だ。主犯格じゃないみたいだから、実刑になるかどうかは分からないけど。仮に執行猶予がついて出てきたとしても、状況は変わらないはずだ。離婚した旦那に頼ろうとは思わないだろう」

「旦那さんの借金を肩代わりしているみたいです」

「マジか」原口が目を見開く。「そんなこと、言ってなかったぞ。でも、そういうことなら旦那は本物のクソ野郎だな」

「クソ野郎の詐欺容疑は何だったんだ?」

突然祖父の声がして振り返る。厳しい表情を浮かべた祖父が、部屋の入り口に立っていた。

「聞いてたんですか、麻生さん」原口が慌てて立ち上がる。

「途中からな。詐欺の件は、お前に調べてもらおうと思ったんだが」

「もう調べました——すぐに分かりましたよ。摘発された時には、そこそこ大きなニュースになってました。投資詐欺ですね」

「投資詐欺なんか、珍しくもないぞ」

「ベトナムへの工場誘致に絡む詐欺です」

「ああ」祖父がうなずいた。「思い出した。犯人グループは、十人ぐらいいたな。被害総額も二十億円にはなるとか」

「結構でかい詐欺でしたよ。とにかく、水木さんの旦那は、この事件で逮捕されています」

「本来の仕事は？」

「元々は、建設会社で営業マンをしていたようです。詐欺グループの他の犯人は、営業マンとしての仕事で知り合った人間たちのようですね」

「どうしようもない奴だな」祖父が吐き捨てる。

「怜奈ちゃんは、連れ子だっていう話です」将が言った。

「初耳だ」原口がまた目を見開く。

「お前、何を聴いてたんだ」祖父が溜息を漏らした。「うちの孫の方が、よほど事情聴取が上手いぞ」

「すみませんね……」謝ったものの、原口はぶすっとした表情を浮かべていた。将に視線を向けて確認する。「怜奈ちゃんが連れ子だったことは、今回の一件に何か関係あるのかな」

「怜奈ちゃんが父親にあまり懐いていなかった……親子関係がちゃんと成立していなかったみたいです」

「連れ子ねえ。確かに、上手くいかないことが多いだろうな」原口がうなずく。

「そうなんですか？」

「途中までできあがっていた家族が、一度分解して新しくなる——そんなに簡単なことじゃないよ。それが上手くいかなくて事件になることも少なくない」原口が真剣な口調で言った。

今回も事件なのだろうかと考え、将は暗い気分になった。ただ、怜奈が何か事件に巻きこまれているとは考えにくい。突発的に拉致されたりすることはあるかもしれないが……いや、怜奈は誰かと一緒にいたはずだ。「約束がある」という昨日の言葉を思い出す。誰かと会って、その後家に帰らなかった――つまり、その「誰か」を割り出せば、怜奈の居場所が分かる可能性が高い。

そのことを口にすると、原口がうなずく。何かに納得したようだったが、表情は渋いままだった。

「あの、何か……」

「防犯カメラをチェックすれば、動きが分かるかもしれない。小田原駅の周辺は防犯カメラが多いから、連続した動きが分かる可能性もある」

「じゃあ、それでどこへ向かっていたか、分かるかもしれないんですね」

「理屈ではね。問題は、そこまで人手を割けるかどうかなんだ」

「防犯カメラのチェックって、そんなに大変なんですか？」要するに画面を観ているだけじゃないか……。

「大変だよ。とにかく、じっと観続けるしかないんだから。まず、昨日の午後五時前から二時間ぐらいの映像をチェックする――防犯カメラの数だけ、その作業を続けないといけない」

「署で人手が足りないなら、俺が手伝ってもいいぞ」祖父が割りこむ。

「麻生さん、それはちょっと……」原口が渋い表情を浮かべる。

「分かってる。警察のやることに民間人が口を挟むな、だろう？」

「そういうことでお願いします」原口が顔の前で両手を合わせた。「こちらで、できるだけのことはしますから」

「俺たちが、小田原で聞き込みをすることは問題ないだろうな？　近所の子を捜すだけなんだから」

「ああ、それはもちろん……何かあったら教えて下さいよ」

「もちろん。俺はお前の下僕だから」

「ご冗談を」原口の顔が引き攣った。

「それより麻生さん、本多文子さんのご家族は……」原口が話題を変えるように訊ねる。

「ああ、ちょっと前に連絡があった。間もなく着くと思う。ここへ連れて来ていいか？」

「生活安全課の方へお願いします」

「分かった」

祖父はさっさと立ち去ってしまう。ふと気づいて、将は缶コーヒーを開けた。既にぬるくなっていたのを、一気にぐっと飲む。甘ったるいコーヒーは、昨日からの疲れを洗い流してくれるようだった。見ると、正面に座った原口が、大きく息を吐いている。次いで、両手でごしごしと顔を擦った。

「あの……祖父が苦手なんですか？」

「得意ではないね」原口が苦笑した。「しかし麻生さん、何であんなに元気なんだろうなあ」

「昔からあんな感じなんですか？」

「昔はもっと元気だったけど……七十を過ぎれば、普通は大人しくなるはずだ。だいたい男は、奥さんが亡くなると、一気に元気をなくすっていうけど、麻生さんの場合は違った。そう思わない？」

「いや、一緒に住んでなかったので……分かりません」

「ああ、そうか。そうだったな」原口がうなずく。「しかし、意識して自分を元気に保てるっていうのはすごいことだよ」

「よく分かりません」

「君はまだ若いから分からないんだよ。年齢を重ねるに連れて、普通に元気でいるためにどれだけ努力が必要か、分かるようになる」

「はあ」

「まあ、そんな話はともかく、一気に二件も事件の可能性がある話が出てきたから、これから忙しくなるな。君も麻生さんにいろいろ協力するんだろう？」

「あ、いや、バイトもあるので」

「バイト、始めたんだ」原口が驚いたように右目だけを見開いた。

「ええ」

「まあ、何でもやってみるのはいい経験じゃないかな。それと、水木さんのこと、任せていいかな？」

「僕にですか？」それは無理だ……。

抵抗したが、結局将は紗子を引き受けることになった。喫茶店での仕事が始まるまでは少し時間がある……どうするつもりか聞いてみると、一度家に戻ると言い出した。ということは、自分が送っていかなくてはならないだろう。東海道線で一駅、それから家へ行くまでの短い時間だが、紗子と二人きりになることを考えるとやけに緊張する。

紗子は何も言わず、歩き出した。広い通りに出てもスピードは上がらず、のろのろしている。それに合わせて歩いていると、何度か背中にぶつかりそうになった。

紗子が立ち止まり、いきなり振り返る。

「駅は、このまま真っ直ぐ？」

「このままです」

紗子が勤める店は、どちらも小田原駅の東口にある。中央署は西口にあるのだが、彼女はこちら側へ来たことなどないのだろう。だいたい西口は、ごちゃごちゃしていて道が分かりにくい。曲がる場所を間違えると、住宅街に入りこんで迷ってしまう。

だらだらと長い坂を下りて行く。確か二つ目の信号の交差点で左折すれば、すぐ駅前へ出るはずだ。よし……途中で標識を見つけた。左へ行けば小田原駅西口。真っ直ぐ行けば箱根だ。

「次の交差点を左へ曲がって下さい」

「分かってます」

一転して紗子が強気で言った。標識に気づいたのだろうが、言い方が気に食わない。

左へ折れると、道路はずっと細くなる。歩道があるのは右側だけ。紗子の歩く速度が次第に上がってくる。次の信号が見えてくると、その先はもう小田原駅だ。

西口は、賑わう東口に比べてだいぶ地味……駅前にはバスターミナルとタクシー乗り場が大きく広がっているだけだ。タクシーが溜まっている辺りには、この街のシンボルである、馬に跨った北条早雲公像。祖父は「小田原の歴史は面白いぞ」とよく言う。本もたくさん出ているから、調べてみるといい――そんなこと言われても、という感じだった。歴史になどまったく興味がないのだ。大学入試でも、社会の選択科目は世界史だったし。漢字の名前を覚えるのが、とにかく苦手なのだ。カタカナなら何とかなる。

小田原駅の構内は、いつもざわついている。ＪＲ東海道新幹線、東海道本線、伊豆箱根鉄道大雄山線、小田急小田原線・箱根登山鉄道と多数の路線が乗り入れるターミナル駅のせいなのだが、将は構内の造りも原因だと考えている。

鉄骨が組み合わさったアーチ形の屋根にぶら下がった、巨大な小田原提灯――もちろんこれが小田原のシンボルだが、モダンなデザインの駅に、突然純和風の提灯が交じっているので、雑然とした感じになる。

紗子は、さっさと東海道線の改札に入って行った。将は慌てて後を追い、ホームへ下りる。吹きさらしのホームを寒風が容赦なく吹き抜け、思わず首をすくめた。

紗子は毅然とした様子で、背筋をぴんと伸ばして立っていた。後ろで一本に結んだ長い髪が風に吹かれて激しく揺れたが、まったく気にならない様子だった。何を考えているのか、さっぱり分からない。

将は慎重に近づき、横に立った。紗子がちらりと見たが、声はかけてこない。邪魔なら邪魔って言ってくれればいいのに。そうしたら、黙って立ち去る。電光掲示板を見ると、次の電車が来るまで五分ほどあったが、その五分が耐え難い。我慢できなくなって、将はつい口を開いた。

「警察では何を聴かれたんですか？」

「いろいろ」

「何て答えたんですか」

「いろいろ」

ああ、まったく会話になってないよ……目の前が真っ暗、という感じだ。それでも将は、諦めずに話しかけた。ひたすら話し続けて、「うるさい！」と怒鳴られたら、黙りこむ覚悟ができる。

「本当に、どこへ行ったか心当たりはないんですか」

「ないです……こういうの、本当に嫌なんだけど」紗子が突然、鋭い声で言った。

「こういうのって？」

「警察に届け出たり……恥ずかしいですよ」

「でも、届けないと何も始まりませんよ」

「そのうち帰って来るでしょ」

「今まではこんなこと、なかったんですよね」

紗子が無言でうなずいた。

こういう態度が、将にはどうしても理解できない。娘が家出したら、普通はもっと慌てるはずだ。それなのに、まったく他人事のような感じ……今朝、自分たちが家へ行かなかったら、警察へ届けも出さずにそのままにしたのではないだろうか。

原口が言った「ネグレクト」という言葉を思い出す。無視。一番辛いのは憎悪ではなく無関心、と聞いたことがある。自分も怜奈と同じような立場に立たされていたのだが、何とか抜け出した。その結果、無関心の対極にある祖父の過干渉を、鬱陶しく思うようになったのだが。

あの頃——家で引きこもっていた時期は、次第に過去になりつつある。今は、祖父や周りの人たちの干渉にうんざりしているものの、こういうのもありなのではないか、と考えることもある。

怜奈はどうだったのだろう。親はまともに世話もしてくれない。学校では友だちがいない。子ども食堂で空腹を満たそうとすると、俺みたいにお節介な人間がちょっかいを出してくる——いろいろ面倒だろう。全てにうんざりして、家を飛び出してしまってもおかしくはない。

だけど、行き先はどこだ？

「あの」

遠慮がちに言うと、紗子がさっと将の顔を見た。

「東京で、怜奈ちゃんが行きそうなところ、どこかありませんか」

「行く場所なんかないわよ」

「ずっと東京で暮らしてきたんだし、仲のいい友だちぐらいいるんじゃないですか？　昔は町屋に住んでたんですよね？」

「友だちなんかいないわ」

「一人も友だちがいない子なんて、いませんよ」

「あなた、こんなことして何か楽しいの？　人の不幸に首を突っこんで、自分の人生が充実してるのを確認したいの？」

「僕の人生なんか、全然充実してないですよ。怜奈ちゃんと似てるんです」

「何が」紗子が不機嫌そうに言った。

「僕もずっと一人でした」

僕もずっと一人——その言葉が風に運ばれて消える。紗子は特に関心を抱かなかったようで、線路の方にじっと視線を落としていた。もしかしたら聞こえなかったのかもしれないと思ったが、将は言い直す気にはなれなかった。思い切って吐き出した台詞を言い直すほど、図太くはない。

「僕は、捜しますから」

「何で？」

「何でって、僕の地元の子だし。いなくなったら捜すのは普通でしょう」

「やめてよ」紗子が真剣な表情で言った。「そんなことしたら、近所の人たちにどんな風に見られるか……あの団地にもいられなくなるから。だから、警察へ行くのも嫌だったのよ」

「団地の人たちは、事情を知ったら心配するだけですよ。もしかしたら、怜奈ちゃんを捜すのに手を貸してくれるかもしれません」

「冗談じゃないわ」紗子が吐き捨てる。「そんなの、あり得ない。ただ静かに、目立たずに暮らしていきたいだけなのに、こんなことになって……近所中の笑いものじゃない」

「怜奈ちゃんのことが心配じゃないんですか」結局この人は、体面を気にしているだけなのだろうかと思いながら、将は訊ねた。

「心配とかそういうことじゃなくて……」紗子が両手を広げかけた。しかし声が途切れると同時に、手をぱたりと脇に落としてしまう。「とにかく、余計なことはしないで」

「いなくなった中学生を捜すのが余計なことなんですか?」将は少しむきになって言った。「何かあってからじゃ、遅いんですよ」

「何か、何かって、何の話よ。怜奈が誰かに殺されたとでも言うの?」

「そんなこと、言ってません」

「とにかく、余計なことはしないで」紗子が繰り返した。「迷惑なの。これから警察が聞き込みなんか始めたら、もうあそこに住めなくなるわ」

「そんなこと、ないですよ」

「近づかないで!」小さいが鋭い声で紗子が言った。「私たちにかかわらないで!」

将は思わず一歩引いた。列車がホームへ入ってくる——とても同じ車両には乗れない雰囲気だった。

昼前、祖父が帰って来た。珍しく、パン屋の袋を抱えている。小田原駅西口にある箱根ベーカリーのものだ。

「こいつで昼飯にしておけ。これからバイトだろう」

「ああ……うん」

ちょうどよかった。あと十分ほどで出かけなければならないタイミングだったのに、昼食のことをすっかり忘れていた……袋を開けてパンを取り出す。カレーパンにかぶりつき、冷蔵庫から野菜ジュースを取り出して飲んだ。袋の中身を確認すると、惣菜パンが、まだいくつも入っている。このカレーパンは結構ボリュームがあるから、何かもう一つ食べれば、昼飯には十分だろう。

「水木さんはどうだった？」

「近づくなって」

「ずいぶん頑なだな」祖父の表情も硬い。

「近所で変な噂になるのが嫌だって。そういうの、分からないでもないな」

「面子の問題じゃないんだがな……何かあってからじゃ遅いんだ」

「そういう風に言ったんだけど、やっぱり面子第一で」

「しょうがない……」

「文子さんの方は？」

「届け出は無事に終わった。原口にもしっかり言っておいたから、何とかなるだろう」

そう言いながらも、祖父は不安そうだった。家を出る理由が見つからない……文子も事件に巻きこまれた可能性があるわけで、警察が届け出を受理したからといって安心はできない。

「連続失踪事件だな」

「え？」将はカレーパンを手にしたまま顔を上げた。

「こんな狭い街で、同じようなタイミングで二人がいなくなった。何か関係があると思わないか？」

「まさか。家は近いけど、それだけでしょう。顔見知りとも思えないし」

「そうか」祖父がうなずく。「ただ、気にはなるな」

「一つ、考えたことがあるんだけど」

「何だ、言ってみろ」

将はゆっくりとカレーパンを呑み下した。こんなことを言っていいのかどうか……こういうのは自分のキャラじゃないし……そうは思っても、頭に浮かんだ考えを無視はできなかった。

「あの、東京は……」

「東京がどうした」

「怜奈ちゃん、東京にいるんじゃないかな。昔の学校の友だちのところとか」

「ふむ」祖父がうなずく。

「父親はいない、親戚も頼れないとなったら、友だちのところへ行くんじゃないかな」

「なるほど」

「だから、東京の友だちを当たってみるとか……そっちへ行ってなくても、連絡を取ってるかもしれないし」

「いい考えだ」祖父がうなずく。

よし……一つ前進という感じかな？　これで、警察にも一目置かれるかもしれない。

「で、今夜にでも東京へ行くか？」

「は？」二つ目のパンに伸ばした手が止まってしまう。

「言い出したお前が、自分で東京へ行って、自分で調べるんだろう？　そうだな……よし、交通費は特別に出してやる」

「ちょっと、何でそんな話になるわけ？」将は慌てて言った。「警察に話して、そういう捜査をしてもらえばいいじゃない」

「小田原中央署は、そんなに大きな所轄じゃない。こういう案件の捜査を担当する人間も限られている——要するに人手が足りないんだ」

「だけど、僕は警察官でも何でもないんだけど。勝手に捜査なんかしたら、まずいんじゃないの？」

「これは捜査じゃない、調査だ」祖父が訂正した。「民間人の我々がやっても、何の問題もない」

「できないよ、そんなこと」

「やる前から弱気になるな。とにかく、まず自分で考えて動いてみろ。上手くいかなければ、アドバイスぐらいしてやる」

まさか、こんなことになるなんて。

思いついたことをすぐに口にすべきじゃないんだ——いきなり災難が降りかかってきて、将は頭を抱えた。


東京へ来るのは久しぶりだった。とはいえ、意外なことに特に緊張はしなかった。町屋……まるで馴染みのない、初めて来る街。もしもずっと住んでいた世田谷だったら、緊張していたかもしれない。誰か知り合いに会うかも、と考えただけでぞっとする。

何だかごちゃごちゃした街、というのが町屋の第一印象だった。都電荒川(あらかわ)線、東京メトロ千代田線、京成本線と三路線が乗り入れているせいか、人の流れが多く、どうにも歩きにくい。昔なら、こんなのは何でもなかった。将は、混んだ場所で、誰にもぶつからずに歩くのが本来得意なのだ。ヒラリヒラリと身を翻し……渋谷のスクランブル交差点なんか、お手の物だった。

今は違う。日中、歩いていてもほとんど人と会わない鴨宮に慣れてしまったのか、東京の細い歩道を歩くだけでも、えらく苦労していた。だいたい、JRで上野まで出て、京成本線に乗り換えただけで、既に疲れている。JRと京成の上野駅は少し離れていて、分かりにくいのだ。そして、町屋のごちゃごちゃした下町の雰囲気で、さらにダメージを受ける。

祖父は「さっさと行け」と将の尻を蹴飛ばした。仕方なく家を出て来たものの、町屋で何をすればいいかが分からない。怜奈を探す方法が、まったく思い浮かばないのだ。

仕方なく、取り敢えず以前怜奈が住んでいたというアパートを探すことにした。通っていた中学校は、隅田川沿い、アパートもその近くだというので、スマートフォンで地図を確認しながら歩いて行く。しかし、こんなに地図を見るのが苦手だったかな……慣れない街を歩くのは、やっぱり大変なのだと実感する。

京成本線の高架を左手に見ながら歩いていくと、右手に緑深い空間が見えてくる。公園か何かだろうか。車はガンガン走っているし、歩道を歩いている人、自転車に乗る人も多い。

駅から十分近く歩いて、ようやくアパートを見つけ出した。何とも地味……どうやら大家の家と一緒になった三階建ての建物で、すぐ裏は京成本線の高架だ。こんな場所だとうるさくて眠れないんじゃないか、と将は心配になった。

何となく、アパートの前を行ったり来たり……ここまで来てしまったものの、やはりどうしていいか分からない。いや、やるべきことは分かっている。このアパートのドアを一つずつノックして、聞けばいいだけだ。「ここに今年の春まで住んでいた水木怜奈ちゃんを知りませんか？」と。

聞けるだろうか？　見ず知らずの人――初対面の人に、いきなりややこしい話を聞くなんて、絶対に無理だ。人見知りというか、人間嫌いというか、対人能力に致命的な欠点があるというか……祖父にけしかけられて慌ててここまで来たものの、足が止まってしまう。

いやいや、アパートの前で固まっていたら怪しまれる。何しろ真昼間、それに鴨宮と違って人通りも多い。今も、横を通り過ぎた人が、ちらりと自分を見ていったような……将は慌てて歩き出した。どこか人目につかないところで、時間をかけてやり方を考えないと。

しかし、歩き出したところで何も見当たりはしない。道路沿いは高架。歩道の端にフェンスが張ってあるので、高架下にも入れなかった。右側にある公園なら、ぽつんと一人でいても不審がられないだろうが、入り口が見当たらない。

スマートフォンが鳴る。ああ、たぶんジイサンだな、と予想しながら取り出すと、その通りだった。無視しようか……どうせ文句を言われるだけに決まっているし。しかし無視していたら、何度でもかかってくるだろう。ジイサンのしつこさは天下一品だ。

「はい……」

「もう着いたな？」祖父の声はせかせかしていた。いつものことだが。

「ああ、さっき」

「家は分かったか？」

「うん、まあ……今向かってる」

「何をするかは分かってるな？　ドアをノックする。話を聞く。それだけだ。東京だって、人はそんなに頻繁に引っ越すわけじゃないから、怜奈ちゃんを知っている人は必ず見つかるはずだ」

「うん……まあ、そうだね」

「しゃきっとしろ！」電話の向こうで祖父が雷を落とす。

将は思わず肩をすくめた。祖父の雷は毎度のことだけど、いつまで経っても慣れない。まったく、こういう高圧的な態度の人は、昭和の時代に消えたもんかと思ってたのに……。

「お前、もうアパートに着いてるだろう」

「いや、まだだけど」何で分かった？　まさかGPSで追跡しているとか？　祖父ならやりかねない。

「嘘をつくな！」唸るような声で祖父が言った。「とっくに着いてる時間だ。それなのに、まだドアをノックできていない。違うか？」

「まあ……うん」

「まったく、情けない男だな」電話の向こうで祖父が溜息をついた。「どうせビビってノックできないんだろう。ただ話を聞くだけなのに、何で怖がる？」

「だって、見ず知らずの人だよ」将は思わず反論した。「そんなに簡単に、質問なんかできるわけないでしょう」

「コミュニケーションだ、コミュニケーション。人間は言葉を使って自在にコミュニケーションが取れるようになって、初めて動物から脱したんだ」

「はあ」何で人類学の講義が始まるんだよ、と将は呆れた。

「とにかく、何軒でも回ってドアをノックしろ。話を聞かないと何も始まらない」

「はいはい、分かりました」

「はい、は、一回でいい！　それと、何か情報が手に入るまでは帰って来るなよ」

「マジですか……」

「今回の経費として、金は渡してあるだろう。夜は実家へ泊まってもいいし」

「それはないから」将は思わず反発した。「実家に泊まるぐらいなら、漫画喫茶にでも泊まる」

「好きにしろ。とにかく、せっかく東京まで行ったんだから、絶対に手がかりを摑んでこい。そうそう、もちろん分かってると思うけど、学校にも重要な手がかりがあるからな。むしろ、学校こそ大事なポイントだ。怜奈ちゃんの友だちを探して話を聞くなら、中学校に当たった方がいい」

「だけど、どうやって」

「それぐらい、自分で考えろ！」


祖父は何のヒントもくれなかった。それは確かに、学校で調べた方が話は早いかもしれない。でも、最近の学校は不審者に対して神経質になっている。近くでうろついているだけでも、怪しまれるかもしれない。

それでも、怜奈の家の近くで、あてもなく聞き込みをしているよりはましではないか？　思い切って中学校の先生に声をかけて、助けてもらうように頼もうか……緊急事態なのだから、ちゃんと説得すれば協力してもらえるかもしれない。

方向転換して、学校を目指して歩き出した。アパートから歩いて五分ほど。怜奈は、ずいぶん学校に近いところに住んでいたわけだ。

午後も遅く、校庭では野球部とサッカー部が練習中だった。狭い校庭を分け合うようにしているので、見ているだけでも危なっかしい。野球部はちょうどバッティング練習中で、ライナーで飛んだ鋭い打球が、サッカー部がミニゲームをしている中に飛びこんだ。思わず「危ない！」と言ってしまったが、サッカー部の連中は慣れているのか、平然とボールを避けた。

東京の中学校って、だいたいこういう感じなんだよな……特に二十三区内の学校はどこも校庭が狭いから、運動部は陣地の分捕り合いだ。この中学は、まだ野球部とサッカー部だけだからいいけど、将の中学校にはこの二つに加えて陸上部もあった。将自身は帰宅部だったので実害はなかったが、打撃練習のボールがサッカー部や陸上部の選手たちを直撃する場面を何度か見ている。

何だかなあ……こんな狭い、混雑したところでボールを追いかけたりして、何が楽しいのだろう。そういえば、小学校時代に仲のいい友だちがいたのだが、中学校で野球部に入ってからは疎遠になってしまった。世の中には、二種類の人間しかいないのだろう。スポーツをやる人とやらない人。もう少し大きく考えれば、スポーツに興味がある人とない人、かもしれない。

道路と校庭を隔てる金網に指を絡めたまま練習を見ていると、急に声をかけられた。

「何か、ご用ですか」

びくり、と身を震わせて将は振り向いた。三十歳ぐらいの、ジャージ姿の男が腕組みをして立っている。背が高く、がっしりとした体格。何だかまずい感じ……この中学の教師だろうか。

「いえ、あの……」

「ずっと見てたでしょう」

「ああ、あの、野球部の練習を」

男が、将の頭の天辺からつま先まで、素早く視線を這わせた。明らかに疑っている。何と説明したらいいのか……まったく考えていなかったので、言葉が出てこない。

「ご用がないんだったら——」

「人を捜しているんです」将は慌てて、男の言葉を遮った。

「人？」

「ここの中学校にいた、女の子のことなんですけど」

「どういう意味ですか」男の顔が急に険しくなった。

「あの、ここの先生ですか？」

「そうだけど、生徒のことを捜しているっていうのは、どういう意味？」

「ですから、行方不明なんです」

「うちの生徒が？　そんな話は聞いていないな」

「違います。この学校から転校した子なんですよ。転校先は神奈川の鴨宮です」

「意味が分からない」

「ですから」声を張り上げかけて、将は口を閉ざした。今までの説明に、過不足はないはずだ。それでもこの教師は、怪訝そうな表情を隠そうともしない——つまり、僕を怪しんでいる。

それはそうだよな。いきなり「生徒を捜している」なんて言っても、信じてもらえるはずがない。そもそも将は身分を名乗れない。名乗るべき所属先がないのだ。人は、肩書き次第……ちゃんとした肩書きと名刺があれば、初対面の人にも信用してもらえるのに。

「ちょっと怪しいな」

「いや、怪しくないですよ」

「職員室まで来てもらえますか？　それとも警察を呼びますか？」

警察……それだ、と将はピンときた。

職員室は居心地が悪いものだ。しかも今は、疑われる身である。最初に将を見つけた教師——田中と名乗った——は、教頭に相談して、本当に小田原中央署に電話を入れていた。上手く原口が摑まるといいのだが……時刻は午後四時半。まだ警察の業務が終わる時間ではないが、原口だって、署を出たり入ったりしているだろう。

田中は立ったまま、電話をしている。それがなかなか終わらず……ますます居心地が悪くなってきた。追い出すなら追い出すでもいいけど、とにかく早くして欲しいよ。

田中が、受話器を胸に当て、将を手招きした。僕？　疑念を抱いたまま立ち上がり、将は近づいた。

「小田原中央署の原口さん……摑まりましたけど、電話を代わってくれと」

「……すみません」

受話器を受け取り、耳に押し当てると田中に背中を向けた。

「何やってるのかね、君は」原口が溜息をついた。「今、東京だって？」

「ええ」

「で、学校で不審者扱いされた、と」

「誤解なんですよ」

「君は不審者には見えないけどなあ」

「ですよね」

「存在感が薄過ぎて、怪しいもクソもない」

何だよ、それ……将は思わず、下唇を突き出した。子どもっぽい仕草だと分かってはいるが、原口の言い方は気に食わない。最近、原口も遠慮がなくなってきたのか、平然と将をからかうようになってきた。このあたり、何だかジイサンと似てるんだよな……かつての師匠から、ろくでもない性格まで受け継いだのだろうか。

「とにかく、きちんと説明しておいたから。あまり無理するなよ」

「無理はしてませんよ」実際、何もしていないも同然なのだ。

「まあ、警察沙汰にだけはならないように、気をつけてな」

あっさり言って、原口が電話を切ってしまった。警察沙汰って何だよ……将は不安になって受話器を見つめた。


原口がきちんと説明してくれたからか、田中は、今度は真剣に話を聞いてくれた。将にとってラッキーだったのは、田中がたまたま怜奈の担任だったことである。これならいくらでも情報が取れそうだ。

「水木怜奈が行方不明っていうのは、本当なんですね」

「ええ」

「参ったなあ……」田中が顔をしかめる。「あいつも、とことん運がないよな」

「そうなんですか？」確かに不運だ……ある程度は分かっているつもりだったが、将はまったく知らない振りをして聞いてみた。

「元々、活発で明るい子だったんだけどねえ」

「マジですか」思わず目を見開く。今の怜奈を見る限り、とてもそんな風だったとは思えない。あの暗さ、人を寄せつけない固い態度の原因は、かなり根が深い感じがする。

「そうだよ。吹奏楽部で、クラリネットを吹いていたんだ。一年生だけど、なかなかいい腕でね。リーダーシップもあったし、三年生になったら部長になるだろうと思っていた」

「今は全然違うんですよ」

「まあ、しょうがないんだろうね」田中が両手で顔を擦った。「やっぱり、家庭環境がね……学校ではどうしようもないことだけど」

「父親が逮捕されたって聞きました」

「去年、ね」

「有名な話なんですか？」

「そりゃあ、学校なんて狭い世界だから。あんなことがあったら、すぐに噂が広がるよ」

「それで、どうなったんですか？」

「やっぱり、周りの見る目が変わる。そういう父親だったのかって」

「子どもは関係ないじゃないですか」将は思わず声を荒らげた。

「もちろん、関係ないよ。でも、感情的にはそんな風には考えられない。怜奈が孤立しないように、あれこれ気を遣ったんだけどね」

「本当に気を遣ったんですか？」

「当たり前じゃないか」田中がむっとして言い返す。「生徒を守るのは、教師として当然のことだ……でも、ねえ」田中が渋い表情を浮かべる。

「上手くいかなかったんですね？」

田中がうなずいた。

「怜奈ちゃんは学校で孤立したんですか？」将は思い切って訊ねてみた。

「最初は部活でね。普通に話もできなくなって、居心地が悪くなったんだろうね……去年の秋に、やめました。その頃には、クラスでも孤立しがちになって」

「相談には乗らなかったんですか？」

「乗ったよ。乗ったけど、どうしようもないこともある」

「クラスの子たちに、無視しないように強く言えばよかったじゃないですか」将はつい、強い口調で非難するように言ってしまった。

「そういうことを言えば言ったで、また辛い目に遭うんだよ。教師にやれることなんて、限られてるんだ」

「田中先生……」

隣に座る中年の女性教師が、低い声で忠告した。田中が咳払いして口を閉ざす。部外者に、教師の責任放棄のようなことを言ってしまってはいけない、ということだろう。別に取り繕わなくても、先生なんてそんなものだって分かってるけどね……責任は取らない、生徒の面倒は見ない、とにかくトラブルに引っかからないように、頭を低くしているだけなんだから……。

「ご両親は離婚したんですよね？」

「そう聞いてる」

「それで、お母さんと一緒に小田原に引っ越した」

「ああ」

「最後って……そういう言い方は歓迎できないな」

「失礼しました。この学校を離れる時には、どんな感じだったんですか」

「あの頃はもう、自分の殻に閉じこもってしまっていて……仲のいい友だちとも話さなくなっていたし、我々が何か言っても、ちゃんと返事もしなかった」

「周りが無視したり、いじめたりしたからじゃないんですか？」

「いじめっていうのはちょっと……」田中が言い淀む。たぶん、今の中学校で、教師が一番嫌うのが「いじめ」なのだろう。「とにかく、喋る相手がいない――怜奈の方で喋らなくなったのは間違いないけどね」

　怜奈は本当に自らの殻に閉じこもってしまったのだろうか。友だちが怜奈を遠ざけ、話しかけないようになれば、怜奈の方でも無理に接近しない――結果、友だちとの間の溝が深くなってしまったのかもしれない。

「今は、親が離婚したり再婚したりは珍しくないけど、子どもが小学生の時にそういうことがあると、やっぱり難しいんですよ」田中の表現は結構あけすけだった。

「怜奈ちゃんの家もそうですよね」

「しかも再婚した父親が……こんなことは言いたくないけど、逮捕されたから。あまり馴染んでいない父親が逮捕されたら、いい気はしないだろうね」

「分かります」

「そんないい加減な父親と結婚してしまった母親に対しても、反発する気持ちは生じるでしょう」

「それも分かります」

そもそも母親の紗子自身、怜奈の教育に興味がない様子だったではないか。あの家族――母娘の関係が、逮捕された義理の父親というクソみたいな存在のせいで、滅茶苦茶になってしまってもおかしくない。

「事情はいろいろあると思うんですけど、とにかく怜奈ちゃんを捜したいんです」

「そういうのは、警察の仕事じゃないんですか？」田中が不審げに訊ねた。

「僕もよく分からないんですけど、はっきり事件だと分かったわけじゃないので、警察も動きにくいみたいです」

「なるほど……でも、警察官でもない人が捜すのはどうなのかな。だいたいあなた、何者なんですか？ 私立探偵？」

「違いますよ」私立探偵だったら、もう少し要領よく振る舞っていただろう。「祖父が、警察の関係者……元警官で、防犯アドバイザーなんですよ。地元でトラブルがあると、警察の手伝いをしているんです。僕は、その祖父の手伝いで……とにかく、手がかりが欲しいんです。あの、この学校での怜奈ちゃんの友だちの連絡先を教えてもらえませんか？」

「それはできないですね」田中があっさり言った。

「駄目ですか……」

「怜奈の友だちの連絡先はお教えできません」田中が繰り返す。「転校する直前には、人間関係がぎくしゃくしていたし……それに、無闇に生徒の情報を教えるわけにはいかないので」

「……そうですよね」当たり前だ。学校は生徒を守るべきであり、簡単に個人情報を漏らしたら問題になる。

「俺が一緒に行きましょう」

「え?」

「事情を抱えた生徒はたくさんいるけど、怜奈のことは特に気になっていたから。父親があんなことになって転校していく子は、そんなにいないしね」

「ええ」

「助けになるかどうかは分からないけど……とにかくちょっとつき合いますよ」

思わぬ展開だった。田中という教師を頼りにしていいかどうかは、いま一つ分からなかったが……ここは手を借りよう。全然知らない街で、一人で何の当てもなく動き回っても、絶対に手がかりは摑めない。田中なら、地元のことはよく知っているはずで、動きやすくなるのは間違いない。

「じゃあ、ちょっと準備しますから。待っててもらえますか?」

田中が立ち上がり、さっさと席を離れてしまった。隣に座る女性教師が、胡散臭げな視線を向けてくる。何か文句を言いたそうだが、一方で積極的にはかかわり合いになりたくないようで、すぐに視線を外してしまった。

「どうも、お待たせしまして」

田中はジャージからスーツに着替えてきた。ごく普通の、濃いグレーのスーツに白いボタンダウンのシャツ。ネクタイはしていない。そういえば、先生っていう人種は——少なくとも将が知る限りでは、あまりネクタイをしない。

田中について職員室を出ると、すぐに「いいんですか？」と訊ねた。

「いい機会だから」田中が言った。

「いい機会？」

「怜奈は、喉に引っかかった小骨みたいなものだから。ずっと気になっていましたから、この辺で抜いておいてもいいかなって。怜奈に会えたら謝りたいし」

田中はまず、体育館に立ち寄った。床にバウンドするボールの音が天井に木霊（こだま）する——急に懐かしさを覚えた。スポーツになどまったく興味がなく、体育の授業以外では縁のない場所だったのに。

体育館では、男女のバレーボール部、バスケットボール部が練習中だった。限られたスペースはかなり賑わっている。どうやらこの中学校では、野球部やサッカー部よりもインドアスポーツの方に人気があるようだ。

ちょうど、女子のバレーボール部の練習が終わったようだった。田中は腕組みしたまま、首を伸ばすようにして誰かを捜していたが、すぐに「弥生（やよい）！」と声を張り上げる。呼ばれた女の子が田中に気づき、何だか面倒臭そうに走って来る。

近くまで来ると、将は圧倒された。何年生か分からないが、かなり背が高い——将よりも既に大きかった。しかし童顔で、顔は小学生といっても通用しそうである。中学生というのは、いろいろとアンバランスになりがちな年代なのだ。

「弥生、ちょっと話していいか?」

「ああ、いいですけど……」返事する声は低い。

「ええと、こちら……」

田中が将に向けて手を差し伸べ、黙りこんでしまう。こっちの名前を覚えていないのだと気づき、将は「新城です」と自己紹介した。

「練習、もう終わりだろう?」

「はい」

「ちょっと外へ出よう」

田中が踵を返して歩き出す。体育館と校舎は長い廊下でつながれており、そこで話をするつもりのようだった。人の行き来があるのに大丈夫だろうか……それに、練習で汗をかいた弥生は寒そうにしていた。上下ジャージ姿ではあるが、体を動かしていなければ冷えてしまう陽気なのだ。

「最近、怜奈に会ったか」田中がいきなり切り出す。

「え?」聞き返す弥生の声が淀む。

「水木怜奈だよ。今年の春に引っ越した」

「何ですか、いきなり」

田中が将の顔を見た。説明はこっちでしろってか……将は弥生に向き直った。

「怜奈ちゃんは今、小田原に住んでるんだけど、急にいなくなったんだ」

「いなくなったって……」弥生の顔が陰る。

「家出、みたいなんだ。頼まれて捜してるんだけど、こっちに戻って来ていないかなって思って」

「誰に頼まれたんですか？」弥生が、挑みかかるような口調で訊ねる。「まさか、怜奈のママ？」

「ああ、まあ……そんな感じ」

「そんな訳ないでしょう！」弥生が強い口調で反発した。「怜奈は……ママとは上手くいってないんだから」

東京にいた時から？　将は思わず口をつぐんだ。紗子は事情を全て打ち明けてくれたのだろうか……家族の関係がぎくしゃくしていたのは、別れた夫のせいだと強調していたのだが。

「それは……あの、お父さんの件があったから？」将は思い切って訊ねた。

「それとは関係なくて」弥生がぶっきらぼうに言った。

「昔から？」

「昔からです」

「どういうことなんだろう」

将は彼女に一歩詰め寄った。将より背が高いとはいえ、弥生は引いてしまう。自分はそんなに真剣な——怖い表情を浮かべているのだろうか、と将は訝った。

「ああ、あの……」将は声を低くして言い直した。「それはともかく、怜奈ちゃんがどこにいるか、分からないかな。こっちで——東京で怜奈ちゃんが行きそうなところっていう意味で。友だちのところとか、知り合いとか」

「いないと思いますけど」

「怜奈ちゃんが引っ越してから、連絡は取ってないんだ？」

「取ってないですよ」

「何で？」

「何でって」弥生が憤然とした表情を浮かべる。「だって、怜奈は何も言わずにいなくなったんですよ」

夜逃げだったのか？　将は顔をしかめた。

弥生からはそれ以上の情報が出てこなかった。どうやら彼女にとって怜奈の話は今も一種のタブー……やはり、怜奈がこの中学にいる時から、関係はぎくしゃくしていたのかもしれない。

学校を出て、将はすぐにその疑問を田中にぶつけた。

「それは……そうかもしれないな」

「だったらどうして、彼女に話を聞いたんですか？」

「同じクラスで、一番仲がいい友だちだったんだ」

「だった——過去形ですよね」

言って、横を歩く田中の顔をちらりと見ると、目の脇が引き攣っている。図星だったのだ、と将は悟った。

「転校する直前に、怜奈と上手くいっていた子なんか一人もいなかった」

「じゃあ、誰に話を聞いても無駄でしょうね」言った途端に、面倒臭い、という意識が生じる。このまま「知らない」ばかりを聞かされ続けるとしたら、時間の無駄だ。

「そうかもしれないけど、実際に子どもたちの交友関係がどうなっているか、我々も全部把握しているわけじゃないですから」

「次に話を聞くのは、どんな人ですか？」

「小学校からの同級生。だから、弥生よりは関係が深いかもしれないね」

「もしかしたら今でも連絡を取り合っているかもしれない……」

「もしかしたら、ね」繰り返す田中の言葉に力はなかった。

田中は、将を町屋駅前まで案内した。既に日は暮れ、先ほどよりもずいぶん賑やかになっている。普通の街……道路の両側にはチェーンの飲食店やコンビニエンスストアがあって、東京のごく平均的な風景が広がっている。それでもどこか、世田谷区とは違う猥雑（わいざつ）な空気感があった。こういう違いは、どこから生じるのだろう。鴨宮と違うのは当然だが……そもそも建物の数が違う。この辺も道路の両側にビルが建ち並び、空が狭い。

「どこへ行くんですか？」

「学習塾」

「この辺、塾は多いんですか？」

「もちろん。他の街と同じだよ」

荒川線の線路を渡り、線路沿いに歩き出す。田中が目指す塾はビルの一階と二階に入っていた。一階はガラス張りで、その前には自転車がずらりと並んでいる。ああ、こんな感じだったな、と懐かしく思い出した。将も、中学生の時にはこういう塾に通っていたのだ。周りでも、通っていない人の方が珍しかった。

何だか遠い昔って感じがする。あれから十年も経っていないのに。

田中は将に何も説明せずに、さっさと塾に入って行った。自分はついていっていいものか分からず、将は結局、外で立ち尽くした。一分ほどして、田中がすぐに戻って来る。

「六時に終わるそうだ」

　将はスマートフォンを取り出して時間を確認した。五時半。これから三十分、田中と一緒にいるのかと考えると気が重い。初対面の人とは上手く話せたためしがないし、田中は特に苦手なタイプだ。上から押さえつけるような喋り方が気に食わない。

「どうする？　ここで三十分待っていてもいいけど」

「ああ……ええ」

「お茶でも飲むかい？」

「いや、ここで待ちましょう」何とか断った。このビルの前で待っているならともかく、喫茶店で向き合って三十分過ごすのは地獄だろう。

「そう？」田中はどこか不満そうだった。もしかしたら、将にコーヒーでも奢ってもらえると考えていたのかもしれない。確かに、つき合ってくれているのだから、コーヒーぐらいはご馳走すべきかもしれないけど、残念ながら財布の中身が頼りない。

「君、本当は何してる人なの？」

「ボランティアです」咄嗟に言葉が飛び出した。

「ボランティア？」

「ああ、あの、子ども食堂とか」

「そうなんだ。学生さんじゃないんだね」

「あとはバイトです」

「何か、訳ありかい？」

「いいえ」将は否定した。「単に修行中の身です」

ありがたいことに会話は続かなかった。三十分は長かったが、何とか耐える。

午後六時になると、塾の授業が終わった子どもたちがぞろぞろと出て来る。小学生と中学生……田中が「美礼（みれい）」と声をかけると、小柄な女の子がすぐに駆け寄って来て、「どうしたんですか？」と心配そうに訊ねた。

「ちょっと聞きたいことがあってね……こっちの人が」

田中が将を指さす。その仕草にむっとしたが、いちいち怒っている暇もない。

「新城といいます。鴨宮から来ました」

「鴨宮……」美礼の頭の中には、「鴨宮」という地名がないようだった。

「小田原です」

将はすぐに言い直した。それで納得したのか、美礼が素早くうなずく。

「怜奈のことなんだ」田中が切り出した。

「怜奈……」美礼が、暗い目を田中に向ける。

「水木怜奈だよ。転校した怜奈。覚えてるだろう？」

「覚えてますけど、何なんですか？」美礼は未だに不安そうだった。

「怜奈ちゃんが家出して、捜してるんだ」

「家出？」

美礼が目を細める。先ほどから、彼女はこちらの言葉をおうむ返しにしているだけだと気づいた。

何となく、会話の先行きが不安になる。

「最近、怜奈ちゃんと連絡、取らなかった？」

将の質問に、美礼が黙りこむ。連絡を取り合っているな、と将はピンときた。それを喋っていいのかどうか、迷っているのだろう。

「鴨宮で、上手くいってないみたいなんだ」将は打ち明けるように言った。「だから心配なんだよ。見つけて、相談に乗ってあげたいんだ」

「でも……」

「美礼、知ってるなら話してあげなよ。心配だろう？」

美礼がすっと顔を上げ、将の顔を正面から見た。絶対に喋るまいと決めたように、唇は一文字に引き結んだまま。しかしほどなく、「連絡、取ってました」と告げる。

「最近も？」将は思わず一歩近くに寄った。

「たまに……」

美礼が一歩下がった。このまま後退し続けると、彼女の背中はビルの壁に当たってしまう。将はわずかに体を引いた。

話を総合すると、怜奈と美礼は、怜奈が転校した後も、時々電話で話していたようだ。今時はＬＩＮＥかメールを使うのが普通だろうが、怜奈はスマートフォンを持っていない。怜奈が、公衆電話から一方的に、美礼のスマートフォンにかけてくるだけだった。金がかかってしょうがないはずだが……それ故、そう頻繁に会話をしていたわけではなかったという。

「どんな話？」

「愚痴とか」

「怜奈ちゃんの？」

美礼が無言でうなずく。相変わらず居心地は悪そうで、将は何だかいじめているような気分になってきた。そうでなくても美礼は幼い感じで、小学生といっても通用しそうな見た目なのだ。

冷たい風が吹き抜け、美礼が両手をぎゅっと握り合わせる。東京でも初冬の風は冷たい……気温は鴨宮とあまり変わらないようだった。

「怜奈ちゃん、向こうでもいろいろと上手くいってなかったんだ。学校を休むこともあったみたいだし」

「ああ……そんなことも言ってました」

「何が気に食わなかったんだろうね。向こうの学校では、特にいじめとかもなかったみたいだけど」

「全部、です」

「全部？」中二で、すでに人生に疲れ切ってしまったというのだろうか。それはもちろん、怜奈は将なんかよりもずっとひどい経験をしてきている。母親の再婚。義父とは折り合いが悪く、しかも逮捕までされている。怜奈自身、父親だという意識はなかったはずなのに、周囲は「犯罪者の娘」という目で見る。たまったものではないだろう。

「愚痴を零すだけ？」

「東京へ帰りたいって言ってたけど、こっちには誰もいないから」

「頼る人？　君の家にいたりとか？」

「まさか」美礼が目を見開く。「一か月ぐらい、話してないし……」

「具体的にどこへ行くか、言ってなかった？」

「言ってないです。自分でもどうしていいか、分からなかったんだと思う」

　怜奈は二か月ほど前から、東京へ帰りたい、と言い出したようだ。そんなことはできないと分かっていた美礼は、せめてもの慰めに「こっちで会おうよ」と声をかけたというのだが、怜奈の返事は「東京へ行くお金がない」。それはそうだろう。鴨宮から東京駅へ行くだけでも、千円以上はかかる。美礼が鴨宮へ行くのも、同じ理由で難しかった。往復三千円近い電車賃は、中学生にはなかなか重い。

「じゃあ、具体的に会う話は出ていなかったんだ？」

「会いたいねって言ってたけど……そうです。本当に会う話にはなりませんでした」

「もしかしたら怜奈ちゃんは、東京に出て来ているかもしれないね」

　そうだとしても、どうやって金を工面したかが分からない……頼る相手もいない、金もないでは、東京では一日も立ち行かないだろう。

「たぶん……来ていると思います」

「どうして？」

「手紙が来てました」

「手紙？」今度は将がおうむ返しに確かめてしまった。「いつ？」

「一週間ぐらい前」

「内容は？」

「本当に東京へ行くから、こっちに来たら連絡するって」

「東京へはいつ来るって？」

「それははっきり書いてなかったけど……」

「東京のどこに来るかは？」

「それも書いてありませんでした」

大きな手がかり……いや、美礼の話を聞いた限りでは、具体的な手がかりにはなっていない。

「その手紙、貸してくれないかな」

「え？　でも……」美礼が躊躇（ためら）った。またうつむいてしまう。

「頼む」将は両手を合わせた。「怜奈ちゃんは、あまり周りの人とつき合いがない……孤立してるんだ。頼れる人もいないから、早く見つけ出してあげたいんだよ」

どうしてこんなに熱心に頼むんだろう？　怜奈は自分と境遇が似ているからだ。自分のようになって欲しくない……。

第10章　ある疑い

将はきちんとやっているだろうか……麻生は何度も電話をかけようと思ったが、それでは世話を焼き過ぎだと思いとどまった。時には突き放した方が、人間は成長するはずだし、何かあれば向こうから連絡がくるはずだ。

普通の警察官なら、それで上手くいっていた。

もう一つ、やきもきする原因がある。文子のもう一人の子ども——長男の康夫と連絡が取れないのだ。康夫は東京に住んでいるが、家族はいない。みのりによると、二十代の頃に一度結婚したものの、数年で離婚。子どもはいないという話だった。実家とは折り合いが悪く、みのり自身、ここ数年は電話で話したことすらなかったという。仕事も、何をしているのかよく分からないという話だった。

「ふむ……」ノートに書きつけた文字を眺めながら、麻生は息を吐いた。どうも康夫というのは、適当な男のようだ。適当なだけならまだしも、世間に迷惑をかけている類の人間かもしれない。文子は、息子が起こしたトラブルに巻きこまれた可能性もある。

昼から、麻生は何度も康夫との接触を試みた。自宅、そして携帯電話の番号は分かっていたからかけてみたものの、反応はなし。留守番電話にメッセージを残し、携帯にはショートメールも送ってみた。

まったく返事がない。

知らない人間からいきなり連絡が入っても、警戒して無視するのが普通だろう。そういう意味で、康夫は常識的な感覚の持ち主なのかもしれないが……何かが気になった。勘としか言いようがないが、どこか胡散臭い感じがする。

もう一度、ショートメールを送っておこう。「お母さんが行方不明になりました。連絡を下さい」。送信してしまってから悔いる。何だかこれでは、詐欺のメールのようではないか。かといって、ショートメールで書けることには限界がある。あとでまた、接触の方法を考えよう。最悪、住所は分かっているから、直接訪ねてみてもいい。いや、東京にいる将を行かせる手もある。

麻生は今一度スマートフォンを取り上げ、原口を呼び出した。こいつもいい加減、うんざりしているだろうな……しかし、もしかしたら一人の人間が危険な状態にあるかもしれないのだ。

「将君から電話がありましたよ」珍しく挨拶も抜きで原口が切り出す。

「何でお前に？」報告なら、まず自分にすべきだ、と腹を立てる。

「正確には、将君からではなく、学校の先生から」

「どういうことだ？」

「怜奈ちゃんが通っていた中学校の周りをうろついていて、不審者扱いされたそうです」

「あの馬鹿が……」麻生は思わず舌打ちした。「迂闊過ぎる」

「まあまあ、素人のやることですから」原口が将を庇った。「私の方で身元保証はしておきましたから、取り敢えず大丈夫ですよ。その後もきちんと調べていると思います」

「俺には何の連絡もないが」麻生は不満を零した。

「民間人の麻生さんよりも、警察に保証してもらう方が安全だと考えたんでしょう。いい判断でしたよ」

「俺なら、学校の先生ぐらい、簡単に説得できるぞ」将が、自分ではなく原口を頼ったことに納得がいかない。弟子に追い抜かれたようなものではないか……まあ、もちろん、弟子はいつかは師匠を抜いていかねばならないのだが。それができなかったら、様々な技能は世代を経て伝承されるに連れ、劣化するばかりだ。

「それで将は、何か言っていたか？」

「調査を始める前に先生に摑まってしまったようなので、まだ何も分かってないでしょう」

「まともに話ができるといいんだが……」

「送り出したのは麻生さんでしょう？　少しは信頼しないと」

「お前は、あいつを信頼できるのか？」

「いや、それはまあ……」原口が口を濁した。「それより、ちょっとした情報があるんです」

「何だ」

「文子さんの金の出入りを確認したんですよ」

「銀行か？」かなり思い切った手に出たものだ。この時点で、原口も文子の失踪に事件性があるかもしれないと判断していることが分かった。

「文子さんの口座に、ちょっと不自然な動きがあるんです」原口が言った。

「というと？」年寄りの持つ銀行口座には、通常、そんなに動きがあるわけではない。入ってくるのは年金ぐらい、出ていくのは毎月の生活費と公共料金ぐらいだ。歳を取ると、必要最低限のもの以外は、買わなくなる。

「問題は『出』の方ですね。この半年、三十万円ぐらいの引き出しが何度かあります」

「生活費じゃないのか」三十万円は、どれぐらいの期間分の生活費なのだろう、と麻生は思った。

「それはまた別のようです。月初めと月半ばに、必ず五万円ずつ引き出しているのが生活費だと思いますよ。三十万円については、ランダムですから」

「しかし、額はいつも同じなんだな？」麻生はまず、借金の返済を考えた。

「ええ」

「三十万円、ねえ」麻生は首を捻った。働き盛り世代ならば、住宅ローンということも考えられないではない。しかしその場合も、銀行引き落としにするのが普通で、わざわざ引き出す必要はない。

「お前は何だと思う？」

「分かりませんけど、借金の返済ですかね」

「それは俺も考えた。ただ、あの年齢の人に、何の借金があるんだろう」

「医療費とか？　病院には定期的に通ってますよね」

娘のみのりも、薬のことを心配していた。ただし重大な病気にかかっているわけではなく、それほど医療費がかさんでいたとは思えない。

「銀行口座の残高は？」

「百万を切ってますね」

「それで、三十万円を引き出してる？　他に生活費も？　あっという間になくなるじゃないか」年金だけでは追いつかない。しかし……死んだ夫の保険金などはないのだろうか。数百万、数千万円単位で残されていても不思議ではない。

「どうも、暮らしぶりはあまりよくなかったようですね」

「家を見た限りでは普通の感じだったが」

「努力して、家だけは綺麗に保っていたのかもしれません」

「そうかもしれんな」麻生は納得して一人うなずいた。しかし、謎が多い……。

　原口は、文子の件に対して急に真剣になったようだった。不自然な金の動きがあれば、警察官なら必ず犯罪を考える。

「どうする？　本格的に捜してみるか？」

「取り敢えず一人、部下を使って周辺捜査を進めてみますよ。それで、はっきりと事件だと分かったら、一気に戦力投入です」

「手遅れにならないといいがな」

「嫌なこと、言わんで下さい」原口が、本当に嫌そうに言った。「とにかく、警察の手順としてしっかりやりますから。麻生さんも、何か分かったら教えて下さい」

「もちろんだ。あとは怜奈ちゃんの件だな……こっちの方も心配だ」

「中学生ですからね」原口も心配そうな口調で言った。

「将の報告を待とう」

「一人で大丈夫ですかねえ」

「大丈夫にしなければいけないだろうが」

「将君を信じ過ぎですよ」

「信じてないよ」麻生はきっぱりと言い切った。「これっぽっちも信じてない」

「でも、東京での捜索を任せているんでしょう？　信じているからじゃないんですか」

「自分で頑張って何とかしないと、いつまで経っても成長しないからだ」

「相変わらず厳しいですねえ」

「何でもかんでも誰かが世話してくれると思ってたら、大間違いだからな」麻生はぴしゃりと言った。

「自分の頭で考えて、自分で動く。それでこそ成長できる。いつまでも誰かに頼ったままだと、その相手がいなくなった瞬間に駄目になる」

「私も散々言われましたねえ」

「お前は、今も自分の頭で考えてるか？」

「もちろんですよ……それでは、失礼します」何だか慌てた様子で、原口が電話を切ってしまった。

立ち上がり、麻生は階下に下りた。何だかんだで、今日はまだ夕食の用意をしていない。食事を作るのが急に面倒になって、家を出た。今夜は鴨宮飯店で済ませよう。たまには油を入れてやらないと、体がぎしぎしししてしまう。


午後七時過ぎ、鴨宮飯店は賑わっていた。昼の十二時と夜七時、この店に一番客が多い時間帯である。

「あら、今日はお一人ですか」お茶を持って来た悦子が不思議そうに言った。

「飯を作るのが面倒になってね」

「将君は？」

「東京」

「珍しいですね」

「ちょっと修行の旅に出した」

「ああ」悦子がうなずく。「あの子は修行が足りないから……うちで本格的に働かせて鍛え直したらどうですか？　下ごしらえから接客まで、一日八時間しっかり働けるし、それぐらいやればいい修行になるでしょう」

「人を一人雇うだけでも大変だろう」

実際、鴨宮飯店の従業員は、店の規模に比べれば多い。悦子が、金に困っている大学生や外国人留学生を、どんどん雇ってしまうのだ。困った人がいたら見捨てておけないのだろう。彼女も自分と同じ人種だ。

「ナスとひき肉の辛子炒め、シュウマイ、それと小ライスで」

「ちょっとお待ち下さいね」

この時間帯は、悦子もさすがに麻生の相手をしている余裕はない。厨房に注文を通すと、すぐに他の客に料理を運び始めた。

麻生は店備えつけの夕刊を取って来て、目を通し始めた。警察官時代からの癖で、一面ではなく社会面から読む。今日は大きなニュースはない……世の中が平和な証拠で大いに結構なのだが、事件・事故の記事が少ない紙面は読み応えがない。

見出しだけを流し読みしているうちに、まずシュウマイがやってきた。鴨宮飯店のシュウマイはかなり大きめで、蒸し上がるのに時間がかかるのだが、麻生の場合は特製の揚げシュウマイである。何年か前に、他の料理をあらかた食べ終えた後でシュウマイが出てきたことに文句を言ったら、幸平が

「蒸すより揚げた方が早いですよ」と提案した。試してみると、これが悪くなかった。カリカリになった皮の食感が心地よいし、蒸したものより味にコクが出るようだった。聞くと、昔からこういう作り方をするシュウマイはあったという。ただし、揚げた分ボリュームも出て、蒸したシュウマイと同じ六個を食べると、胃にもたれる。それ故、麻生は、半分の三つにしてもらっていた。

さてさて、揚げシュウマイも久しぶりだ。たっぷり辛子を溶いた醬油で食べ始める。やはり美味い――どうせならレギュラーメニューにすればいいのに、といつも思う。

料理は間を置かず出てきた。中華はさすがに早い……これで生野菜があると完璧だな、と思いながら麻生は本格的に食事を始めた。

幸平は、サボらないのが偉いと思う。休みは週一回だけで、毎日同じような料理を作っていると、いい加減うんざりしてしまうと思うのだが、彼の料理にはいつでも誠実さが感じられる。しかも時々工夫して味つけを変えたり、新しい料理にチャレンジしたりする。今日頼んだ料理はいつもの定番だが、やはり美味い。ただ、ナスの炒め物がいつもより辛かった。手製の豆板醬（トウバンジャン）のレシピを変えたのかもしれない。

食べているうちに、客が少なくなっていた。何人かで来て長居する客もよくいるのだが、今日は個人の客ばかりのようだ。さっさと食べてさっさと引く。これが蕎麦屋だと、一人でも長居できる。つまみでダラダラと日本酒を呑みながら、最後に蕎麦で締めて二時間、も不自然ではない。しかし中華の場合は、何だか急（せ）かされる。

厨房が暇になったのか、幸平が出て来た。麻生の前に腰を下ろし、「今日はどうでした？」と訊ねる。

「いつもより、ちょっと辛かったな」

「豆板醬の作り方を変えたんですよ」

「ああ、そうだと思った」

「麻生さんの舌も大したもんですね。辛過ぎました？」

「いや、俺にはちょうどよかったよ」そう言いながらも、麻生はズボンのポケットからハンカチを取り出して額を拭った。外は震えるほどの寒さなのに、かすかに汗をかいている。これからこの辛さを基準にするなら、鴨宮飯店は「本格四川料理」を謳ってもいい。

「将君、修行って何ですか」悦子もやって来て座った。三人揃ってよもやま話……客がいない時のいつものパターンだ。

「怜奈ちゃんが行方不明なんだ」麻生は声を低くして告げた。

「家出ですか？」悦子が心配そうに訊ねる。

「それも分からない。取り敢えず将が、東京へ捜しに行ってる」

「将君、大丈夫なんですか？」幸平も心配そうだった。「一人なんでしょう？」

「もちろん」壁の時計を見上げる……午後七時半。一度も電話がないわけで、さすがに心配になる。

食事を終えて家に戻ると同時に、スマートフォンが鳴った。将。ようやく連絡がきたか……一呼吸おいてから電話に出る。

「怜奈ちゃんは、前から東京へ行きたがって――帰りたがっていたみたいなんだ」前置き抜きで、将がいきなり切り出す。

「どういうことだ？」

「友だちのところに送ってきた手紙に書いてあった」

「その手紙はどうした」

「借りてきた」

よし。思わず声を上げそうになったが、何とか言葉を呑みこむ。こんなことくらいで興奮したと思われたくない。

「こっちへ持ち帰れ。内容を検討しよう」

「それより、ファクスした方が早いんじゃない？　コンビニから送れるけど」

「いや……手紙だからな。そういうことはしたくない。現物を見てみたい。その前に、全部読み上げてみろ」

「マジで？」将が躊躇った。

「何だ、読み上げるぐらい、何でもないだろう」

「便箋（びんせん）で五枚あるんだけど」

麻生は絶句した。最近の子どもたちは何でもかんでもスマートフォンで、手紙を書く習慣など消滅していると思っていた。いや、そもそも怜奈は携帯を持っていないわけだが。

「要約しろ」

「長いんだけど」

「お前は全部読んだんだろう？　だったら要約ぐらいできるはずだ」

「とにかく、東京へ帰りたいって。鴨宮の中学校には馴染めないし、母親とも上手くいってないから……東京だったら何とかなるって」

「根拠がない話だな」気持ちは分かるが、と思いながら麻生は切り捨てた。頼るべき相手が一人もいない東京へ出て行っても、どうしようもないではないか。唯一当てにできるかもしれない人間は義父だが、未だに勾留中である。親戚がいるわけでもなく、もちろん中学校の友だちの家に泊まることもできないだろう。ただ愚痴を零すだけの手紙、ということか。

将が話を続ける。

「手紙を受けとった子とは、たまに電話でも話していたんだけど、怜奈ちゃんはその子を頼って東京へ行けないかって言ってたみたいなんだ。手紙にも書いてあった……その子は冗談だと思って、『無理だ』って返してたんだけど、さすがにちょっと心配になったみたいだね。でも、普段連絡を取る手段が手紙しかないから、ちゃんとしたコミュニケーションが取れなかったんだ」

「こうなると、電話がないのも考えものだな」麻生は言った。「もっと頻繁にやり取りしていたら、何か状況が分かったかもしれないのに」

「その子も、ちょっと心配になって手紙を書こうと思ったらしいけど、迷っているうちにこんな感じになって」

「その子の家にいるんじゃないか？」

「いないって言ってる」

「実際に家で確認したのか？」

「まさか……マジで言ってる？」

「当たり前だ」麻生は声を荒らげた。「証言だけで信用できるわけがない。実際に自分の目で見て、それでやっと確認したことになるんだ」

「いや、無理だから……だいたい、何でこんなことをしてるのかって、ずっと怪しまれてるんだよ」

「そこを上手く説得するのも、修行のうちなんだぞ」

「はいはい……」情けない声で言ってから、将が溜息をついた。

「他に当たるところはないのか？　別の友だちとか」

「怜奈ちゃんは、父親が逮捕されてから、東京の中学校でも孤立していたんだ。それで、逃げるみたいに転校したから、友だちとの関係も切れている。でも何人か、昔仲がよかった子は紹介してもらった」

「よし。引き続き当たれ。明日は土曜だから、その子たちは家で摑まるんじゃないか？」

「まあね」

「そっちに泊まれ。鴨宮と往復していると時間の無駄だろう」

「マジで？」

「ああ、マジもマジ、大マジだ」

東京へ泊まるほどの金は持っていない、と将は抵抗した。だったら世田谷の実家に泊まればいいではないか……と麻生は思ったが、さっきそう言って反発されたので口に出せなかった。あの家が、将の人格形成に悪い影響を与えていたのは間違いない。こちらへ来てから、一度服を取りに戻ったことがあったが、その時もそそくさと家から出て来てしまった。将自身、あの家に寄りつきたくはないのだろう。

「漫画喫茶なりネットカフェなりに泊まるんじゃなかったのか」警察官時代の終わり頃、麻生は漫画喫茶やネットカフェについて調べたことがあった。泊まれるようになっている店がほとんどで、しばしば犯罪の温床になっていたからだ。もちろん、店側に悪意はないのだが、利用者にすれば、気軽に使える密室である。横浜のネットカフェが、ドラッグ密売の舞台になっていたこともあった。

「そうだけど……」将の声が一気に落ちこむ。

「ホテルに泊まるよりは、ずっと安上がりのはずだ。ついでに言えば、鴨宮との往復の電車賃よりも安いかもしれない」

「ああ……」

「今持ってる金しかないんだから、大事に使え。安く上げるためにはいろいろ工夫しろ」

「調査費って、もっと貰ってもいいと思うけど……」将が遠慮がちに言った。

「ある分の金で何とかするのが、大人の仕事だ。ところで、明日はバイトはあるのか？」

「今日明日は休みだけど」

「だったら心配する必要はないな。明日一日、みっちり調査してこい。帰りは終電になっても構わん」

「まあ……何か見つけますよ」

「よし、その意気だ」褒めるとろくなことにならないんだが、と思いながら麻生は言った。「何か分かったらすぐに連絡しろ。こっちでも調査できることがあるはずだ」

「はいはい」

「はい、は、一回だ」

軽く叱り飛ばして、麻生は電話を切った。調査は結構進んだと言っていいのかどうか……今の時点ではまだ判断できない。それでも、将一人で調べ続けるのは悪いことではない。修行は上手く進んでいる。

　麻生は、もう一度康夫の携帯に電話を入れた。やはり反応はなく、留守番電話に切り替わってしまう。まあ、今はあまりここに執着しても仕方ないだろう。代わりに、みのりに連絡した。

「夜分にすみません。今、話して大丈夫ですか？」

「ええ……」同意したものの、みのりはどこか話しにくそうだった。

「もしも都合が悪いのなら、かけ直しますが」

「大丈夫です。母のことですか？」

「ええ」提供できる材料が何もない……こちらが聴く一方なのだが、仕方がない。「文子さんの、普段の暮らしぶりを知りたいんです。失礼は承知で聞きますが、お母さんはお金に困っていませんでしたか？」

「いえ、そういうことがあれば私には話したと思いますけど……そんな話があるんですか？」

　原口から聞いた話をそのまま言ってしまっていいものか……ある意味、警察の捜査の内容を漏らすことになる。しかしみのりは、行方不明の文子の娘だ。知る権利もあるだろう。

「警察の方で、文子さんの銀行の口座を調べたんです。使途が分からない金の引き出しがあるようで、口座の残高もそれほど多くありませんでした」

「その件は、原口さんから聞きました。でも、私もまったく分からないんです。何なんでしょう？」

「あなたが分からないとしたら、他に分かる人はいませんよ」この言い方はちょっと乱暴過ぎたか……反省しつつ、麻生はさらに質問を続けた。「何かローンとか……定期的にお金を払わないといけないようなことはあったんですか？」

「私が知る限り、ないです」

「あなたにお金を無心したり、借りたり……そういうことは？」

「それもありません」みのりの口調は次第に硬くなってきていた。「三十万円ですよね？　そんなお金、何に使っていたのか想像もつきません」

娘も知らない秘密、ということか。

気を取り直して、康夫について訊ねる。

「何度も電話しているんですが、まったく出ません。何かあったんでしょうか？」

「たぶん、用心してるんだと思います。昔からそうですよ。知らない人からの電話には出ないはずです」

「メッセージも残しているんですけどね」ここまで無視されると、さすがに怒りも募る。ことは、彼の母親の問題なのだ。どんなに疎遠になっていても、心配にならない方がおかしい――普通ならば。

「率直にお伺いしてよろしいですかね」麻生は切り出した。

「ええ……」言葉と裏腹に、みのりは露骨に警戒している。

「実際のところ、お兄さんと文子さんの関係はどうなんですか？　文子さんに何かあっても、連絡も寄越さないぐらい仲が悪いんですか？」

「そう……かもしれません」みのりが自信なげに言った。でも、「本当のところは分からないんです。ずいぶん長い間話もしていないし、母が兄と接触していたかどうかも知りません。母と話していても、兄の話題が出ることなんか、全然ありませんから」

「本当は何があったんですか？」麻生は思わず突っこんだ。「そこまで疎遠になるには、何か具体的なきっかけがあったはずですよね。お金の問題とか」

本当はそういうわけでもない。家族だからといって、どんな小さな問題でも本音をぶつけ合い、感情をさらけ出すとは限らないのだ。何となく相手が気に入らず、話していても目を合わせなくなり、いつの間にか話もしなくなる――そういうことだってある。

そもそも自分もそうだ。まだ疎遠なままでいる娘とは、大声で罵り合ったことはない。自分でも気づかぬうちに……という感じだった。具体的なきっかけも思い浮かばない。

「私たちの方は、何もないんですよ。兄が……兄の方で、勝手に私たちを避けるようになっただけで」

「そのきっかけは何だったんでしょう」

「離婚……ですかね。そもそも両親は、兄の結婚にも反対していたんです。やっぱり、あの結婚がよくなかったのかも」

男は女で変わる――それは間違いない。しかしみのりが「よくなかった」という結婚はどんなものだったのだろう。相手がよほど悪い女だったのか。

「どういう奥さんだったんですか？」

「普通の人ですよ」

「普通の人と一緒になって、よくない結婚、ですか？」

「普通の両親の元で育って、普通の大学を出て、普通に働いて……もしも兄以外の人と結婚していたら、特に問題はなかったかもしれません。でも何となく……何て言うんですか？　組み合わせが悪いっていうか」

「相性の問題、という意味ですか」

「そうだと思います。でも、金遣いが荒い人だったのは間違いないですけど」

一度認めてしまうと、みのりの元兄嫁批判は止まらなくなった。どこが「普通の人」だと呆れてしまう。いわく、旅行が大好きで、年二回は必ず海外へ行っていた。ブランド品を買い漁り、自宅のクローゼットは使ってもいないバッグなどで一杯だった。自分で働いた金を使うならともかく、全ては兄任せ。結局兄は、経済的な破綻に追いこまれかけ、離婚せざるを得なかった――実際には、もっとひどい言葉の羅列だった。これまで麻生は、みのりを「落ち着いた人」と評価していたのだが、表面しか見ていなかったと反省する。普通に怒るし、恨みを忘れることもない。

「経済的なことだけが離婚の原因ですか？」

「もちろん、他にもいろいろあったと思いますけど……こんな話、してもしょうがないですよね」

「康夫さんが摑まらないから、少しでも手がかりになるようなことがないかと思っているんですが……今、つき合っている人はいないんですかね」年齢的に、康夫は男盛りと言っていい。

「さあ……」

「そういうこともご存じないんですね」

「仕方ないでしょう」みのりが強い口調で反論した。「ろくに話もしていないんですから、何をしているかなんて分かりません」

「そうですか……」これはやはり、一度訪ねてみるしかあるまい。手がかりがあるかどうかはともかく、気になるのだ。

「最後にお兄さんと会ったのはいつですか？」

「五年ぐらい前……父の三回忌の時です」

「ご実家で？」

「ええ」

「それ以来会っていないとなると……今も当時と同じ家に住んでいるかどうかも分かりませんね」

「ええ」

今や、家よりも携帯を変えない方が重要ではないだろうか。携帯さえつながっていれば、社会から零れ落ちることもない。しかし康夫は、麻生の電話にまったく反応しないのだが。

「もしも引っ越していたら、追跡は難しいかもしれません」

「……そうですね」

「まあ、その場合でも何とか捜しますが――できたらあなたからも、電話してみてもらえませんか？私の電話は無視していても、あなたとは話すかもしれない」

「私も何度か電話しました」みのりが言った。「同じ状態ですよ。まったく反応しません。もしかしたら、もう生きていないとか」

そう話すみのりの口調は、特に動揺してはいなかった。死のうが生きようがどうでもいい、というのが彼女の本音なのかもしれない。そこまで感情が冷めてしまうと、本気で兄を捜そうとは思わないだろう。彼女にとって大事なのは、兄ではなく母にちがいない。

「何か分かったら、すぐに連絡します。みのりさんも……いつでも構いませんから、連絡して下さい」

「そうですね」みのりの声には熱がない。この状況全てに、うんざりしてしまっているのかもしれない。

電話を切り、しばし考える。どうしても康夫のことが気になった。自分が動いて調べてみてもいいのだが、ここはやはり、将にやらせよう。せっかく東京にいるのだし、康夫の家は町屋からそれほど遠くない。

将の電話番号を呼び出す。食事中だったのか、はっきりしない発音の返事があった。仕方がないとは思ったが、苛ついた。

「食べ終わったらすぐに電話してこい！」怒鳴るように言って、電話を切る。

第11章　消えた男

牛丼、久しぶりだ……将は丼を抱え、猛烈な勢いでかきこみ始めた。甘辛い味つけ、牛肉のこってりした脂。たっぷり混ぜこんだ紅生姜(べにしょうが)と七味がいいアクセントになっている。鴨宮で祖父が作る料理では、絶対にあり得ないジャンクな味だ。ああ、牛丼ってこんなに美味かったんだなあ。こんなことなら、大盛りにしておけばよかった。

丼の中身が半分ほどに減ったところで、カウンターに置いたスマートフォンが鳴る。ジイサンか……まったく、何かあったらすぐに呼び出すやり方が気にくわない。人のことを何だと思ってるんだ。

「はい」わざと、口の中にご飯が残ったままで答える。

「食べ終わったらすぐに電話してこい！」

もごもご喋ったのが気に食わなかったのか、祖父は怒鳴って電話を切ってしまった。まったく、何なんだよ、あのジイサン……将はわざとゆっくり食事を進めた。丼が空になっても、しばらくお茶を飲んで時間を潰す。本当に急ぎの用事だったら、また電話をかけてくるはずだ。

五分ほど食休みしてから外へ出る。すっかり夜で、風はさらに冷たくなっていた。思わず首をすくめて歩き出す。どうせなら、温かいコーヒーも欲しいな……町屋駅前には喫茶店も何軒かあるが、コーヒーに二百円も三百円も出すのはもったいない。自販機の缶コーヒーにしよう。コーヒーに変わりはないのだし。

荒川線の駅のすぐ近くで缶コーヒーを買い、歩道と車道を隔てる手すりに腰かける。目の前がチェーンのコーヒー店……コンビニで寿司を買って、回らない寿司屋の前で食べるようなものだな、と皮肉に考える。

コーヒーを一口。口の中がほっと熱くなったが、その分、風の冷たさが身に染みるようだった。

町屋駅の近くにネットカフェがあるのは確認していた。十時間ナイトパックで千九百九十円……そのコースを使うことにして、十時まではどこかで時間を潰すつもりでいたのだが、まさか祖父は、何か新しい仕事を振るつもりだろうか。

予感は当たった。缶コーヒーを半分飲んだところで祖父に電話をかけると、「これから行く場所があるぞ」といきなり言われたのだ。ああ、やっぱり別の仕事を押しつけるつもりなんだ……面倒臭いけど、しょうがない。どうせ十時まではやることもないのだし。

「ある人がいるかどうか、確認してきてくれ」

「いるかどうかって……どういうこと？」

「当該の住所に実際に住んでいるかどうか、だ。そもそも、その家があるかどうかも分からないが」

「引っ越したとか？」

「家自体が取り壊されている可能性もある」

「ああ……」それぐらいなら、大したことはないだろう。「場所は？」

「住所は江戸川区東瑞江……駅でいうと、都営新宿線の瑞江だ。分かるか？」

「行ったこともないよ」

「だったら調べて行け。詳しい住所はメールで送ってやる」

「ちょっと、ちょっと」祖父がすぐに電話を切りそうな勢いだったので、将は慌てて言った。肝心の情報がまだだ。「誰に会いに行けばいいわけ？」

「文子さんの長男――名前は康夫だ」

うわあ……急に面倒な話になった。長男の話はこれまでまったく出ていなかったが、果たしてどんな人なのだろう。ややこしい人だったら、まともに話ができるかどうか。

「みのりさんは、ここ五年ほどまったく話していないそうだ。文子さんも同じだろう。しかし、長男が、母親が行方不明になっていることを知らないのも問題だ」

「まあ……ね」

「俺も何度も電話してるんだが、通じない。みのりさんも同じだ。こうなったら、直接訪ねて確認するしかないだろう」

「いたらどうするの？」

「馬鹿か、お前は」祖父が呆れたように言った。「会えたら、文子さんが行方不明になっていることを教えて、何か事情を知らないか、確認すればいい。どうしてそれぐらいのことが分からないんだ？」

散々祖父に馬鹿にされ、将はむっとして電話を切った。「お前は何も考えていない」「少しは脳みそを使え」「お前の知能レベルはせいぜい蟻並みだ」……いったいどうやったら、あんなにポンポン悪口が出てくるのだろう。ある意味天才だよな。

メールはすぐに送られてきた。確認すると、確かに都営新宿線の瑞江駅の近くだった。同じ東京東部の下町とはいっても、路線が全然違う。どう乗り継いでも、途中では歩かねばならないようだ。

結局将は、千代田線で新御茶ノ水駅まで出て、新宿線の小川町駅まで歩くことにした。御茶ノ水付近の地理はまったく分からないのだが、これが一番時間がかからないようだ。

幸いなことに、新御茶ノ水駅と小川町駅は、違う路線の違う駅なのに、地下でつながっていた。地上に出ると迷子になりそうだが、地下なら案内板をたどっていけばいいので迷うこともない。順調に乗り継いで、小川町から二十分ほどで瑞江についた。地下鉄で二十分というと、かなり乗りでがある……東京の東の端、もうすぐ千葉というところまで来てしまった。

南口に出ると、駅前はバスのロータリーで、その真ん中に小さな時計台があった。何とも地味というか……鴨宮ほどではないが、東京の街とは思えないぐらい、こぢんまりしている。文子の長男は、こんなところに住んでいるわけか。

駅前には銀行、薬局、不動産屋、飲食店が集まっているが、「商店街」というほどでもない。高い建物は見当たらず、町屋に比べて少し気温が低いようだった。

スマートフォンで地図を確認しながら歩き出す。そろそろバッテリーが危ない……ネットカフェでは充電もできるはずだけど、それまで何とか持ってもらわないと困る。

歩き出すと、急に静かになった。店舗はなくなり、一軒家ばかり。街灯も暗く、歩いている人もほとんどいない。この辺の家賃は安そうだな、とぼんやりと考えた。康夫の家も賃貸なのだろうか……名前を見た限り、アパートかマンションのようだが。

駅から歩いて五分ほど。康夫の家はすぐに見つかった。茶色いタイル貼りの三階建て……これはやっぱり、マンションじゃなくてアパートだ。それも、一階に大家が住んでいるタイプのアパート。これは幸運かもしれない。本人がいなくても——あるいは引っ越していても、大家に事情を聞けば何か分かるだろう。

祖父からの情報では、康夫の部屋は二〇三号室だった。そもそもこのアパートには、一階に三部屋ずつしかないのだが……二階に上がる前に、郵便受けを確認してみる。名前は「古谷」。どうやら康夫は、既に引っ越してしまったようだ。祖父の情報が古いのだろう。まったく、適当な話だ……後で文句を言ってやろう。実際に面と向かうと、なかなかその勇気は出ないのだが。

念のため、二階に上がってみる。インタフォンのボタンを押そうとして手を上げたものの、そこから動かない。指先からインタフォンまでの数センチがはるか遠くに思える。

そんな馬鹿な。

押す。澄んだ音が聞こえ、すぐそれに続いて若い男の声で「はい」と返事があった。

「あの、すみません……本多さんじゃないですか？　本多康夫さん？」

「違いますよ」

「本多さんは……」

「うちは違います」男の声がいきなり不機嫌になった。

「本多さんは引っ越したんですか？」

「分からないですね」

ガチャリ。冷たい音で、人間性まで拒絶されたようだった。いやいや、こんなことで落ちこむなよ。自分だって、いきなり人違いでこんなことを言われたらむっとする。黙ってインタフォンを切ってしまうかもしれない。そう考えたら、この部屋の住人「古谷」は、まともに対応してくれた方だろう。

気を取り直して一階へ下りる。大家の家の表札を「津山」と確認してから、インタフォンを鳴らした。先ほど古谷の家で鳴らした時よりはスムーズにいったが、相手の声を聞いた途端に凍りつく。どうやって名乗ろう……。

ぎこちない挨拶を、大家の津山はあっさり受け入れてくれた。六十歳ぐらいだろうか、人のよさそうな外見で、実際に愛想もよかった。いきなり訪ねたのに、嫌な顔一つしない。こういう人が、振り込め詐欺なんかに引っかかるんじゃないかなあ。

とはいえ、向こうがきちんと聞いてくれるなら、躊躇うことはない。将は一気に話を進めた。

「ここの二階に、本多康夫さんという方が住んでいませんでしたか？」

「それは……個人情報だからね」大家の態度が急に渋くなった。

「実は、神奈川県に住んでいる本多さんのお母さんが、行方不明なんです。ご高齢で、持病もあるんですけど、息子さんに連絡が取れなくて困っています」

「電話は？」

「何回もかけているけど、出ないんですよ」

「なるほど……だけどそういうのは、警察がやることじゃないの？」

「警察には届けが出ているんですけど、これぐらいでは動いてくれないんです。はっきり事件だと決まったわけではないので」

「かといってあなたは……探偵とかでもないんでしょう？」

「地元のボランティアなんです」やはり疑っている……将は必死になって訴えた。「祖父が元警察官で、防犯アドバイザーという仕事をしています。地元の小田原中央署に協力して、今回息子さんを捜しているんですよ。もしも心配なら、小田原中央署の担当者に確認してもらえれば……私の身元は確認できるはずです」

「この時間だと無理でしょう」津山が左腕を持ち上げる。家にいるのに、腕時計をしていた。

「ああ、まあ……そうなんですけど」

「ま、あなたも詐欺とかをやる人には見えないけどね」冗談めかして言いながら、津山の目は真剣だった。「帰れ、の一言で済ませてもいいんだけど……こうしようか。明日の朝、警察に確認します。それからあなたに電話して、もう一度話すということでは」

将は、津山の申し出を受け入れた。こっちとしてもありがたい限りだ。何度も瑞江まで足を運んでいたら、財布の中が空になってしまう。電話番号を教えてもらえればこちらからかける、と言ったのだが、津山はそれを遠慮――拒否した。自宅、あるいは携帯の番号を事前に教えるのが嫌らしい。

ここはあまり強く出ても嫌がられるだけだな。将は同意して、家を辞した。取り敢えず、上手くやったと言っていいだろう。とにかく糸をつなげることには成功したのだから――結構粘れるものだと自分に感心する。

駅へ向かう道を歩き出す。人通りは少なく、どこか侘しい。しかも間の悪いことに雨が降ってきた。もしかしたら雪になるかも……そうなってもおかしくないぐらいの寒さだった。

祖父に連絡を入れておくことにした。向こうからかかってくる前に、こちらからかけた方が文句を言われずに済みそうだし。そう思って電話をかけ、今の面会の様子、それに詳細は明日になりそうだと報告したが、祖父は褒めてくれなかった。何なんだよ、自分から話を振っておいて、これはないんじゃないか？

上手くいったのかいってないのか、よく分からない一日だった。一つだけはっきりしているのは、ひどく疲れたことだった。こんなに動き回ったのは久しぶり……肉体的にというより、気持ちが疲れている。いろんな人に会って話を聞くのは、やっぱりきつい。慣れない筋肉を使った後に痛むような感じかもしれない。頭痛というわけではないけど、頭もずっしりと重かった。

来た時のルートを引き返して町屋へ戻る。既に十時半。もうネットカフェに入ってもいい時間だ。シャワーもない店のようだけど、そもそもネットカフェでシャワーっていうのも……将には抵抗感があった。

飲み物が無料なのはラッキーだった。自動販売機ではスナック菓子も売っていて、ポテトチップスにそそられたが、ここで無駄に金を使うのは馬鹿馬鹿しい。無料のコーラをもらい、指定された個室に入った。そういえば、ネットカフェなんか使うの、生まれて初めてだな。

個室に入ってみて驚いた。広さは一畳ほど。まるで奥が広いロッカーのようだった。ベッド――ベッドと言っていいのかな？――が奥に向かって設置してあり、足元の小さなテーブルにはパソコンとモニターが置いてあった。ドアは閉まるものの、天井部分は開いているから、隣の人が話していたら丸聞こえだろう。満員にならないといいな、と将は本気で思った。少なくとも、両隣ぐらいは空いていて欲しい。

上着を脱いで、安っぽいハンガーにかける。両足を伸ばして枕に頭を載せれば、まあまあ、眠れる姿勢にはなる。布団などはないから、寝る時は上着をかけるしかないだろう。空調は効いているから風邪を引く心配はなさそうとはいえ、相当乾燥しているので、鼻と喉をやられるかもしれない。

ざっと見た限り、快適に泊まれる場所ではない。

かといって、ホテルに泊まるほどの金もないし……ああ、バイトは真面目にやらないと駄目だな。早く、自分で自由に使える分の金を稼がないと、いつまで経っても惨めな思いをするだけだ。

惨めだなんて、今までは考えたこともなかったけど。世田谷の実家にいる頃は、金はある分だけで何とかできた。それが今は、何かと不自由さを感じている。でも、どうするのが正しいかも分からない。このままバイト生活を続けて金を貯め、祖父の家を出て自活する？　でもその後は、バイトだけでは暮らしていけないだろう。大学へ戻る？　いや、今は大学へ通う意味を感じない。

正式に就職するのはどうだろう。でも、今の自分に何ができるか……頼みこめば、観光協会で正規の職員として働かせてもらうことはできるかもしれないが、あそこで仕事を続けていくことを想像しただけでうんざりした。何かこう、もっとパッとした仕事はないんだろうか。とはいえ、「パッとした」と言ってもイメージが浮かばない。結局、社会のことを何も知らないままここまで来てしまったんだな……せめてもの社会勉強で、ニュースぐらいはチェックしておこう。

パソコンでネットサーフィンを始めたが、世の中は平穏みたいだった。重大な——将の興味を惹くようなニュースは一つもない。メールでも見ておくか。ウェブメールのページにログインしたが、新着のメールもなかった。当たり前か……今は、メールのやり取りをする相手もほとんどいないのだから。

ＳＮＳに手を出してみようかと思ったこともある。しかし、書くことなんか何もないと考えて、結局やらなかった。ああいうのは、実際の生活が充実している人が、それを自慢するためにやるもので……俺には実生活なんかないに等しい。それに、自分の生活や考えを他人に明かして何が面白いのか、さっぱり分からなかった。やっている人が多いから、自分もやらなくてはならないような気になっていただけだと思う。

他人のことなんか、気にする必要はないんだよな……。

新着メール。祖父からだった。あーあ、こんな時間になってもまだ追いかけられるのか。たまったもんじゃないよな。

それでも目を通してみる。今日一日の動きをまとめたものだった。さすが元警察官というべきか、箇条書きで無駄がない。

その中で、文子が自分の口座から頻繁に三十万円を引き出している、という情報が気になった。どうも生活費ではないらしい。借金の返済をしているみたいだけど、何なんだろう。七十歳を過ぎて、まだ借金なんかあるんだろうか。

祖父は何の推測も書いていなかった。適当な考えは口にしない、ということなのだろう。それだけ慎重にならざるを得ない状況なのだ……迂闊なことは言えないよな。

少しずついろいろなことが分かってきている感じだけど、大きな筋はまだ見えない。だいたい、怜奈と文子の失踪、二本も筋があるから分からなくなるんだ。この二つは別々に考えるべきなのに、いつの間にか一緒くたにしてしまった感じがする。

モニター画面はそのまま、寝転んで後頭部に両手をあてがう。何だかなあ……自分は捜査のプロじゃないし、論理的に考えるのも苦手だ。無理に考えようとすると、眠くなってくる……。


電話の音で眠りから引きずり出された。何時？　まだ夜中じゃないのか？　慌てて跳ね起き、スマートフォンを取り上げると、もう朝の八時半だった。画面には見知らぬ電話番号が浮かんでいる。津山だ、とピンときた。たぶん原口に連絡を取って、身元を確認してくれたのだろう。それで電話してきた……原口も、二日続きで「あの男は何者だ」と確認され、苦笑しているに違いない。名刺を持つような身分になった方が楽だな。名刺は、かなりの信用保証になるはずだ。

急いで通話ボタンを押し、スマートフォンを耳に押し当てる。

「新城です」寝起きで声はがさがさしていたが、精一杯声を張り上げた。張り上げてしまってから、「しまった」と思う。自分が入っている両脇の個室にも人はいたはずだ。ここで大きな声で話していたら、怒鳴りこまれるかもしれない。

「津山です。さっき、警察の人に確認が取れましたよ」

津山の声は明るく、今にも知っていることを全部話してくれそうだったが、将は「ちょっと待って下さい」と言ってブレーキをかけた。「すぐにかけ直しますので……この番号でいいですね？」と訊ねる。

津山は特に文句も言わずに電話を切った。慌てて靴を履き、個室の外に出る。低い音でＢＧＭが流れているだけで、人の姿は見かけなかった。この時間には、ネットカフェ全体がまだ寝ているも同然なのだろう。

店の外へ出る。ビルの内廊下なのだが、それでも店内に比べて気温はぐっと低かった。上着を着て来なかったことを悔いたが、今から戻るのも面倒臭い。震えながら電話をかけると、津山は待っていたように応答した。

「本多さんはね、一年ぐらい前に引っ越していきましたよ」津山がいきなり認めた。

「契約切れですか？」

「いや……」急に津山の声に影が差した。「そういう訳ではないんですけど」

「何かあったんですか？」将も釣られて声を潜めた。

「ちょっと言いにくいんですけどね」そう言いながら、津山は話す気満々だった。

「何かあったんですか？」将は繰り返し訊ねた。もしかしたら津山は、話を膨らませたいタイプかもしれない。前置きを長くし、わざと結論を先に引き延ばして、こちらの注意を引きつける——それにつき合うこともできたが、今は一刻も早く事情を知りたかった。

「おかしな人たちがしょっちゅう出入りしてましてね」

「おかしいって、どういうことですか」

「その筋というか、ね。分かるでしょう」

「暴力団ということですか？」将は顔から血の気が引くのを感じた。暴力団って……冗談じゃないよ。そんな連中とかかわり合いになりたくない。

「はっきり暴力団と分かったわけじゃないけど、目つきが悪い連中でね。それが夜中に何人も集まってきて、本多さんの部屋であれこれやってたんだ。時々大声を上げたりして、隣の部屋の人からクレームがついたりしたんですよ」

「もしかしたら、暴力沙汰でもあったんですか？」

「そういうわけじゃなくて、大声で話し合ってただけみたいですけどね。でも、隣の人が気にするぐらいの大声なんですよ。大家としては、黙っているわけにはいかないでしょう？」

「何か対策は……」

「何度か注意したんですけどね……上手くいかなくてね」

「言うことを聞かなかったんですね？　あの、本多さんって、そういう人なんですか？」

「そういう人って？」

「だから、本多さん自身も暴力団員みたいだとか」

「いや、本多さんはそういうタイプには見えなかったな」

何なんだ？　将は混乱した。暴力団のような人間が、暴力団員らしくない人の部屋に夜な夜な集まり、何か大声で話し合っている。皆で家呑みでもしていたのだろうか、と将は想像した。

「注意しても改まらなかったんで、出て行ってもらったんですね？」

「まあ、そういうことです」

大家の権限で康夫を追い出したのか……かなり大変なことのように思えるけど、大きなトラブルにはならなかったのだろうか。疑問に思った将は、素直に訊ねてみた。

「ああ、それはまあ……不動産屋にも間に入ってもらったので」

「不動産屋さんが絡むんですか？　同じ建物に住んでたんですよね？」

「契約なんかは不動産屋に任せるものですよ。自分で店子(たなこ)さんを探してくるわけじゃないし。そんな面倒なこと、一々できないでしょう」

ああ、自分は何て無知なんだ、と呆れてしまう。そりゃそうだよな。不動産屋は、何のためにある？

「とにかく、それが一年ぐらい前のことでした」

「本当に、問題にはならなかったんですか？」

「そろそろ引っ越そうと思っていたからちょうどよかったって……本当かどうかは分からないけど、揉(も)めなかったから、こっちとしてはほっとしましたよ」

「本多さんは、仕事は何をやっていたんですか？　会社勤めですか？」

「そうね……会社員だったと思うけど、詳しく話を聞いたことはないな」

同じ建物に住んでいるのに――と思ったが、こんなものなのかもしれない。今時、大家と店子が親子のように語り合うことなどないのだろう。互いに、できるだけプライバシーを大事にしたいはずだ。

「どこの会社だったか、分かりませんよね？」万が一勤め先が分かれば連絡が取れる。そうしたら母親が行方不明になっていることを告げて、任務完了だ。

「それはちょっと、書類を見てみないとねえ」

「お願いします」将は壁に向かって頭を下げていた。「それと、もしも分かったら引っ越し先も……とにかく、お母さんが行方不明なんです。非常事態なんです。すぐに教えてあげたいんです」

言いながら、自分でも驚いていた。他人のことに必死になる――なれるなんて。


十分後、もう一度電話で津山と話した将は、必要な情報を手に入れた。引っ越し先こそ分からないものの、勤め先の会社名と住所、電話番号は分かったから、取り敢えずよしとしよう。

ネットカフェの個室に戻り、勤務先の会社について調べてみる。「株式会社ＳＨ」。今は何でもネットで分かるはず――検索をかけてみたが、そんな会社は見つからない。今時、ホームページを作ったり、フェイスブックやツイッターを利用していない会社があるだろうか？　もしかしたら、従業員数人の小さな会社かもしれないが。

会社そのもののことが分からなかったので、グーグルマップで検索してみる。所在地は岩本町（いわもとちょう）……都営新宿線で乗り換えなしで行けるから、通勤は楽だったんだろうな、と思う。

ストリートビューで確認すると、当該の住所には細長いオフィスビルがあった。角度を弄って、ビルの外に出された看板を確認してみる。しかし、「ＳＨ」という名前の看板は見当たらなかった。だいたいこれ、本当に会社の名前なのか？　電話口で名乗りにくくて仕方ないのではないだろうか。

スマートフォンに電話番号を打ちこみ、また個室から廊下に出る。かけてみたが、誰も出ない。既に九時……普通の会社だったら、もう仕事が始まっている時間ではないだろうか。いや、今日は土曜日か。

こうなったら、直接訪ねてみるか。たまたま土曜で、人がいないだけかもしれないし。

積極的になっている自分に、やはり驚く。今までこんなことはなかった……何だか興奮してもいる。小さな謎が、一つ一つ解けていく快感をはっきりと味わっていた。仕事をするって、こういうことなのかなあ。

しかし、すぐに飛び出すほど気負ってはいない。まずは祖父に連絡することにした。何も言わないで動くと、後で文句を言われそうだし。

無言で耳を傾けていた祖父は、将が話し終えた途端に「少し待て」と言った。

「どうして？　すぐ近くなんだけど」

「俺もそっちへ行く。俺が着くまで、余計なことはするな」

余計なことはするなって……電話を切った将は、しばし考えた。祖父が、ＳＨ社のある岩本町に到着するまでには、結構な時間がかかるだろう。二時間は見ておいた方がいい。一方将は、三十分足らずで現地に着けるはずだ。

つまり、待つのは時間の無駄。

ちょっと覗いてみるぐらいなら、何ということもないだろう。祖父が何を心配しているかは分からないけど、ちょっと気にし過ぎ……あまりにも神経質になっているような気がする。

よし、先に見に行ってみよう。

将はネットカフェの会計を済ませ、街に出た。腹が減っている……ここ最近の、規則正しい生活のせいだ。実家で暮らしていた頃は、食事の優先度は極めて低かったのに、今は三度の食事の時間がくると、ちゃんと腹が減る。

とにかく何か食べていこう。外へ出て歩き出すと、すぐにチェーンのコーヒーショップを見つけた。ここで軽く、ホットドッグとコーヒーでいい。そそくさと食べて腹が膨れると、気合いもしっかり入る。やっぱり食べることは大事なんだな、と思い知った。腹がいっぱいなら、大抵のことは上手くいくような気がする。

子ども食堂もそうかもしれない。

あそこへ来る子たちには、それぞれ様々な事情がある。でも、一つだけ共通しているのは、食べている時の笑顔、そして食べ終えた時の満足そうな表情だ。あの子たちが満たしているのは、空腹だけではないのだろう。心に空いた穴が、満腹になると同時に塞(ふさ)がれるのだ。

今の自分もそうかもしれない。ジャンクなホットドッグとコーヒーという適当な朝食だけど、何というか……戦闘意欲十分で、何でもやってやろうという気になっている。

周りを見回すと、サラリーマンばかりだった。出勤前の腹ごしらえなのだろうが、皆疲れた顔つきだ。土曜日にも仕事なら、朝からうんざりしていて当然だろう。

いつか、自分もこんな風になるかもしれない。その時も、せめて食事だけはちゃんと摂ろう、と決めた。

岩本町……ひどくごちゃごちゃした街だ、というのが将の第一印象だった。

山手(やまのて)線のすぐ外側、そして秋葉原(あきはばら)の近く。秋葉原ねえ……パソコン好きな中学校の同級生が、自作パソコンのパーツを買いによく通っていて、将も何度か「一緒に行こう」と誘われたのだが、その都度断っていた。何となく近づきがたい感じの街に思えたのだ。パソコンや電化製品、メイド喫茶に象徴される「秋葉原っぽい」ものには一切興味がなかったし。祖父なら嬉々(きき)として歩き回るかもしれないけど。あの人のパソコン好きは、年季が入っている。

道路は細く、一方通行が多い。民家はまったく見当たらず、小さな古いビルが街を埋めていた。高層ビルの類はほぼ、見当たらない。古くからのビジネスの街、ということなのだろう。そういえば、街全体が何だか埃っぽい感じがするよなあ。

住所を探して歩く。突然大きい道路に出てしまい……上を首都高の高架が走っている。どうやらここが日光(にっこう)街道のようだ。やはり細長いビルが建ち並んでいるが、オフィスビルではなくマンションが多いように見える。首都高の横に住むのは、うるさくて仕方がないような気がするが……。

ようやく当該の住所を見つけ出した。いい加減歩いた——地下鉄の駅から十分ほどだろうか。改めてスマートフォンの地図を見ると、岩本町ではなく新日本橋や三越前の駅から歩いた方が早いことが分かった。何なんだよ、もう……都内の地下鉄路線すら、まったく頭に入っていないのだと思い知る。あちこち出歩いていたわけではないから当然だけど、こんなことで大丈夫だろうか、と我ながら心配になった。いつまでも鴨宮にいる気はなく、いつかは東京で一人暮らしをしたい——そのためには、地下鉄の路線図ぐらい頭に入っていないとどうしようもない。

もっとも、将が東京へ戻って来る頃には、地下鉄の路線はまた延びて、さらに複雑になっているかもしれない。東京は、毎日のように変わる街なのだ。一方鴨宮は、十年前も十年後も同じような気がする。どっちが自分に合っているかは分からない。

SH社が入っているのは、七階建ての細長いビルだった。外から見た限り、マンションのような感じだ。

玄関ホールに入って郵便受けを覗く。SH社の住所はこのビルの三〇一号室なのだが、郵便受けには名前がなかった。思い切って郵便受けを開けてみると、中は投げこみ広告の類ばかりだ。

さて、来てしまったものの、どうしようか。手持ち無沙汰になって、将は一度建物の外へ出た。この辺りはやけに風が強い……首都高が上を走っているせいだろうか。首をすくめ、歩道に立ち尽くす。祖父とはここで待ち合わせしているのだが、こうなると一人きりで待つのが馬鹿馬鹿しくなってくる。

よし、やはり部屋へ行ってみよう。

古いビルなので、オートロックでないのが幸いだった。

将はエレベーターを避け、階段で三階まで上がった。外廊下なので風が強く吹き抜け、一階よりも寒い感じがする。

三〇一号室の前に立った。表札も看板もない。やっぱり、ここには会社はないのか……だいたい、会社にしては小さいような気がする。ビルの大きさからして、それぞれの部屋はワンルームではないだろうか。大人数で仕事ができるとも思えない。

インタフォンのボタンに指を伸ばす。思い切って押してみると、ちゃんと音がしたので、中から反応があるかと思って耳を近づけてみても、何も聞こえない。ドアに耳をつけてみたが、誰かがいる気配もなかった。何だ、空室なのか……。

人に会えなければ、ここにいても意味はない。かといって、ここから先どうしていいか、上手い考えもなかった。

取り敢えず、祖父に相談しよう。それで次の動きを決めればいい。階段で一階まで下り、風を避けるためにホールで待つことにしたのだが……階段を下り切った時に「あんた、誰だ」と声をかけられた。

ドスの利いた声、というのはこういうものか……振り返ったらヤバいことになると思い、将は歩みを早めた。こういう時はさっさと逃げ出すに限る。相手がどんな人間か分からないのが不安だった。上手く逃げ切れるかどうか……正直、足には自信がない。向こうが陸上経験者だったりしたら、すぐに捕まってしまうだろう。

気配が近づいて来る。走り出して、ホールに足を踏み入れた瞬間、後ろから肩を摑まれた。かなりの力で、指が食いこんで痛い。おいおい、これ、本格的にヤバいよ。将は体を揺すって縛(いまし)めから逃れようとしたが、相手はがっちり肩を摑んでおり、その手は離れない。

仕方ない……振り向き、その瞬間に思い切り体を引いた。頭も下げる。パンチが飛んで来るのではと怯(おび)えて動いたのだが、幸い、いきなり殴られることはなかった。

しかし、相手の顔が近い。

中年の男だった。顔が大きく、ごつごつしている。無精髭が顎を覆っており、目つきは鋭かった。それほど背は高くない——将よりも少し低かったが、体つきはがっしりしていて、いかにも力がありそうだった。

「あんた今、三〇一号室の前にいただろう」男が低い声で、脅しつけるように言う。

「いや、別に……」将はとっさに誤魔化そうとした。上手い言い訳が思いつかない。

「部屋を覗きこんでたな？　あんた、何者なんだ？」

「別に覗きこんでたわけじゃ……」

「部屋の前にいたことは認めるんだな？」

しまった、余計なことを言ってしまった。将は唇を引き結んだが、相手はそれでは勘弁してくれなかった。

「いったい何が目的だ？　あんた、誰なんだ？」

「SH社の方ですか？」将は恐る恐る訊ねた。

「ああ？」男が目を細め、さらに凄んだ。「どういう意味だ？」

「だから、あそこはSH社じゃないんですか？」

「お前……何を知ってるんだ？」

男がいきなり右腕を伸ばし、将の胸ぐらを摑んだ。あまりの勢いに、シャツのボタンが弾け飛ぶ。胸ぐらを摑まれ、将は動けなくなってしまった。自分の方が背は高い、暴れれば逃げられるはずだ——そう思ったが、体が言うことを聞かない。脳と体の接続が切れてしまったかのようだった。

これまで、暴力とはまったく縁がないまま生きてきた。誰かに殴られたことも誰かを殴ったこともないし、摑み合いになったことすらなかった。それが今、直接的な暴力が迫っている。どうしていいか分からず、頭に血が昇り、唇が震えてきた。男は、将の胸ぐらを摑む手にさらに力を入れ、顔を近づけてくる。ニンニクの臭いがむっと漂い、将はかすかな吐き気を感じた。朝から何を食べてるんだよ……。

「警察か?」

「警察だったら……こんなことしていいんですか?」話すだけでも苦しかったが、何とか言葉を絞り出した。

「いや、警察じゃないな。こんな柔な警察官なんか、いないだろう……何者だ？」

「いや、別に……」

「何もないのに、人の部屋のインタフォンを鳴らさないだろう」

「いや、あの……」言い訳がまったく思い浮かばない。軽い酸欠状態に陥ってくらくらしてきた。冗談じゃないよ、こんなところで死ぬ？　殺人事件の被害者になる？

死にたくない。こんな死に方は絶対に嫌だ。

将は思い切って、右足を前に蹴り出した。スニーカーの靴底に、がつんと何かが当たる感触……縛めが消えた瞬間、急いで空気を吸いこんだ。灰色だった目の前の景色に、急に色がついたようだった。

「何しやがる！」男が怒声を上げた。しゃがみこんで脛をさすっているが、それほど大きなダメージは与えられなかったようだ。

まずい……早く逃げ出さないと。このままだと、またやられてしまう。しかし、踵を返そうとしても、足はガクガクして言うことを聞かなかった。

「何してる！」

いきなりの大声。振り向くと、祖父と原口が側に立っていた。

「何してるんだ、お前ら！」祖父が吠えた。

原口がすっと将に近づいて来て、「大丈夫か？」と小声で訊ねた。

「ああ……はい、あの……」しどろもどろになってしまう。

一方祖父は、将の胸ぐらを摑んだ男に迫って行った。

「うちの孫が何か迷惑でもかけたかな？」

そう、向こうにすれば大きな迷惑だったはずだ。しかし男は何も言わない。どうやら、祖父が発する危ない雰囲気を察知したようだ。さすがの迫力……こういう時には役に立つ。

「原口、警察としてはどうする？」

「いやあ」話を振られた原口が、呑気な声を出した。「何があったか分かりませんからね。そちらの方、被害届でも出しますか？」

「いや……」男が低い声で言って、後ずさった。「別に何もないですから」

「そうですか？」原口が軽い調子で言った。その視線がすっと下がる。「そこ……ズボンが汚れてますけど、どうかしたんじゃないですか？」

男が屈みこみ、掌でズボンの脛の辺りを叩いた。それから慌てて踵を返し、マンションの外へ走り去る。

「おい！」祖父が怒鳴りつけたが、男は振り向く気配も見せない。

「放っておきましょう」原口が言った。

「ああ」原口の顔を見た祖父があっさり同意する。「あれは雑魚だな……それより将、何があったんだ？」

将は、あたふたしながら事情を説明した。先ほどまでの恐怖の記憶もあったし、祖父に怒鳴られるかもしれないという新たな恐怖の予感もあった。

しかし祖父は、黙って話を聞くだけだった。話し終えると、一度だけうなずき、原口に視線を向ける。

「このSH社というのが何なのか、分かってるのか？」

「さっき新幹線から電話して調査させてますけど、まだ報告がないですね」原口がスマートフォンを取り出す。

「ふむ……いかにも怪しいじゃないか」祖父が顎を撫でた。

祖父の主導で、三人は三階へ上がった。原口がインタフォンを鳴らし、さらにドアに拳を叩きつけたが、反応はなかった。

「居留守かもしれませんよ」原口があっさり言った。

「少なくとも一人はいたわけだから……そうだな。とにかく、SH社というのがどういう会社か分からないと、判断しようがない。さっきの男についてはどう思う？」

「雑魚なんでしょう？」原口が薄い笑みを浮かべながら言った。「少なくとも、麻生さんの感覚では」

「お前も同じように思ってるだろう？」

「そうですね……まあ、まず、SH社に関する調査を待ちましょう」

「俺の予想では、明らかに犯罪にかかわっている会社だぞ」祖父が言い切った。

「どうしますか？　このままここで待っていてもいいけど、時間の無駄かもしれませんよ」

「お茶にしよう」

「いいんですか？　地元の所轄に挨拶ぐらいしておいた方がいいかもしれませんよ」

「正規の捜査なら、な」祖父が鼻を鳴らす。「今回は捜査とは言えない。余計なことを言って、向こうを刺激することはないだろう。だいたい、警視庁は神奈川県警を馬鹿にしている」

何のことやら……警察同士で馬鹿にするも何もないようなものだ。将にはまったく理解できない世界である。

三人は、外へ出て歩き出した。祖父はこの辺りの地理もよく知っているようで、まったく迷わない。すぐに、街はごちゃごちゃした雰囲気に変わってきた。呑み屋が目立つ、いかにも繁華街然とした街並み。そういえば高架もある……たぶん、神田駅のすぐ近くだ。この辺は駅だらけというか、ちょっと歩くとすぐに他の路線の駅にぶつかる。

三人は、チェーンのコーヒーショップに入った。よりによって、将が朝食を食べたのと同じチェーン店……まあ、しょうがないだろう。今時、普通の喫茶店なんか、滅多に見かけない。街中はどこでも、チェーンの店ばかりだ。

祖父は落ち着かない様子で、運ばれてきたコーヒーを急いで啜った。

「この辺、久しぶりじゃないですか」原口がコーヒーに砂糖を加えながら訊ねた。

「秋葉原はお馴染みだけどな」

「秋葉原って……メイド喫茶とか？」将は反射的に聞いてしまった。

「馬鹿か、お前は」祖父が呆れたように言った。「そんなものが流行る、はるか以前の話だ。お前らの感覚だと、あそこはオタクの街かもしれんが、俺にとっては電気街だ。そっちの方が、はるかに歴史が長い」

「あ、そうですか……」将は黙りこんだ。それはそうだよな。祖父がメイド喫茶でニヤニヤしながらオムライスを食べている様子は想像もできない。いや、想像はできるが、戦慄（せんりつ）するような光景だ。

「パソコン関係なら、あの街が一番だ。どこの店のパーツが一番安いか、比較しながらうろつき回るのが楽しいんだよ」

「いったいいつからパソコンを使ってるの？」

「かれこれ三十五年ぐらいかな」祖父が原口に視線を向ける。「お前が入って来るずっと前だ」

「八〇年代ですか」原口が目を見開く。「まだ、使っている人はほんの一部、みたいな時代ですよね」

「警察ではな。民間企業では、八〇年代にはもう欠かせない存在になっていた。まあ、それからいくらぐらいパソコンに金を注ぎこんできたか……こういうのが永遠に続くかと思うとぞっとするな」祖父がにやりと笑い、コーヒーを一口飲んだ。「そんな話はどうでもいい。問題はＳＨ社だ。将、文子さんの息子さんが、そこに勤めていたのは間違いないのか？」

「元住んでいた家の大家さんが言っていたから。書類も確認してもらった」

「となると、怪しい会社ではないか……」祖父が首を捻る。「マル暴のフロント企業だったら、わざわざ名前は書かないだろう。家を借りるために、多少嘘をついても分からないからな。不動産屋もオーナーも、一々調べないだろう」

原口が体を捻り、ズボンのポケットからまたスマートフォンを取り出した。メールらしい……確認すると、眉が吊り上がった。

「怪しいですね」と一言言って、将の顔をちらりと見る。

ああ、僕は除け者（のけもの）ですか——警察関係者同士なら話してもいいけど、素人の将には関係ない話、ということか。そうやって邪魔にしておきながら、都合のいい時だけ使おうっていうのは……しかし祖父は、「こいつにも聞かせてやってくれ。捜査上都合の悪い話だったらまずいが……」と言った。

「いや、大丈夫です。うちが絡んでいるわけじゃないので」

「だったらどこが絡んでいる？」

「警視庁が監視――興味を持ってる相手ということです。組対（そたい）の方ですね」

「おいおい、それはかなりヤバいぞ」祖父の表情が引き締まる。

「組対って？」

将が訊ねると、祖父が呆れたように顔を見た。

「お前、組対ぐらいは知っておけ」

「組織犯罪対策部」

原口が小声で助け舟を出してくれたが、将にはまったく聞き覚えのない名称だった。

「要するに、暴力団関係の情報収集、取り締まりが専門の部署だよ」原口がさらに声を低くして言った。声を低くするのも当然……満員のカフェで話すような話題ではない。

「マジですか」将は顔から血の気が引くのを感じた。先ほどの男がＳＨ社の人間だとすると――要するに、ヤクザではないか？　僕はそんな人間に胸ぐらを摑まれ、脅されていたのか？　足から力が抜ける。椅子に座っていなければ、へなへなとへたりこんでしまうところだった。

「何か、実績はあるのか」祖父が原口に訊ねる。

「それはないようです。ただ、八幡（やはた）連合の関係団体みたいですね」

「かなり凶暴な連中じゃないか。九州のヤクザは九州で大人しくしているべきだ……わざわざ東京に出て来る必要はないだろう」祖父が、本当に嫌そうに吐き捨てた。

将は思わず身震いした。そんなに凶暴なヤクザなのか？　まさか、名前は割れていないだろうな……今後、つきまとわれたりしたら大変なことになる。いくら祖父が側にいても、警察に出入りしていても、それで安全ということはないだろう。まったく、冗談じゃない。やめるなら今のうちではないだろうか。

「将、さっきの野郎はどんな感じだった？」祖父が訊ねる。

「どんなって……インタフォンを鳴らしても反応がなかったから、下へ下りてきたら、追いかけて来たんだけど」

「部屋の中に隠れていたわけか」

「たぶん……」もっとも、背後にはまったく気を配っていなかったから、本当のところは分からない。あの男が部屋から飛び出して来た確証もなかった。

「将君は、これからはちょっと後ろに下がった方がいいですね」原口が遠慮がちに言った。「八幡連合が本当に絡んでいるとしたら、表に出るのはまずい」

「そんなにヤバいんですか？」将は思わず訊ねた。

「昭和六十年代に、八幡戦争っていうのがあってね」原口が渋い表情を浮かべて言った。「八幡連合の地元の北九州に、当時かなり勢いのあった関西系の暴力団が入りこんできて、抗争になったんだ。双方合わせて十人の死者が出て、銃撃戦に巻きこまれた市民も二人、犠牲になっている」

「マジですか……やめようよ」声がかすれる。まったく、とんでもないことに首を突っこんでしまった。

「引く必要はない」祖父がいきなり宣言した。

「ちょっと」将は思わず抗議した。「死んだらどうするわけ?」

「死なないように気をつければいいんだ。背中に注意していれば、いきなり撃たれることはない」

「撃たれるって……そんなに深刻な状況なわけ?」

「暴力団を舐めてはいけない。しかし、ビビる必要はない。気をつければいいんだ」

気をつけたからって、暴力団の手から逃れられるわけじゃないだろう。だいたい、背中に気をつけるって、どうやってやるわけ?　相変わらず祖父の言っていることは滅茶苦茶だ。そもそも、自分がもう警察官でなくなっていることを忘れているのではないだろうか。警察官なら暴力団にも睨みがきくだろうけど、祖父はあくまで一般人である。防犯アドバイザーなどという肩書きは、拳銃の前では何の威力もないはずだ。この人、本当に自分の立場が分かっているんだろうか?

「作戦を考えないといかんな」祖父が腕組みをする。

「そうですね。SH社については、なお調査させますが、警視庁の案件ですから、そんなに詳しくは分からないかもしれません」

「警視庁、ねえ」祖父が顎を撫でる。今日は珍しく髭の剃り残しがある……朝、それだけ慌てていたのだろう。「ちょっと待て」

祖父が自分のスマートフォンを取り出し、何か操作した。やがて目当ての項目を見つけ出したようで、ニヤリと笑う。

「今回、俺たちにはツキがあるようだな」

「ツキ、ですか」原口が目を細める。まるでその「ツキ」は祖父にだけあり、原口自身にはまったく縁がないとでもいうように。実際、祖父と一緒にいたら、ツキも逃げていきそうだ。

「警視庁の知り合いを思い出した」

「現役の人ですか？」

「ああ。今は……どうしてるかな。長いこと会ってないから。ちょっと電話してくる」

祖父が立って店を出て行った。取り残された原口がため息をつく。

「何か……大変ですね」将は低い声で言葉を押し出した。

「騒ぎが広がってきたな。しかしこの件——康夫さんの件が、文子さんの失踪に関係あるかどうかは分からない」

「確かにそうですね」

「だから、こういうことが全部無駄足になる可能性もあるんだよ。こっちも、そんなに暇じゃないんだよなあ……」

「何か、すみません」将は思わず頭を下げた。

「いやあ、慣れてるから」原口の笑みに力はなかった。

第12章　犯罪者たち

「ああ、私だ――麻生です」

「麻生さん」相手の声が明るくなった。「お久しぶりですね。五年ぶりぐらいですか？」

「そうだな。五年前のことはよく覚えていないが……あの時は、俺の人生で今のところ最後の泥酔だったよ」

電話の相手――田宮は、警視庁で防犯畑をずっと歩いてきた男である。麻生は現役時代、東京と神奈川に跨る薬物事件が合同捜査になった時に彼と知り合った。神奈川県警が東京へ攻め入った格好になったのだが、愛想のいい田宮は、道案内役として麻生の面倒を見てくれた。普通、他県警が入って捜査すると嫌がるものだが……特に警視庁は、神奈川県警を嫌っている。

「また呑みたいですねえ」

「俺はもう、あんな元気はないよ」麻生は苦笑した。田宮は小柄だが底なしに酒を呑む男で、しかも一向に酔っ払わない。まさにウワバミだった。五年前には純粋に東京に遊びに行って一緒に呑んだのだが、麻生は完全に泥酔してすっかり面倒をかけてしまった。猛省して、あれ以来、酒は控えるようにしている。六十を過ぎて、酒での醜態はみっともないことこの上ない。

「突然で申し訳ないんだが、あんた、今どこにいるんだ？」

「本部です。相変わらず生活安全部でやってますよ」

「薬物関係の捜査は？」

「最近は経済事件専門です」

警察の組織は永続するものではなく、時代によって結構変遷がある。ベテラン捜査員の田宮はもともと「防犯部」所属で、薬物関係の専門家だった。しかし現在、薬物関係の捜査は「組織犯罪対策部」に移管している。防犯部は組織的には「生活安全部」に変化し、詐欺的商法などの経済事案や少年事件、ストーカー対策などを扱うようになった。田宮は専門を生かすために組織犯罪対策部に異動するのではなく、生活安全部にそのまま残った格好である。

これが麻生には好都合だった。

「ちょうどよかった。頼みたいことがある」

「何ですか」田宮が警戒した。

麻生は一呼吸置いて話を続けた。ここは気をつけていかないと……原口は直接の後輩だから強いことが言えるし、今も「指導している」感覚があるからいいが、田宮はそもそも警視庁の人間である。何かお願いするなら、膝につくほど深く頭を下げねばならないぐらいだ。

「そっちで——組対の方だが、観察している会社があると思うんだ。ＳＨ社といって、八幡連合の関係らしい」

「ああ、その名前は聞いたことがあります」

「さすがだ」麻生はすかさず持ち上げた。

「それがどうしたんですか？　ＳＨ社が神奈川県内で暴れているとか？」

「そういうわけじゃない。仮にそうだとしても、俺には捜査する権限もないよ」

「そう言いつつ、あちこち首を突っこんでいるんでしょう?」田宮が笑いながら言った。「麻生さんらしいですね」

「いやいや、とんでもない。今はただのジジイだよ……この件にはちょっと事情があってな」

麻生は詳しく状況を説明した。話しながら、今日は土曜日だったと思い出す。田宮も、本部にいればともかく、自宅でやれることは限られているだろう。

「知りたいのは、この会社に本多康夫という人間がいるかどうかなんだ」

「放蕩息子(ほうとうむすこ)、なんですね」

「実際にそうか、現段階では判断できないんだが……とにかく会って話をしてみたい。そのためには――」

「事前の準備が大事、ですよね」田宮が麻生の言葉を遮った。

「そういうことだ。遮二無二(しゃにむに)突っこんでいっても、空振りすることが多いからな。本多康夫が、暴力団のフロント企業のようなところで働いているのかどうかで、対応が変わってくる」

「分かりました。ちょっと時間をもらえますか?　なにぶんにも土曜なんで、平日のように簡単にはいきません」

「俺は、今日は都内にいるつもりだ」

「じゃあ、夜は呑みますか」

「状況次第だ」言って麻生は電話を切った。

カフェの席に戻ると、将と原口が、何か真剣な様子で話しこんでいた。麻生に気づくと、将がはっと口を閉ざす。

「何だ、二人揃って俺の悪口か」

「そんなわけ、ないでしょう」

原口が笑いながら言ったが、表情は引き攣っていた。こいつも、余裕がないのが最大の弱点だよな……どんなことでも笑い飛ばせるぐらいの余裕がないと、警察官などやっていられないのに。

「将はどうだ？」

「いや、別に……」もごもごと言って、将が黙りこむ。アイスコーヒーのグラスを取り上げると、音を立ててストローを啜った。

麻生は自分の分のコーヒーをぐっと一口飲んだ。あまり美味くない……そもそもコーヒーはそれほど好きではないのだ。緑茶の方が体にいい気もするし。

「知り合いに調査を依頼した。何か分かるだろう」

「大丈夫ですか？　土曜ですよ？」原口が疑義を唱えた。

「土曜だろうが何だろうが、必要な情報は手にいれるのが優秀な警察官だ」麻生はぴしりと言った。何も、休日もなしに死ぬほど働け、というわけではない。必要な時には、電話一本で情報が取れる人間関係を築いておくことが大事なのだ。

「すぐには、連絡はこないでしょうね」原口が言った。

「だろうな」

「それまでどうします？」

「聞き込みをしよう。ＳＨ社が入っているマンションに、何か事情を知っている人が住んでいるかもしれない」

「そうしますか」原口が自分の腿を叩いた。「まあ、あのマンションの感じだと、他の部屋も会社になってると思いますけどね。土曜日の壁にぶつかるかもしれませんよ」

「休みが日曜だけだった頃が懐かしいよ」麻生はコーヒーを飲み干した。「あの頃はそれが普通だったけどな。今は、皆休み過ぎじゃないのか？」

「まさか」原口が苦笑する。「ワークライフバランスは、大事な問題ですよ」

麻生は原口の言葉にうなずきながら、何となく釈然としないものを感じていた。過労死するまで働け、とは言わない。死んでしまったら何にもならないし、残された家族は苦しむだけだ。

しかし、「いい働き方」を言い訳に仕事をサボる人間はいかにもいそうだし、昔から要領よく仕事を避けて、勤務時間中にぶらぶらしている人間はいた。

そういう人間は、何が楽しくて生きているのだろう。自分が生きた証を、どんな形で残そうとしているのだろう。

三人は店を出て、ＳＨ社が入っているマンションに引き返した。既に昼近くになっているのに気温は一向に上がらず、背中を叩く風は冷たいままである。将は特に、思い切り背中を丸めていた。あれは寒風のせいじゃない——将は、普段から背中を丸めがちなのだ。

麻生は将の背中を思い切り平手で叩いた。分厚い上着を着ているにもかかわらず、ぴしゃりと甲高い音が響き、将は背中を真っ直ぐ伸ばすどころか、仰け反るような格好になってしまった。

「何……」将が不審げに麻生を見つめる。

「お前は何でいつも背中を丸めてるんだ」

「寒いんだよ」

「暑い時もそうだった。背中は丸めるためにあるわけじゃない。伸ばすためにあるんだ」

「はいはい……」

「はい、は、一回でいい！」

将が溜息をつき、また背中を丸めてしまった。まったくこいつは……何度言っても、まったく分からない人間もいるものだ。

手分けして聞き込みをすることにした。マンション全体で、部屋数は三十二。一人あたり約十軒、ということにしておいて、階数で割り振った。

「一人で……やるんだよね？」将が不安げに訊ねる。

「当たり前だ。三十軒もあるんだから、そうしないと時間が無駄になる」

「何を聞けば……」

「自分で考える！」

麻生が言うと、将が黙りこんだ。

最上階から聞き込みを始める将がエレベーターに消えたところで、原口が遠慮がちに切り出す。

「あそこまで厳しくしなくてもいいんじゃないですかね。将君は、警察官じゃないんですよ」

「聞き込みぐらい、警察官じゃなくてもできる。人に話を聞く——そんなのは、コミュニケーションの基本じゃないか」

「それはそうですけど、彼には荷が重そうですよ」

「重そう、じゃなくて重い、だ」麻生は言い直した。「まともな結果が出ると思ってる訳じゃない。

怒鳴られて、追い出されて――そういうことを繰り返しているうちに、鍛えられるんだ」

「鍛える意味は何なんですかねえ……」

「人間として自立してもらうために決まってるじゃないか」

「まあ、厳しいことですね……じゃあ、始めましょうか」

「ああ」

麻生は中層階を受け持つことにしていた。まず、五階から――エレベーターは使わず、階段を利用した。これはむしろ、体を鍛えることになってありがたい。鴨宮では、三階以上の階段を上がる機会はほぼないのだ。

こういう聞き込みは難渋する――分かっていたが、麻生が想像しているよりも大変だった。そもそも、誰も摑まらない。やはり土曜日で、このマンションに入っている多くの会社は休みなのだろう。五階は全て空振り――一軒も反応はなかった。しかし四階で最初にインタフォンを鳴らした部屋で、応答があった。

「神奈川県警小田原中央署防犯アドバイザーの麻生です」麻生は一語一語をはっきりと発音した。警察、と強調するのが大事なのだ。

「神奈川……」

「警察です」麻生はもう一度、はっきりと警察と言った。「ちょっと話を聞かせてもらっていいですか？」

一分後、ドアが開いた。顔を見せたのは、おそらく三十代の、ひょろりとした男。与し易し、と麻生は判断した。麻生が渡した名刺を、男がしげしげと見つめる。

「失礼ですが、ここは会社ですよね」麻生は背中を反らし、インタフォンの脇にある小さな看板を確認した。凝った書体で書いてある社名は読み取れない。

「そうです」

ということは、この男はここで仕事をしているわけだが、とてもそんな風には見えなかった。首の周りが伸びたトレーナーに、サイズの合っていないだぼだぼのジーンズ姿で、髪は寝癖で激しく乱れていた。もしかしたら、職住一体かもしれない。ワンルームマンションに住んで仕事もここでしているとか。

「失礼ですが、お名前は?」

「新居(あらい)です」

「新居さん、ね」麻生は黒表紙の手帳を広げた。警察官が使う手帳ではないが、相手にはそうとは分からないだろう。「実は、ここの三階に入っているＳＨ社という会社について調べているんですが」

「ああ、はい」

「知ってるんですか?」この答えは意外だった。麻生は、このマンションが小さなオフィスビルではないかと想像していたのだ。各部屋は全て小さな会社で、隣で何をしているかも分からない……。

「知ってるというほどじゃないですけど」

「階も違いますよね」

「うち、三階にも事務所があるんです。二部屋使ってるんですよ」

「ああ、それは景気がいい話ですね」

「そういうわけじゃないです」新居が苦笑した。「景気がよければ、もっといい場所の広い建物に引っ越してますよ」

「仕事は何なんですか？」

「ＩＴ系――セキュリティ関係です」

「なるほど。それで、ＳＨ社については何をご存じなんですか？」

「叩き出された、と聞きましたけど」

「いや、誰かいるはずですよ」

「でも、引っ越しているのを見ましたけど……半年ぐらい前かな」

これは……金鉱を見つけたかと思ったが、実際には混乱するばかりだった。

本格的に話を聞く前に、麻生は将と原口を電話で呼び寄せた。二人とも上手く「当たり」を引き当てられなかったようで、すぐにやって来る。いきなり人が増えて、新居は明らかに腰が引けていたが、それでも三人を中に入れてくれた。

部屋は十五畳ほど。デスクが四つに、打ち合わせ用だろうか、テーブルが一つ置いてあるだけで、彼以外に人はいなかった。

「今日は普通に仕事なんですか？」

「いや、会社は休みなんですけど、私はちょっとやり残したことがあって」

休日出勤は、さっさと終わらせて帰りたいだろう。自分たちはとんだ邪魔者だと麻生は思った。せめて、できるだけ早く話を聞き出して、解放してやろう。

新居は、打ち合わせ用のテーブルに三人を座らせた。エアコンが強烈に効いていて、十分暖かい。麻生と原口は、座る前にコートを脱いだ。将は、鴨宮のショッピングセンターで手に入れた上着を着こんだまま。無礼だ、と怒鳴りあげようとしたが、そんなことをしている時間ももったいない。後できちんと、生活の基本について説教してやろう。

「引っ越した、という話でしたね」麻生は手帳に視線を落としながら答えた。何も書いていないが、手帳を確認しているのを見るだけで、相手は緊張するものだ。

「ええ」

「半年前？」

「はっきりとは分かりませんけど、たぶん」

「どうして引っ越しだと分かったんですか？」

「荷物を運び出していたからですよ」呆れたように新居が言った。「それぐらい、見れば分かります。うちの事務所は隣ですから、かなりどたばたやっていたのが聞こえましたしね。結構迷惑でしたよ」

「でも、今も誰かいるようですけどね。引っ越してきたんですか？」

「それは分からない……誰かが引っ越して来るのは、見ていないですね」

「どういうことなんでしょう？」

「それは分かりませんけど……」新居の顔に困惑の表情が広がった。

「どんな人たちでした？」麻生は質問を進めた。

「あまり顔は合わせませんでしたけど……」新居が不安そうに言った。「何て言うか、ちょっと暴力団っぽい感じがしました。だから、挨拶なんかしたことはないですよ」

「怖かった？」

「そうですね」新居がうなずく。「夜の街なんかでは、絶対に会いたくない人が何人かいましたね」

「何者なのか、分かりませんか？」

「そこまではちょっと……分からないですね」新居が首を横に振った。

どうも話が微妙にずれている。新居は、隣は「引っ越した」という。しかし、今でもあそこに誰かがいるのは間違いないのだ。まるで引っ越した振りをして、密かに身を隠しているような……アジトだろうか、と麻生は疑った。仮にアジト——潜伏場所であっても、出入りがまったくないことはないだろう。そして出入りがあれば、隣人には絶対に分かるはずである。

「その、引っ越しの時の様子なんですがね」麻生は食い下がった。「どんなものを持ち出していたんですか？　デスクや椅子とか？」

「そう言えば、そういうのは見てないですね。段ボール箱ばかりだったな」

「段ボール箱？」別におかしくはない。引っ越し荷物を段ボール箱にまとめるのは、極めて普通だ。

「段ボール箱ばかり、台車に乗せて何回も行ったり来たりしてましたよ。結構うるさかったし、長く続いたからよく覚えてます」

「慌てて夜逃げした感じじゃなかったんですか？」

「そういうわけでもないですけど……よく分からないな」

本多康夫の写真があれば、と麻生は思った。その辺りは、こちらの準備不足である。免許証などで、本多の顔写真を入手することはできただろう。田宮からもう少し情報をもらってから聞き込みを始めてもよかったのだ。どうやら、俺も警察時代のやり方を忘れているようだな……麻生は静かに首を横に振った。ボケるにはまだ早いぞ。

しかし、新居からはそれ以上の情報は出てこなかった。一つだけ分かったのは、新居は隣の部屋にいる連中をかなり恐れていて、できるだけ顔を合わせないようにしていたことだった。これでは、何をやっているか分からなくても当然である。

その後もマンションの聞き込みを続けてみたものの、土曜日ということもあって、情報は出てこなかった。田宮からの連絡もない。今日はどうも、ツキに見放されたようだ。

「取り敢えず、休憩にしよう」午後一時過ぎ、麻生は半ば白旗を上げるように言った。久しぶりに集中して聞き込みをしたので、疲れて腹も減っている。ひとまずエネルギー補給しておかないと。

マンションを出て、寒風が吹きすさぶ中、手早く昼食を済ませられそうな店を探して歩き始める。結局、山手線のガード近くにラーメン屋を見つけて入った。初めての店に入るのはリスクもあるが、この店はたまたま空いていたので、時間を最優先することにした。

カウンターしかないラーメン屋で、中に入ると暖かさにほっとする。ラーメン屋と思ったのは勘違いで、実はつけ麺の専門店……つけ麺など食べたことがあっただろうか、と麻生は記憶をひっくり返した。蕎麦屋のもり蕎麦のようなものだと分かってはいるが。

冒険はせず、一番無難なノーマルのつけ麺を頼んだ。原口と将は大盛り。

出て来たつけ麺を見て麻生は驚いた。うどんのように太い麺が、ラーメンの丼いっぱいに入っている。大盛りにした原口と将の麺は、明らかに丼の縁よりも盛り上がっていた。

「よくそんなに食えるな」麻生は思わず原口に言った。

「つけ麺は、スープじゃなくて麺を楽しむものですからね」

あっさり言って、原口がそそくさと麺を食べ始める。麻生も続いたが、口に入れた瞬間に目を白黒させることになった。麺の太さ、強いコシはともかく、スープの濃厚さは経験したことのないものだったのだ。豚骨味に加えて、魚介の香りも強い。

この手のつけ麺は、やはり初めてだった。慣れないので最初は食べにくかったが、すぐに味を楽しめるようになる。年寄りには少し脂分が強い感じではあったが、魚介の香りで箸が進む。なるほど……ラーメンも日々進化しているわけだ。鴨宮飯店のシンプルな醬油味のラーメンに慣れている麻生にすれば、新鮮な体験だった。まあ、この歳になって新しい経験ができるのも悪くない。日々、出会いを大事にしていかないと。

原口と将は、食べ終えるとつけ汁をスープで割って美味そうに飲んだ。最後に蕎麦湯を楽しむようなものだろうが、麻生は完全に満腹になっていたので、やめておいた。野菜が入っていないので、食事としてはどうかと思うが、とにかく腹は膨れた。

三人分の料金を払い、店を出た途端にスマートフォンが鳴った。田宮だろうか、と期待しながら画面を確認すると、鴨宮飯店の悦子からだった。

「どうかしましたか？」つい口調がのんびりしてしまう。腹が膨れると、人間は動作も話し方もペースが落ちるのだ。

「ちょっと変な話を聞いたんで、お知らせしようかと思って。こっちに来られませんか？」

「ああ、申し訳ない。今日は東京に出て来てるんだ」

「あら」悦子の声に、かすかに非難するような調子が混じる。「大事な話なんですよ。怜奈ちゃんのことで」

「怜奈ちゃん？」麻生は眉をひそめた。どうして悦子がそんな話を？　子ども食堂の関係だろうか。

「お客さんが話してるのを聞いたんだけど、文子さんの家に、怜奈ちゃんが入っていくのを見た人がいるんですよ」

「何だって？」麻生は思わず声を張り上げた。「あの二人、知り合いだったのか？」

「前島（まえじま）さんっていうお客さん、知ってますか？」

「さて、誰だったかな」

「最近まで、宅配便の配達をしてた人」

なるほど……自分の受け持ち地域のことなら警察官以上に知っている人たちだ。

「前島さん、本当に知らないんですか？」悦子が疑わしげに言った。「あの前島さんですよ。前歯が一本欠けてる」

「ああ、思い出した」以前は――彼が一年ほど前に配送員の仕事を始めた時には、歯は綺麗に揃っていた。ところが半年ほど前に前歯が一本消え失せ、そのままになっているのだ。喧嘩でもしたのかと思って聞いてみたら、ボクシングの試合で折ったのだという。前島は働きながらプロボクサーになろうとしていたのだ。

「彼は宅配の仕事を辞めたのか？　いよいよプロデビューか」

「違うんですよ。その逆で……ボクシングは諦めたそうです。それで配送の仕事も辞めて」

「ちゃんと食えてるのかね」直接関係ないことだが、つい心配になって聞いてしまう。お節介な癖は直らないな、と我ながら呆れてしまう。今時、こんなに他人の事情に首を突っこむ人間はいないだろう。

「それは心配ないみたいですよ。あの子、実家の仕事を継ぐみたいだから」

「実家は、鴨宮辺りなのか？」

「国府津のお米屋さん。前島米穀店って、知りませんか？」

「いや、国府津の方だとさすがに分からんな……それにしても、実家が米屋で、宅配便の仕事をしながらボクサーを目指していたとはね。なかなか複雑な人間だ——いやいや、それは余計な話だな。それより、文子さんと怜奈ちゃんの詳しい事情を教えてくれ」

「それが、ちょっと聞いただけだから分からないんですよ。この辺に配達で来て、たまたまうちでご飯を食べていっただけだから」

「今日？」

「ついさっき」

　実家で商売をしている人間なら、摑まえるのは難しくない。電話をかけて——いや、こういう話は直接会って聞くべきだ。しかし自分は、まだ東京から出られない。

　仕方ない。将を行かせよう。マンションで当てもなく聞き込みを続けているよりは、ましな情報が取れるだろう。まだまだ不安は残るが、これもやはり訓練——いろいろな人に会って話を聞くのはいいトレーニングだ。

　悦子との会話を終え、隣でぼんやり立っている将を見やる。話の内容は漏れ伝わっていたはずなのに、何も感じていない顔つきだった。一方原口は、真剣な表情を浮かべている。「文子」「怜奈」と二人の名前が同時に出て、何かあったと悟ったのだろう。こういう鋭さが刑事らしさ——違う。普通の人間なら、少し気を張っていれば気づくことだ。

「文子さんがどうかしたんですか？」

原口が訊ねたので、麻生は事情を説明した。原口の目が次第に細くなる。この状況を疑っているのは明らかだった。

「何だか突拍子もない話ですけど……」

「ただ、家は遠くないぞ」

「そりゃそうですけど、逆に言えばそれだけでしょう？」

「二人が知り合いだった可能性はあると思うか？」

「目撃証言が本当なら、間違いなく知り合いなんでしょうね。ただ、家が近い以外に接点はないはずですから、ちょっとピンとこないな。想像がつきません」

原口がわざと否定的に言っているのは明らかである。打ち消しの要素を入れることで、二人の考えが同じ方向へ流れてしまうことを避けているのだ。目の前に明らかな事実があるのでもない限り、一つの事象に対して多様な推測がある方が安全である。意見が同じで結論を急ぐと、間違った時に引き返せなくなる。

「とにかく、その配送員に話を聞いてみたいな」

「信用できますかね」原口が首を傾げる。

「配送員は、地元のことをよく知ってるよ。前島という男はうちにも何度か来たけど、なかなかいい奴だ」今考えると、小柄だが贅肉がまったくない、いかにもボクサーらしい体型だった。「……いい男なのは関係ないが、信用できる。まず、みっちり話を聞いて、情報を確認しよう。二人が知り合いだったと分かったら、そこから捜索の手を広げたい」

「まさか、二人が一緒に逃げているとか？」

「可能性は否定できない……そこで、だ」麻生は将の顔を見た。「将、お前の出番だ。国府津までひとっ走りしてくれ」

「国府津？」将はピンときていない様子だった。

「国府津が分からないのか？　鴨宮より一つ東京寄りの駅だ」本当に知らないのか、と麻生は呆れた。いくら何でも、それぐらいは分かっていて当然だと思うが。

「それは知ってるけど」将が口を尖らせる。

「そこに前島米穀店という米屋がある。たぶん、国道一号沿いだろう。そこで、前島という男から詳しく事情を聴いてくれ」

「そんなこと言われても……」

「何だ、できないのか」麻生は目を細めた。何でこの男はてきぱきと「分かりました」と言えないのか。

「できないわけじゃないけど」

「だったら、さっさと行ってこい。お前が着くまでに、俺が連絡を入れて、話が聴けるようにしておく」

麻生は財布を取り出し、一万円札を抜いた。将に向かって差し出すが、将は手を伸ばそうとしない。いいバイト代になるはずなのに。麻生は何度も札を突きつけた。

「ほら、こいつは交通費とバイト代だ。国府津は遠いから、さっさと出かけた方がいいぞ」

「何を聴くわけ？」

「今、俺たちの話を聞いてなかったのか？」麻生は目を剝いた。「文子さんと怜奈ちゃんが知り合いだった可能性がある。前島さんは、怜奈ちゃんが文子さんの家に入って行くのを目撃しているんだ。もしも二人が知り合いなら、今も一緒にいる可能性があるだろう？　確かめるためには、前島さんから話を聴くのが第一歩だ」

「だけど、二人が一緒にいるって……何のために？」

「それを調べるのが、この事情聴取の目的じゃないか。さっさと行って来い」

「自分で行けばいいじゃない」

「俺たちは、まだ東京でやることがあるんだ」

麻生は将の胸に一万円札を押しつけた。そのまま手を放すと、落ちかけた一万円札を将が辛うじて摑む。

一万円札を握った孫を見て、麻生はうなずいた。やはり頼りない……いや、「頼りない」と文句ばかり言っていてはいけない。東京で、それなりに情報は摑んでいたのだから。多少やる気を出したのか、もともとこの程度のことはできる能力があったのか。

とにかくこういう時は、次々と新しい仕事を与えるに限る。東京での聞き込みは行き詰まりそうな雰囲気だったから、今度は国府津――地元で事情聴取をすれば気分転換にもなるだろうし、新しい事実を掘り出してくるかもしれない。話を聴くのはそれほど難しくないだろうから、本人の自信にもなるはずだ。

「俺たちは、東京でまだ調べることがある。そっちで分かったことは、すぐに報告してくれ」

将が唇を嚙み締めた。まだ文句を言いたそう……しかし言葉は出てこない。ぶつぶつ文句を言う癖は、直りかけているのかもしれない。

「こっちは、夜までかかるかもしれない。だから、向こうで何か新しい動きがあったら、俺の指示を待たずに自分で判断して動いていいからな」

「何かあれば、ね」

「お前次第だ。情報を引き出してこい」

将は動かない……麻生は一歩前に進み出て、孫の肩を押した。将があっけなくよろめき、後ろに下がってしまう。まったく、もう少し足腰を鍛えろよ、と情けなくなる。この件が片づいたら、毎朝ジョギングをさせようか。

「行け。何か分かったらすぐに連絡しろ」

将がうなずき、踵を返して歩き出した。ただし、だらだらと……やる気がまったく感じられない。思わず「走れ」と声をかけようかと思ったが、そんなことをするのも馬鹿馬鹿しい。自分の頭で考えて、自分で何とかしろ。

独り立ちするためには、もう一歩、いやあと二歩も三歩も前に出ないといけない。それだけ前進するのに、どれぐらい時間がかかるのだろう。

将が角を曲がって姿を消したところで、またスマートフォンが鳴る。今度は待望の田宮だった。

「お待たせしまして」田宮の声はわずかに弾んでいた。麻生のために動けるのが嬉しくて仕方がない感じだった。五年前に奢ってやったことで、未だに恩を感じているのだろうか。何かと義理堅い人が多い警察官の中でも、田宮は特に真面目なタイプかもしれない。

「結論から言いますと、本多康夫はＳＨ社に籍を置いていました」

「過去形か？」

「今現在、いるかどうかは確認できていません」田宮が声をひそめた。「実は、ＳＨ社に対する捜査が進んでいます」

「容疑は？」

「詐欺」

麻生は思わず唸った。本田康夫が現在ＳＨ社に在籍していなくても、何か詐欺事件にかかわっている可能性はある。となると、文子がその件を知って……というのも、無理な考えではないだろう。

どうにも嫌な予感がした。

田宮は短い時間でかなりの情報を仕入れてくれていた。ＳＨ社に関しては、捜査中ということであまり情報が集まらなかったようだが、それでも取り敢えずは十分である。田宮はさらに、本多康夫について調べる、と請け合ってくれた。

電話を切り、聞いたばかりの情報を原口に説明する。

「あまりよくないですね」原口が顔をしかめた。

「ああ、本多康夫さんがまずい状況に巻きこまれている可能性も否定できない」

「そういう意味じゃないですよ」原口が言った。「ＳＨ社について警視庁が捜査しているとしたら、こっちは迂闊に首を突っこめないでしょう。向こうの管轄を荒らすようなことをしたら、問題になります」

「それは……そうだな」

「これ以上の調査はまずいかもしれませんよ」

「だったら、警視庁に全部任せるか？　神奈川県内の行方不明事件で、奴らが動くわけがない。そんな暇はないだろう」

「つまり――」

「調査続行だ」麻生はうなずいた。

第13章　二人の孤独

東海道線にだらだらと乗っていくのは本当に面倒だ……途中、何度か居眠りしそうになる度に、はっと目が覚めてしまう。何やってるんだろうな、と将は自分に呆れていた。

でも、疲れている。ここ数日の慌ただしい動き。昨夜、ネットカフェで寝たせいか、今日はずっと体のあちこちが痛い。背中と首が凝って、軽い頭痛もしているほどだった。

でも動き続けているのだから、途中で止まるわけにはいかない。

東海道線を、初めて国府津で降りる。駅前にはバスとタクシーの乗り場があるだけで、鴨宮以上にシンプルな光景だった。東海道線の北側はすぐに山になっていて、住宅地は駅の南側、国道一号沿いに広がっている。

途中、祖父から入った情報を確認し、スマートフォンの地図を見ながら歩き出す。バス乗り場の向こうには飲食店が何軒か、それに不動産屋や床屋があるぐらい。そこを抜けて左へ折れると、すぐ目の前が国道一号だった。この辺は、鴨宮と似たような光景である。マンションも何軒か建ち並んでいるが、昔ながらの一戸建ての家が目立つ。少し鴨宮方向へ歩いて行くと、目的の前島米穀店はすぐに見つかった。

「ごめんください」と声をかけて、引き戸を開ける。一歩足を踏み入れると、米の香りが強く漂っていた。米穀店だから当たり前だが……すぐに、小柄だががっしりした男が店の奥から出て来る。外は息が白く見えるほどの陽気なのに、半袖のTシャツ一枚という軽装だった。そのせいで、ワイヤーを編んだような腕の筋肉、完全にフラットな腹が目立つ。確かに、元ボクサーのイメージが強い。いかにも俊敏そうだった。

「新城といいますが……」

「ああ、麻生さんのところの。前に会ったことがありますね」前島の表情がパッと明るくなった。

「そうですか？」

「荷物を届けた時に……判子を押してくれたでしょう。三か月ぐらい前だったかな。覚えてますよ」

将の方では、まったく記憶になかった。そもそも、三か月前に一度だけ会った人間を覚えているものだろうか。適当なことを言われても、将の方では反論のしようもない。

しかし将の記憶もすぐに蘇った。前歯が一本ないというのは、かなり大きな特徴になる――ひどく間抜けな表情だったので、やはり頭の片隅に残っていたのだろう。

「配送の仕事は辞めたんですね」

「配送という意味では今も同じだよ。米専門になったから、昔より体力は使うかな。重いしね」

前島は気さくな男のようだった。ほっとして、勧められるまま椅子に腰を下ろす。狭い店内で米に囲まれ、丸椅子に座って向き合うと、すぐに落ち着かない気分になった。

「怜奈ちゃんが、本多文子さんの家に入っていくのを見た、という話ですけど……」将はすぐに切り出した。

「そう――たぶん、二か月ぐらい前だと思うけど。俺が宅配の仕事を辞める直前だったから」

「日時ははっきりしませんか？」

「そこまでは分からないな」前島が首を傾げる。

将は構わず質問を続けた。このところの経験で、答えが出ない質問にこだわり過ぎるとよくない、と分かっている。答えが出なければすぐ次の質問――そうやって会話を転がしているうちに、前に分からなかった質問の答えが出てくることもある。

「二人の顔は分かるんですよね」

「分かるよ」前島が気さくな調子でうなずいた。「だいたい、二回会うと覚えるから」

「すごいですね」将は素直に褒めた。自分は、人の名前と顔がなかなか覚えられないタイプだ。

「まあ、商売柄かな」前島が照れたように言って、人差し指で頬を掻いた。「ただ配るだけなら誰でもできるけど、それじゃあね。ちょっとした愛想があるといいんだよ。相手の顔と名前を覚えておけば、受けもよくなるから」

そこまで考えているのかと将は驚いた。ただ走り回っているわけじゃないんだ……。

前島の記憶は確かだった。文子の家の様子など、将が覚えているのと完全に一致している。元々抜群の記憶力の持ち主なのか、それともこういう仕事をしているうちに鍛えられたのか……宅配便の仕事では、細い道の一本一本、家の一軒一軒を頭に叩きこんでおかないと、効率的に配達できない。

「怜奈ちゃんの家にも配達に行ったことがあるんですね？」

「あるある。ちょっとおかしいと思ったんで、よく覚えてるんだ」前島が軽く首を傾げる。

「おかしい？　何がですか？」

「平日の昼間に配達に行って、いかにも中学生っぽい女の子が出てきたら、明らかにおかしいでしょう」

「ああ……」

「でも、こっちとしては注意するのも筋違いだから、荷物だけ渡してさっさと帰ったけどね。そういうことが二回ぐらいあったから、よく覚えてるんだ」

「本多文子さんの方はどうなんですか」

「よく知ってるよ。あそこは何回も行ってるから。いつもちゃんと丁寧に、『ご苦労様』って言ってくれる人だから、嬉しかったな」

「話をすることもあったんですか？」

「軽く立ち話ぐらい……天気の話とかですけどね。ちょっと大人しいけど、いい人だよね」

「ですね……」将は適当に話を合わせた。「それで、怜奈ちゃんが本多さんの家に入っていったのは……」

「日付はよく覚えてないからね」前島が慎重に言った。「でも、平日の午後だったから覚えてるんだ。そういう時間に、中学生が一人で歩いてるのって、やっぱり変だろう？　それで、人の家に入っていく――いや、勝手に入ったわけじゃないんだけどね」

「本多さんが家に入れたんですか？」

「そうなんじゃない？　ドアが開いて、本多さんも顔を見せたから、いかにも知り合いみたいな感じだったけど、あれ、何なのかね。あの二人、親戚とかじゃないでしょう？」

「ええ」

「とにかく、気にかかったからね」

文子と怜奈が知り合いだった――盲点だったと言うべきだろうか……しかし、あり得ない話ではない。将は、二人に何か関係があるとは考えたこともなかった。文子の家の近所で「怜奈を見たことがあるか」と聞き込みをしていたら、何か分かっていたかもしれないが……今からでもいいから、聞き込みをやり直すべきかもしれない。

「二人の様子、どんな感じでしたか？」

「どんなって言われてもねえ」前島が顎を撫でる。「何だろう？　仲がいい感じには見えなかったかな」

「仲がよくなくて、家に上げますかね」

「うん……そうだよね。でも本多さんの顔が……不機嫌っていうわけじゃないけど、結構真面目だったから。親戚の子とか知り合いの子が遊びに来たら、もうちょっと嬉しそうにするんじゃないかな」

「ですよね……」いったい何なのだろう。

近所づき合いがあって、子どもが親戚でも何でもない人の家に上がりこむ——誰もが用心深い東京と違って、人と人の距離が近い鴨宮なら、そういうこともありそうだ。

「何か、まずかったかな」前島が遠慮がちに言った。

「いえ、助かりました。でもちょっと……どうして鴨宮飯店で、そんな話をしたんですか？」

「ああ、あそこで昼飯を食ってて、たまたま知り合いと一緒になったんだ。そいつが、麻生さんが本多さんと怜奈ちゃんを捜しているって話してたもんだから、俺も思い出しちゃってさ」

「そういうことですか……」

今日の一連の動きも納得できた。それに、自分たちがやってきたことも無駄ではなかったとほっとする。あちこちで聞き込みをして、二人の名前を出しておいたから、何かあった時に人の噂にのぼるのだ。噂なんて無責任なもので、余計なことをぺらぺら喋る人なんか信用できない――そう思っていたのだが、考え直してもいい。口コミ――ネットの口コミじゃなくてリアルな口コミだって、結構役に立つ。何でもやってみるものだな、とつくづく思った。

前島に礼を言って、すぐに国府津駅へ引き返す。今度は文子の家の近くで聞き込みだ――逸る気持ちを抑えるために、駅のホームで祖父に電話をかける。どうせ何を言っても雷を落とされて、興奮なんか吹っ飛んでしまうんだから……だが、予想が外れた。

前島の証言を説明し、これから文子の家の近所で聞き込みをすると説明すると、祖父は一言「分かった」とだけ言った。

「え？」

「何が『え？』だ？」

「いや、何で文句を言わないのかなと思って」

「言うことがないだけだ。やるべきことが分かっているならさっさと動け！」

最後はやっぱり怒鳴られる……しかし将はついニヤリとしてしまい、うつむいた。祖父とのやり取りで心和むなんて、冗談じゃない。こんなの、全然自分らしくないぞ。

鴨宮へ戻り、祖父の家へ寄って自転車を引っ張り出してから、文子の家へ向かう。今度は、目的がはっきりしているから、聞き込みもやりやすい。怜奈ちゃんがこの辺にいるのを見たことはありませんか？

「見た」という話が何件も出てきた。東京の中学校から借り出してきた怜奈の写真――ものすごく不機嫌そうに写っていた――を見せると、何人もの人が「見たことがある」と言い出したのだ。

評判はよくなかった。前島と同じで、平日の午後に、どうして中学生がこんなところにいるのか疑問に思った、という人がほとんどだった。やはり怜奈は、あまり学校へ行かず、自宅近くでぶらぶらしていることが多かったようだ。中には、文子の家に入るところを見た人もいる。

間違いなく怜奈は、わざわざ文子に会いに来ていたのだ。怜奈の家と学校を直線で結ぶと、文子の家はそこからだいぶ離れた場所になる。つまり、文子の家を訪ねる以外に、怜奈がこの辺をうろつく理由はないはずだ。

この件も祖父に相談しよう――いや、それはもうちょっと先でいいか。今はもう一つ、気になることがあったから、そちらを確かめたい。怜奈の母親は、このことを知っていたのだろうか。

将は、小田原に転進することにした。駅まで行くのが面倒臭く、そのまま自転車を使う。小田原までは四キロぐらいしかないから、自転車ならあっという間だ。橋を除けばほぼフラットな道路なので、思い切り飛ばす。途中からは、スピードアップのために立ち漕ぎをした。ジーンズなのでそんなに漕ぎやすいわけではないけど、とにかく足の回転を速くすることだけを意識する。

怜奈の母親、紗子は、昼間は小田原駅の近くにある喫茶店で働いているはずだ。店の名前は覚えているものの、場所はどこだろう……そもそも今日は土曜日。店に出ているんだろうか。

駅前のロータリーをぐるりと迂回し、東通り商店街へ入っていく。駅の方へ抜ける一方通行だけど、自転車だから関係ない――細い道路を全力で飛ばして、正面からくる車にはクラクションを鳴らされたが、構うものか。今は一刻も早く紗子に会わないと。

商店街に入ってすぐの場所にあるコンビニエンスストアで、店の場所を訊ねる。商店街をこのまま真っ直ぐ、五十メートルほど——すぐ近くだったので、スピードを落として漕いでいく。最後は自転車から降りて押しながら、店を探した。

ビルの一階にある店『珈琲ファン』は、チェーン店ではない普通の喫茶店だった。こういうところのバイトは儲かるのかな、と不思議に思う。チェーン店ならば、客が入ろうが入るまいが、バイト代は決まっている感じがするけど。

自転車を電柱につないでロックし、店に入る。からん、とベルが鳴り、「いらっしゃいませ」の声がかかる——紗子だった。前に居酒屋で会った時とはずいぶん雰囲気が違う。あの時は暗かったというか、疲れていたというか……昼間働いている姿を見ると、何だか普通の人という感じだった。

将の顔を見ると、途端に表情を歪める。「何」と短く、不機嫌そうに訊ねてから、将を店の外へ押し出した。

「こんなところまで来て、何のつもりよ」

「手がかり——手がかりになるかもしれないことがあるんです」

紗子がびくりと反応した。娘に関心などないと思っていたのに、やはり気になるのか……少なくとも、初めての「手がかり」に、関心を持ったのは間違いない。

「本多文子さんという女性をご存じですか」

「本多さん……」紗子がすっと体を引いた。何か言いたげに唇が薄く開いたが、言葉は出てこない。

「ちょっと……ちょっと待ってくれる？　ここの仕事、もう上がりだから」

「待ちますけど、裏から逃げないで下さいよ」

「裏口なんかないわよ」

紗子が将を睨んだが、その目に力はなかった。逃げないな、と判断して、将はうなずき、紗子が店の中に消えるのを見送った。

五分ほどして、紗子が出て来た。といっても、薄いダウンジャケットを羽織っただけの格好である。ここから、もう一つのバイト先の居酒屋までは、歩いて五分ほど。そちらのバイトは何時からだろうか……いずれにせよ、少しは話す時間がありそうだ。

紗子に並んで、将は自転車を押して歩き出した。紗子は急いでいない様子――むしろ、歩調はのろのろしている。考え事をするように、ずっとうつむいていた。

「本多さんを知ってますか?」将は質問を繰り返した。

「うん……」

「知ってるんですか?」

「知ってるけど、そんなによく知ってるわけじゃないし……」

紗子の口調は歯切れが悪く、何が言いたいのかもよく分からなかった。将はさらに突っこもうとしたが、それより先に紗子が口を開く。

「怜奈が知ってるだけで……私は会ったこともないけど……」

「怜奈ちゃんの知り合いなんですか?　どこで知り合ったんですか?」

「詳しいことは知らないけど……どこかその辺で会ったんじゃない?　鴨宮なんて、そんなに広い街じゃないんだから」

「どういう知り合いなんですかね」

「ただの偶然なのよ」

紗子の説明に、将は首を傾げた。

紗子の話す「偶然」の中身を聞きながら、将は呆然(ぼうぜん)とした。本当に偶然と言うか……何か「見えざる力」が働いたのではないだろうか、とさえ思えた。

説明を聞き終え、将は思わず溜息をついた。娘の行方が分からず、表面上はともかく、相当動揺しているはずの母親に対して、こういう態度はよくないと分かっているのだが、どうしても抑えられなかった。

「何でもっと早く言ってくれなかったんですか」

「だって、怜奈がいなくなったのとは関係ないと思ったから……」

「関係あるかないかは、僕らが判断した方が確実だと思います」そういう自分も素人なんだけど、と思いながら、将は反論した。「全部話してくれていれば、もっと早く手がかりが摑めたかもしれないのに……」

「今さらそんなこと言われても……」紗子が唇を嚙む。そうしながらも、歩みは止めない。

「とにかく、二人が一緒にいる可能性は高いんじゃないですか？」

「そうかもしれないわ」

「どこへ行ったんでしょう？　やっぱり東京ですかね」

「それは、私には分からないけど……」

「捜します。ヒントは出てきたんだから、捜し出せると思います」

紗子がちらりと将の顔を見た。小さく溜息をつくと、「だけど……」とぽつりと反論した。

「何ですか？」

「あなたに言ってもしょうがないことよ」

「遠慮せず言って下さい。自分一人で解決できるんですか？」

「じゃあ、言うけど」紗子が突然大声を出す。「あの子が戻って来たって、ちゃんと育てられるかどうか、自信ないから！　十九であの子を産んで、何が何だか分からないまま、こうなっちゃったのよ！」

思い切り声を張り上げて言い、肩を揺らす。深呼吸を繰り返すうち、目が潤んできた。

この人、完全に怜奈を捨てたわけじゃない。将にはすぐに分かった。子どもが本当に邪魔だったら、目は乾いたままだろう。たぶん、子どもとどう向き合っていいか分からなかったのだ。まだ十代で子どもを産んで、頼る人もなく、右も左も分からないままで……僕は怜奈と同じ立場だ。母親との軋轢っ怜奈は家を飛び出し、僕は家に引きこもった。だから僕には権利が――何の権利だ？

「捜します」将はまた宣言した。

「捜すって、どうやって？」紗子が訊ねる。

「怜奈ちゃんと文子さんは一緒にいる可能性が高いと思います。二人一緒にいれば、一人よりも目立つはずです。だから、どこかに手がかりを残している可能性が高い」

「だけど……」

「大丈夫です。材料も揃ってきたんだから、警察もきちんとやってくれると思います。諦めないで、できるだけ警察に協力して、捜すんです。僕も捜します。だから……戻って来たら、怜奈ちゃんと話し合ってくれませんか？」

「だけどあの子、家を――私を捨てて出ていったのよ」

「あなたがそう考えているだけでしょう？　怜奈ちゃんが本当にそんなつもりだったかどうかは、ちゃんと話してみないと分からないじゃないですか」

紗子がまたうつむく。それでも歩くスピードが落ちないのが不思議だった。

「とにかく、見つけ出して無事に家に連れて帰って来たら、怜奈ちゃんときちんと話して下さい。そのために僕は頑張りますから……約束してもらえますか？」

紗子が小さくうなずく。声はなかったが、今はこれで十分だった。

紗子を次のバイト先まで送り、将は胸を張って自転車を押し始めた。何であんなに強いことが言えたのだろう。怜奈と自分の立場は似ている――それは間違いないけど、こんな風に入れこむなんて、本当に自分らしくない。人のことなんてどうでもいい、自分が適当に生きていければいい、ぐらいに思っていたのに。

ブレーキを握り、自転車を止める。スマートフォンを取り出して、祖父の番号を呼び出した。呼び出し音が鳴っている間、話すべきことを頭の中で整理する。

長い話になった。祖父は相槌も打たず、黙って聞いていたが、将が話し終えると短く一言「分かった」とだけ言った。

「東京へ戻る。そっちで見つかると思うよ」

「そうだな。すぐ戻って来い。実はもう、手がかりを摑んだ」

祖父との電話のやり取りにも緊張しなくなった。何だか、ずっと着ていた分厚い上着を脱いだような感じ……妙に身が軽い。

今なら何でもやれそうな気がしていたけど、自分を戒める。調子に乗るなよ。僕にできることなんて、ほとんどないんだからな。今日はたまたま上手く動けただけで、明日もチャンスが回ってくるとは限らない。むしろ、今日が例外だと考えるべきだろう。僕にそんな力があるわけがない――基本的に駄目人間なのだから。

東京へ戻り、祖父の指示通りに北千住へ向かう。北千住って……JRや東武線、地下鉄などが乗り入れる、東京の北の玄関口だ。これまた将には馴染みのない街で……基本的に、東京についてさえまったく知らないのだと痛感する。

問題の住所は、北千住駅と日光街道の中間地点にあった。北千住の駅前にはペデストリアンデッキができて、綺麗に整理された街になっているが、地上に下りると、途端にごちゃごちゃした繁華街が姿を現す。既に午後七時……小田原と東京を往復したので、何だかげっそり疲れていたが、それでも足取りは軽い。上手くいけば、今夜中にも怜奈を見つけられるかもしれない。

駅前からはアーケード街が続き、気安い店ばかりが並んでいる。店先に並ぶメニューを見ていると、財布のダメージをそれほど気にせずに、たっぷり呑んで食べられそうだ。酒を呑む人にとっては、天国のような街だろう。

スマートフォンの地図を頼りに、「千住ほんちょう商店街」に入って行く。表通りよりもさらに安く手軽な店が多いようで、この時間、道行く人の三分の二は既に酔っ払っているように見えた。まだ七時なのに、もう一次会が終わったのだろうか。

商店街をしばらく歩き、左折して日光街道の方へ向かう。ほどなく、一階が美容院になっている小さなマンションに辿り着いた。祖父の説明では、康夫はここに住んでいるということだったが……マンションの前には、祖父と原口、それに将が知らない男が一人いた。

そういえば祖父は、警視庁の人と電話で話していた。もう定年間近の年齢に見える第三の人物が、その人かもしれない。小柄で小太り、背中が丸まっていて、あまり頼りになりそうには見えなかった。将に気づくと、祖父がうなずきかける。原口は、本音が顔に出てしまったような渋い表情。第三の人物は、愛想のいい笑みを浮かべ、将に向かって右手を上げてみせた。

「警視庁の田宮さんだ」

祖父から紹介され、将はさっと頭を下げた。自己紹介する時に、例によって迷ってしまった。

「新城です。ええと、孫の……」

「麻生さんのお孫さんね」相変わらず笑みを浮かべたまま、田宮が言った。

「田宮さんには、非公式に協力してもらっている。俺たちも今着いたばかりで……本多康夫さんの家を見つけるのに、予想外に時間がかかったな」

「腕が錆(さ)びついたわけじゃないと思いますが」言いながら、田宮がコートの右腕をすっと撫でた。

「あんたの腕が錆びるわけないだろう」祖父が小馬鹿にしたように言った。「現役バリバリの、一線の刑事なんだから」

「いやいや、もう歳ですよ……」苦笑しながら田宮が首を横に振った。

オッさん——片方はジイサンだが——二人の軽いじゃれ合いは、馬鹿馬鹿しくて見ていられない。

二人がマンションを調べに行った隙に、将は原口に確認した。

「何で警視庁の人がいるんですか？」

「麻生さんの魅力としか……」

「昔、ちょっとした仕事で知り合ったそうだ。そういうきっかけで、麻生さんのシンパになる人は少なくないんだぜ」

「はい？」なんの話だ。

「世の中、変な人が多いですね」

「麻生さんの前では絶対に言うなよ」原口が唇の前で人差し指を立ててみせた。

「そんな怖いこと、死んでも言いませんよ」

二人はすぐに戻って来た。祖父の表情は渋い。「確かに本多さんの家だが、今はいないな」とつぶやく。

「何でここが分かったの？」将は訊ねた。祖父と別れて数時間しか経っていないのに。

「そこはそれ、天下の警視庁の力だ」

「つまり……追われてるってこと？」

「そうじゃない」祖父の表情が厳しくなる。「情報収集の一環として、だ。警察は何でも調べるものだからな」

将はうなずいたが、納得はできなかった。確かに、警察は様々なことを調べるのだろう。でも、犯罪に関係ない人の背景を調べるのはどうなのか……警察は大きな権力を持っているが故に、何でもできてしまう。それが気味悪かった。

「犯罪予備軍というのかな」田宮が静かな口調で話し出した。「別に彼が何かやったと決まったわけじゃないが……犯罪が起きると、その周辺にもいろいろな影響が出る——麻生さん、この件はちょっと話しにくいですね」田宮が苦笑した。

「確かに路上で話すようなことじゃない」麻生がうなずいて同意した。

「今日はどうするんですか？　このまま張り込みます？」

「そうしようと思っていたが……」麻生が将の顔を真っ直ぐ見た。

俺？　張り込みってマジで？　将は思わず目を見開いた。午後七時なのに、もうつま先が冷たくなるぐらい気温が下がっている。こんなところに一晩中立っていたら、絶対に凍死するだろう。

「車を用意しようと思う。ここは、張り込み場所としては悪くない」祖父が周囲をぐるりと見回した。「そこにコイン式の駐車場があるし、目の前は弁当屋だ。ついでに、そこの公園には公衆トイレもある」

聞いただけでうんざりだった。弁当を買いこんで車の中に座り、トイレに行きたくなったら公園に走る——そういう張り込みを、何人でやるんだろう？　一人きりでここに残されても困る。何しろ将は、運転免許を持っていないのだ。車も動かせない状況で、いったいどうしろって言うんだ。

「さすがに車は出せません」田宮が言った。

「レンタカーで十分だ」麻生がうなずき、スマートフォンを取り出した。

スマートフォンで、祖父がレンタカー店を調べた。この辺だと、日光街道沿いに何軒か店があるようだ。あーあ、本気で張り込みをする気かよ……ふいに、祖父の家が懐かしくなった。ベッドではなく布団で寝る生活は生まれて初めてで、何だか嫌だったのだが、今はあれが懐かしい。

「この場の張り込みは、俺とこいつで何とかする」祖父が将に向けて親指を倒した。

「いやいや、それはどうなんですか」原口が異論を唱えた。「無理しないで下さいよ。麻生さん、いい加減お歳を考えていただかないと——」

「馬鹿者！」

祖父がいきなり雷を落とす。慣れているはずの原口でさえ、首をすくめるような大音声だった。周りの目が気になり、将は思わず見回してしまった。幸い、注目は集めていない。

「自分の歳はよく分かってる。ジジイであることを否定する気もない。だがな、逆に言えば、どこまで無理できるかも理解できてるんだ。仮にここで一晩徹夜することになっても、何ということはない」

「いや、しかしですね」原口がなおも抵抗した。

「お前には本来の仕事があるだろう。今日一日引っ張り回して、休みを潰してしまったことは申し訳なく思う」祖父が頭を下げた。「これが事件なのかどうかは、まだはっきりしない。だからお前が仕事としてやることじゃないんだ。ここは俺——俺と孫の二人でやる」

「まあ——ここは麻生さんに任せましょう」田宮が祖父に助け舟を出した。「確かに事件と決まったわけじゃないから、我々はこれ以上は首を突っこめない。ただし麻生さん、何かあったらすぐに私に連絡して下さいよ。ここは——東京は私の庭なんだから。所轄には話が通るようにしておきます。何かあったら、すぐに救援部隊が駆けつけますから」

「申し訳ない」

祖父がまた頭を下げる。将には見慣れぬ光景だった。

「じゃあ……十分気をつけて下さいよ。それと、何かあったら私にも連絡して下さい」原口が渋々引き下がった。

「ああ。今日は面倒かけたな。面倒かけついでに、もう少しここにいてもらえるか？　車を調達してくるまで、現場を頼む」

「俺が行きますけど」

「俺名義で借りてこないと、後々面倒なことになるだろう」祖父が自分を納得させるようにうなずく。

「将……お前も車の免許ぐらいは取らないと駄目だぞ」祖父の攻撃の矛先がいきなり将に向いた。

「いや、免許なんていらないでしょう」

「こういうことがいつあるか、分からないだろう。張り込みに車を使うことは珍しくないんだから」

「張り込みって……」将は目を細めた。「警察官でもないのに？」

「そういう問題じゃない」

祖父がピシリと言ったが、何が「そういう問題じゃない」のかは分からなかった。

結局祖父がレンタカーを調達しに行き、将はその場に原口、田宮と残された。何となく居心地が悪い。初対面の人とすぐに打ち解けられない性格は、簡単に変わらないのだ。

「相変わらずだねえ、麻生さんは」田宮が笑いながら言った。

「何だか、ご迷惑おかけしてすみません」原口が頭を下げた。

「あの人を前にすると、何も言えなくなるんだよな。ある意味、こういうのは人徳と言っていいんじゃないか？　あなた、あの人とは長いの？」

「新人の頃から鍛えられました」

「それは……お気の毒というべきかな」田宮が苦笑した。

「そういう風に理解してくれる人がいるだけでありがたいです」

二人が声をそろえて笑った。笑ってる場合かよ……今現在、こうやって迷惑をかけられているこっちの身にもなってくれよ。

田宮の提案で、三人がばらけてマンションを見張ることになった。長い時間固まっていると怪しまれる——それはそうだろう。

祖父が戻って来るまでの三十分が長かった。離れて立っているので、二人とは話ができないし、スマートフォンを見ていて何か見逃したらまずい。

街は賑わっている——酔っている人が多いので賑やかな感じはするのだが、あまり環境がいいとは言えない。酔っ払いというのはすぐ人にちょっかいを出したがるものだから。将は大声で笑いながら近づいて来る集団を見つける度にうつむいてやり過ごした。

ようやく、一台の小さな車がやってきてコイン式の駐車場に入る。ドアが開いて車内が明るくなり、ハンドルを握る祖父の顔が浮かび上がった。どうにも冴(さ)えない表情……この張り込みは大事なはずなのに、何だか気合いが入っていない。

将は助手席に、原口と田宮が後部座席に座る。大人四人が乗ると、窮屈で空気が悪くなってくるようだった。

「二人は、ここで引き揚げてくれ」祖父が言ったが、何だか声が暗い。

「もうしばらくつき合いますよ。終電までには間があるし」

原口が言ったが、祖父はそれを拒絶した。実際、非常に強い口調で、将はびくりと身を震わせたぐらいだった。祖父は原口に対して当たりが強いが、今までこんな風にきつく言うことはなかったはずだ。

祖父の様子がどこかおかしいことに気づいたのか、田宮が「じゃあ、我々は先に引き揚げよう」と原口に声をかける。二人が外へ出たのを見て、将も慌てて追いかける。

「あの……何か、すみませんでした」二人に向かって頭を下げる。

「いやいや、あれが麻生さんだから」田宮が笑いながら言った。しかし、車の中にいる祖父を見た瞬間、表情を引き締める。「麻生さん、体調が悪いんじゃないかな？」

「そうですか？」

「普段は、もっと顔色がいいよ」

「それは……歳ですし」言われてみると気になる。

「気をつけてやってくれ」

田宮が将の肩を叩く。そうされると、一気に緊張感が高まってきた。

近くの弁当屋で幕内弁当とお茶を仕入れ、車内で夕食にする。別に侘しい感じはしないけど、何だか変な状況――平日の昼ごろなら、工事関係者がコイン式駐車場に停めた車の中で食事をしているのをよく見かけるのだが。

祖父は運転席ではなく後部座席に移っていた。後ろだって広いわけじゃないけど、運転席ではハンドルが邪魔になって弁当も食べられないということなのだろう。気になって、バックミラーを覗いてみる……確かにいつもの様子ではない。何だか食べるのも面倒臭そうで、箸をのろのろと使うだけだった。

「どうかした？」思わず聞いてしまった。「体調、よくないの？」

「まあな」

「何か……薬でも買ってこようか？」確か、近くに薬局があったはずだ。午後八時だから、まだ開いているかもしれない。ひとっ走りすれば五分で戻って来られる。

「いや、いい」祖父は即座に断った。

「別に、意地張らなくても……」

「意地なんか張ってない！」

声を張り上げたけど、いつもの元気はない。おいおい、大丈夫かよ……元気のないジイサンなんて、ジイサンじゃないだろう。

「医者とか行かなくていいの？」

「必要ない」

しかし、もう一度バックミラーを見ると、祖父の額に汗が浮かんでいるのが分かった。エンジンをかけて暖房を入れているとはいえ、汗をかくほど暑くはない。あれ、絶対に何か病気だよ……しかしこれ以上何を言っても、医者へ行くことはないだろう。変なところでも意地を張る人なのだ。

「いいから前を見てろ」

そんなこと言われても……気になって集中できない。とはいえ、何のためにここにいるのかを考えると、祖父の言葉は無視できなかった。将はスマートフォンを握り締めた。いざとなったら、一一九番に通報して救急車を呼ぼう。あ、でもここの住所が分からないか。

将はドアを押し開けた。

「どこへ行く」祖父の鋭い声が飛ぶ。

「ちょっと見回り」

実際にマンションの周囲をぐるりと回って来ることにした。念のためにドア――部屋は二階だった

――の前に立ち、インタフォンを鳴らしてみる。返事なし。部屋の窓から灯りも見えない。やっぱりいないと判断して、近くの電柱に貼られた住居表示をスマートフォンにメモして車に戻る。

祖父は辛うじて座っている感じで、体が傾いていた。胃の辺りを押さえている。後部座席のドアを開けて訊ねる。

「本当に大丈夫なの？」

「心配ない。薬は飲んだ」

薬？　祖父には何か持病があっただろうか？　いつも元気で、健康診断の時ぐらいしか病院に行かないはずなのに……七十歳にもなると、病院にはいろいろ縁がありそうなものだけど。

「無理しないで、今日は引き揚げない？」

「駄目だ」祖父が強い口調で言った。「今日が最初で最後のチャンスかもしれない。それを逃すわけにはいかないんだ」

「今日じゃないかもしれないでしょう」

「今日かもしれないだろうが」祖父が強い口調で言った。

どういう根拠があるのかは分からないが、意固地になっている祖父を説得できる自信はない。将は運転席に座り、ハンドルを抱えこんだ。運転なんか当然できないけど、こっちの方が、マンションはよく見える。

時間はじりじり過ぎた。時々バックミラーを見ると、祖父は目を瞑（つむ）っていて、静かに胸が上下している。寝ているのか……これじゃ、一人で張り込みしているのと同じだよ。にわかに責任感が増した感じがして、将は緊張した。

ダッシュボードのデジタル時計が十時に変わる。気づけば、二時間もこうしているわけだ……ずっとラジオをつけていたのだが、案外面白くて、つい聞き入ってしまう。夜の時間の潰し方って、いろいろあるんだな。

来た。

え？　将は一瞬、自分の目を疑ったけれど、間違いない。目の前を二人連れ——文子と怜奈が通り過ぎる。怜奈は文子の腕を取っていた。まるで足が不自由な文子を庇っているかのように。文子は足が悪くないはずだけど。

「来た」前を向いたまま小声で告げる。

「分かってる」祖父が呻くように言った。

「行って来るよ」

ドアハンドルに手をかけると、祖父が鋭く「待った」と声をかけてきた。

「だけど、やっと見つけたんだよ？　それも二人一緒に」

「いいから待て。あの二人は何しにここへ来たと思う？」

「文子さんは、息子さんに会いに……」

「じゃあ、怜奈ちゃんはどうして一緒にいる？」

答えられなかった。たぶん「つき添い」なのだが、あの無気力な怜奈が、文子を助けるとは考えられない。

「怜奈ちゃんが、文子さんをここまで連れて来たんだろう」将が考えていることを、祖父がそのまま口にした。「今声をかけたら、二人は逃げるかもしれない。二人はたぶんここで、文子さんの息子が戻って来るまで待つ気だろう。帰って来たら、そのタイミングで声をかけるんだ」

「何で今じゃ駄目なの？」

「お前を見たら逃げ出すかもしれないだろうが。文子さんには、取り敢えず息子に会ってもらいたい」

「何のために？」

「せっかく会いに来たんだから、会わせてやるべきだ」

「だけど、このまま帰るかもしれないでしょう」

「その時は尾行するんだ」

そんなことできるかよ……しかしこれ以上は逆らえない。

見ていると、二人はマンションの中に消えた。しかしほどなく出て来る。康夫がいないから当然だろう。マンションの前で顔を寄せ合って何事か相談していたが、すぐに閉店した弁当屋の前に移動する。建物の入り口を斜め前から観察できる場所だ。怜奈は文子にぴたりと身を寄せ、しきりに話しかけている。文子は疲れ切った様子で、自分では口も開かずにうなずくだけだった。

シャッターの前に立つ文子と怜奈は、ひどく居心地が悪そうだった。相変わらず人通りは多く、しかも時間が遅くなるに連れて酔っ払いが増えてきたので、老人と中学生が人を待つのにいい環境とは言えない。

このまま待っていていいのだろうか。康夫が帰って来る前に、誰かに絡まれたら……将はまたドアハンドルに手をかけた。

「どうするつもりだ」

「やめようよ。このままずっと待ってても、帰って来るとは限らないし。二人とも何だか不安そうだし」

「もう少し待て」祖父がゆっくりと体を起こした。飲んだという薬が効いてきたのか、少しだけ顔色がよくなっている。「息子が帰って来たら、すぐに飛び出せ。三人が揃った場面に立ち会うんだ」

「立ち会うって……どうやって」

「立ち会うは立ち会う、だ」祖父が苛ついた口調で言った。「何かトラブルがないように気をつけろ」

「トラブル……」

「殺し合いとかだ」

「まさか」

「何が起きるか分からないぞ」

将は唾を呑み、さらにハンドルを深く抱えこんで前傾姿勢を深めた。

じりじりと時間が過ぎる。将は弁当屋の前に立つ二人とマンションを交互に見遣った。あまりにも集中し過ぎて目が痛い。

来た。

康夫が帰って来たと分かったのは、文子がはっと顔を上げたからだ。康夫に気づいた……二人がゆっくりと店の前を離れる。

「来たみたいだ」

「行け！」

将はすぐにドアを開いた。車を出る直前に後部座席を見ると、祖父がいつの間にかシートに横たわっている。どうして？　元気になったんじゃなかったのか？　祖父が将を睨みつけ、苦しそうな声で「早く行け！」と叫ぶ。将は弾かれたように車を飛び出した。

康夫らしき男は駅の方から歩いて来た。将は男の方に突進し、そのまま通り過ぎた。背後を押さえ、逃げられないようにするつもりだ。

脇を走り抜けても、康夫らしき男はまったく気づかなかった。将の顔を――そもそも存在も知らないのだから当たり前か。

背後に回りこむとすぐに方向転換し、後をつける。男は元気なく、うつむいたまま歩いていて、待ち受けていた二人に気づく様子もない。

文子と怜奈は、男に一直線に近づいてきた。怜奈は文子を支えるように腕をかかえているが、実際には文子の方が怜奈を引っ張っているようだった。

周囲の空気が変わったのに気づいたのか、男がはっと顔を上げる。その瞬間、文子の表情が変わる。怒っているような、泣き出しそうな……康夫が慌てて踵を返し、将ともろに正面から向き合う格好になった。すぐに駆け出そうとするが、将は両手を大きく広げて行き先を塞いだ。康夫は、何が何だか分からない様子で、一瞬立ち止まる。

ああ、何だか……こんなに老けているんだ、と将は驚いた。康夫はまだ五十歳にもなっていないはずだが、顔には皺が、髪には白いものが目立つ。目に力がなく、この場の状況を把握していないのは明らかだった。

「康夫！」文子が声を上げる。それでスウィッチが入ったように、康夫が慌てて駆け出した。将が両手を広げて立ち塞がっているので、左に一歩を踏み出してスピードを上げようとする。将は素早く反応して同じ方向へ動き、腕を伸ばした。

康夫が身をよじって将から逃れようとしたが、将は思い切り身を投げ出すようにして、康夫の腰に両手を回した。短いコートの裾をしっかり摑んだまま、二歩、三歩と歩を進める。康夫がバランスを崩し、二人の体はもつれたまま、アスファルトに叩きつけられた。康夫が、空気が抜けるような息を漏らす。

すぐに、文子がまた「康夫！」と声を上げた——今度は悲鳴に近い。それはそうだ。目の前で息子がタックルを受け、アスファルトに叩きつけられたのだから。

将は先に立ち上がり、康夫の腕を引いて立たせた。何が起きたのか分からない様子で、康夫は呆然としている。本当は将も呆然としていたのだが。

「よし、そこまでだ！」

突然祖父の声が響き、将は驚いて振り向いた。何だよ、体調が悪いんじゃないのかよ……祖父はいつものように堂々と立ち、将に鋭い視線を向けてくる。次いで康夫を睨みつけた。

「あんたが本多康夫さんだね？」

康夫は反応しない。喉仏が小さく上下するだけだった。将はまだ康夫の腕を握っていた——しばらく離さない方がいいだろう。

文子がやって来て、康夫の腕を撫でる。本気で心配している様子で、不安げな表情を浮かべていた。

「あなたの家はそこのマンションですね？」祖父が訊ねる。「せっかくお母さんが訪ねて来たんだから、そこで話をしませんか？　今夜はかなり冷えこむ」

「いや、それは……」

「母親を入れられないような部屋ですか？　そんなこと、ないでしょう。とにかく場所を変えましょう。こんな寒いところにいたんじゃ、話もできない」

祖父の迫力に押されたのか、康夫がのろのろと歩き出す。念のため、将は彼の腕を摑んだままにしていた。

康夫と並んで、文子も歩き出す。何か言いたそうだったが、口はつぐんだまま。途中から、怜奈が合流した。将の顔を見ると、呆れたように「何してんの」と訊ねる。

「それはこっちの台詞だよ。皆心配してるんだぞ」

「皆って、誰？」

答えに窮する。一番心配しているはずの母親は、ほぼ無視。中学校の先生たちだって、本気で心配している様子ではない。会ったら話すべきことはいくらでもあると思っていたが、いざとなると会話を進められない。この子に何を言ってあげたらいいんだろう。

康夫が渋々自分の部屋のドアを開ける。狭い玄関、かすかに黴臭い。灯りをつけると、廊下に封をしたままの段ボール箱がいくつか置いてあるのが見えた。引っ越してきて、荷物を開けずにそのままにしている感じ。その先がキッチン付きの狭い部屋で、五人が入ると息苦しいほどだった。

「さて」祖父がいきなり両手を叩き合わせた。「文子さん、無事でしたか。体の方は何ともないですか？　ずっと心配していたんですよ」

「ええ、まあ……」文子が口を濁す。

「無事に会えてよかったです。用事が終わったら、鴨宮に帰りましょう」微笑みながら言って、康夫に視線を向ける。「あなたは、お母さんにずっと心配をかけていた。当たり前ですよね？　詐欺グループに入っていたんだから。あなたが勤めていたSH社は、大規模な詐欺事件の疑いで捜査の対象になっている」

警視庁だけでなく、怜奈の母親・紗子も同じ情報を知っていた。怜奈が文子から聞き、それを紗子に話し……逮捕された怜奈の義父も、同じ詐欺グループの一員だった。世間は狭いと考えるべきなのかと、将は今日の午後からずっと混乱していた。

祖父は極めて冷静、かつ論理的に話を進める。現役の刑事だった頃にはこうだったんだろうな、と簡単に想像できた。

「去年摘発された投資詐欺事件にSH社も関与していた。そしてあなたは、その一員だった」

「そんなことはない！」康夫が声を張り上げたが、迫力はなかった。

「いや、警察はあなたを監視下に置いていた。去年摘発されたグループは、主なメンバーが逮捕される前に、稼いだ金を安全な場所に移動させた——その舞台として使われたのが、あなたが所属していたSH社と見られています。つまりSH社は、一種の倉庫、ないし金庫だった。ところがあなたは去年——詐欺グループが摘発されたタイミングで、SH社から逃げ出したんですね。自分にだけは罪が及ばないようにと考えたんでしょう。当然、家族とも連絡は取らない——取れなかったでしょうが。何しろ、実のお母さんも詐欺被害に遭っていたんですから」

「あれは俺じゃない！」

「それは信じたいですね。さすがに実の母親を欺(だま)して金を巻き上げるなんて……まあ、親に対してもっと悪いことをしている人もいますがね。とにかく、自分の仲間が文子さんを欺していたことも、あなたがSH社と距離を置くようになった理由の一つでしょう。ところが文子さん——あなたは、息子さんが詐欺グループにいたことを知っていたんですよね？」

祖父の指摘に、文子が惚けたような表情でうなずいた。

「投資詐欺は、電話での勧誘から始まったんじゃないですか？　だいたい決まって、そういう手口ですからね。あなたはそれに乗ってしまった……それはしょうがないことです。人を欺して金を巻き上げるプロはいますから。問題は、詐欺グループの連中が、息子さんの名前を出したことです。息子さんもやっているビジネスだから安心していい——そんな感じでしたか？」

文子がまた無言でうなずく。表情は険しい。自分の迂闊さを呪い、欺した相手に対する怒りをつのらせているのだろう。

「康夫さんは、その件に関してはノータッチでしたね？　あなたの仲間が、偶然電話で接触した相手が、本多文子さんだと分かった——そういうことでしょう？　でもあなたはそれを知って、詐欺グループから離れようと決心した」

康夫がうなずく。この状況をまだ把握できていないようだと将は思った——そう考えた瞬間、話したくてうずうずしてくる。このまま、祖父にこの場の主導権を渡すのはもったいない。どうせなら僕が主役になってやる。

「去年摘発されたその詐欺グループには、怜奈ちゃん——君のお父さんがいた」

指摘すると、怜奈が不満げな表情を浮かべたままうなずく。祖父は何も言わない。将は続けた。

「お母さんに聞いたんだけど、君は偶然、文子さんと知り合ったそうだね。文子さんの家の前で転んで足を挫いて、それを文子さんが助けてくれた。怪我の手当てもしてくれた。文子さんは優しかっただろう？」

怜奈がまたうなずく。今度はそれほど不満そうではなかった。

「文子さんは、自分の子育てに失敗したと思っていた。娘さんはともかく、息子の方は……詐欺事件に手を染めるような人間になってしまったから。そこへ君が現れた。文子さんは親しくなった君に、詐欺の被害に遭ったことを話した。君は、もしかしたら自分の義理の父親が迷惑をかけていたかもしれないと思って、心配になった。結局、直接かかわっていたかどうかは分からなかったけど――君は君で、自分の家族への不満を文子さんに打ち明けた。子育てを失敗した後悔があったせいか、文子さんは君の相談に乗って、優しく面倒を見てくれた。もしかしたら君たちは、家族のようなものだったかもしれないね」

怜奈が唇を嚙む。ずっとうつむいていたが、突然顔を上げると、力強い視線を将に向けてきた。

「文子さんは息子さんを諭して詐欺をやめさせるために、行方を捜したかった。でも、一人ではそんなことができるかどうか分からないから、君がつき添って一緒に東京に出てきたんだよね？　要するにボランティアみたいなものだ」

「だって……」

「今は何も言わなくてもいい。取り敢えず、事実を確認させてくれないかな」

将が言うと、怜奈が無言でうなずく。今までにない素直さだった。

相変わらず祖父が何も言わないので、将はそのまま話を続けた――今度は文子に向かって。

「結局ここで会えましたけど、これからどうするんですか？　僕たちも、そこまで詳しい事情を知っているわけじゃないから、息子さんと話して下さい。もしも邪魔だったら、外で待ってます。怜奈ちゃん、君もだ」

「私は……」怜奈が不満げに唇を尖らせる。

「これはあくまで親子の問題だから。君も僕も、直接は関係ないんだ——でも、君がやったのはいいことだと思う。人のために、こんなに一生懸命何かをやることなんて、滅多にないよね。ただ君は、家出したことになっている。警察も捜している。文子さんと康夫さんの話し合いが一段落したら、鴨宮に帰ろう」

「帰りたくない……」怜奈が幼子のように不平を漏らした。

「でも、君が帰る場所はあそこだけなんだよ」

怜奈の目から涙が溢れる。ゆっくりと首を横に振るその姿は弱々しかったが、絶対に自分の考えを曲げようとはしないだろう、と将は思った。怜奈には子どもっぽさが多分に残っているが、その芯（しん）には、大人よりもよほど強い信念がある。

怜奈の問題は置いておくことにして、文子に視線を戻す。

「結局、息子さんのことが心配だったんですね。それで、怜奈ちゃんと相談して、慌てて家を出たんじゃないですか？　だから僕たちは、あなたが失踪したか、誰かに拉致されたんじゃないかと疑った。でも実際は、息子さんに会うために、怜奈ちゃんと一緒に東京へ来ただけだったんですね……それは分かりますけど、家の鍵は締めるべきでした。僕たちは、何か事件に巻きこまれたんじゃないかと勘違いしたんです。どうして開けっ放しにしたんですか」

「……ごめんなさい。あの時、ある人から電話がかかってきて、急いで出なくちゃいけなくなって」

「誰ですか？」

「康夫の……息子の昔の友だちです。私が知っている限り、連絡を取り合っていたたった一人の人で、協力してくれていたんです」

文子が素直に頭を下げる。自分の祖母ほどの年齢の女性にこんなことをさせているのだと思うと胸が痛んだ。しかし将は、ピンときた。あの日……小田原で偶然怜奈に会った日。怜奈は「約束」と言っていた。あれは、小田原駅の近くで文子と会う約束だったに違いない。

「その翌日に、怜奈ちゃんと落ち合う約束だったんじゃないですか？」

「そうです。その件もあって慌ててしまって、鍵をかけ忘れたんだと思います。普段は絶対に、そんなことはないのに」

翌日の準備をしていたところに急に予定が入って、パニック状態になったのかもしれない、と将は納得した。

文子が、突っ立ったままの康夫に近づいていく。腕にそっと触れると、「あんた、大丈夫なの？」と本当に心配そうに声をかけた。康夫がうなずいた瞬間、祖父が「ちょっと待った！」と声を張り上げる。

何なんだよ……将はうんざりして、祖父の顔を見た。祖父は真剣で——いや、怒っている。顔は紅潮して、耳まで赤くなっている。

「あなたがすべきことは、そんなことじゃない！」

文子が戸惑った様子で、そう指摘した祖父の顔を見やる。康夫も困っているし、怜奈は所在なげだった。

「今、説明したことは、だいたい合っていますね？」

文子、康夫とも返事はしない。だが表情を見る限り、祖父の指摘をちゃんと受け止めているのは明らかだった。

「文子さん、あなたが親としてやるべきなのは、息子さんを怒ることじゃないでしょうか。今までいろいろ辛いことがあったんでしょうが、彼が道を踏み外したことに間違いはない。そういう子どもに対しては、きちんと怒ることが大事じゃないですか？　何歳になっても、子どもは子どもなんですから。間違ったことをしたら、康夫さん、親としてしっかり叱ってやるべきでしょう。そうすればきっと、新しい道を歩き出せますよ。康夫さん、あなたも覚悟を決めないと」祖父がぴしりと言った。

文子は戸惑っていた。「怒る」という選択肢はなかったのだろう。子育てを間違ったのは自分だ、こうなったのは自分の責任だと思っているに違いない。だから慰め、気を遣い、なんだったら家に受け入れてやる——祖父は、そういうことを一旦拒否しろ、と言っているのだ。

「さあ、怒りましょう」祖父がけしかける。「それが、親としてのあなたの義務ですよ」

文子はその場を動かなかった。しかし、体を揺らしている。動き出そうとしてはいるが、どう動いていいか分からない様子だった。

「我々の年齢だと、昔は子どもに手を上げることも珍しくなかったでしょう。その時のことを思い出せばいいんですよ。あなたも痛いでしょうが……その痛みは親としての責任ですよ」

祖父の言葉で決心を固めたようで、文子が一歩前に踏み出す。康夫とはかなり身長が違うので、頬を張るにも一苦労——しかし文子は、思い切り伸び上がるようにして右手をふるった。パチン、という甲高い音が響くと同時に、康夫の顔が歪む。次の瞬間には、康夫は情けなく尻餅をついていた。

第14章　出直しの日

一時間ほど、文子は息子と二人だけで話し合っていた。怜奈がまだ夕飯を食べていないというので、麻生は近くの店へ連れて行った——といっても、チェーンの安いイタリア料理店だ。

怜奈が旺盛な食欲を発揮しているのを見て、ほっとする。何というか……麻生は軽い感動を覚えていた。この子にもいろいろ問題があるにしても、偶然知り合った近所の高齢者のために必死で動き回っていたことは、評価したい。家出のような形になってしまったのは褒められたものではないが、誰にも相談できなかったのだろう。義父が罪を犯した問題はあるし、母親は自分の殻に閉じこもっているようで何の相談もできないし——怜奈には、黙って文子と街を離れる以外の選択肢はなかったはずだ。

二人でいる間、どこにいたのかを訊ねると、「あちこち」という答えが返ってきた。二人で康夫を捜しながら、旅館やホテルを転々としていたという。金を出したのは、当然ながら文子。その間、二人でいろいろなことを話した——それで怜奈は変わったのだろう、と麻生は思った。これまで肉親ときちんとした関係を築けてこなかったのが、祖母のような存在に触れて変化したのかもしれない。たぶん文子も、親身になって話を聞いたはずだ。

東京に住んでいる頃、怜奈は学校でリーダーになるような性格だった。そういう積極性は家族の問題で引っこんでしまったのだろうが、文子との交流で、本来の自分を取り戻したのかもしれない。

自分のようなお節介が余計なことをしなくても、子どもは何とかなるものだ。思わず反省してしまう。いい歳して、俺もまだまだ修行が足りないな。

約束通り、一時間後にマンションのドアをノックする。二人が揃って玄関に顔を見せた。

「どうしますか？」

「鴨宮に帰ります……二人で」

麻生は黙ってうなずいた。いずれ、詐欺事件に関して、警察も康夫に話を聴きたがるだろう。その際は協力せざるを得ないはずだ。犯人の隠匿となれば、文子にも罪が着せられるかもしれない。その辺りについては、自分がきちんと筋道を立てて説明しないといけないな、と麻生は頭の中にメモした。

「あなたはそれでいいんですか？」

訊ねると、康夫が無言でうなずく。まだショックを受けているようだが——取り敢えずこれでいい。五人で鴨宮へ戻ろう。

小さいレンタカーに五人が乗ると、アクセルの反応が鈍い。しかも車内はほとんど無言。居心地は最悪だが、こんなものだろう。和気藹々（わきあいあい）と話をしながらドライブを楽しむ雰囲気でもない。

先に、文子と康夫を家の前で降ろす。康夫はすっかり元気をなくし、人生の失敗全てをこのタイミングで背負いこんでしまったかのようだった。当たり前だ。犯罪に手を染めて、無事に逃げ切れると思ったら甘い。とにかく親子で話し合い、反省し、その後で警察に出頭するなりして、人生をやり直す手を考えねばならないだろう。しばらくは見守ろうと麻生は思った。お節介も、やっていい時と悪い時がある。今は後者のタイミングだ。

次は怜奈の家だ。そろそろ紗子が仕事から戻って来る時間だから、無事に引き渡せるだろう。

助手席に座る将が、突然口を開いた。体を捻って、後部座席右側に座る怜奈の顔をしっかり見る。

「お父さんのこと、気になってたんじゃないの？」

「別に」

「気になってたから、文子さんのことも……自分に責任があるように感じてたとか？　そうでなきゃ、ここまではしないよね」

「関係ないし」

「そうか……」

将があっさり引き下がった。それからスマートフォンを取り出し、何か操作する。何をやってるんだ、と聞こうとしたが、敢えて口には出さなかった。何かやるなら——自主的な判断に任せよう。まずいことになったら、後で対策を考えればいい。

「お母さん、心配してたよ」前を向いたまま、将が言った。

「あり得ないよ」

「お母さんとちゃんと話してる？　話してないだろう？　だったら分かるはずがない。ちゃんと話せばいいじゃないか。話せば、何か新しいことが始まるよ」

ほう……なかなか言うじゃないか。言い方は稚拙（ちせつ）だが、言っていることは間違っていない。会話は全ての始まりだ。無言の状態では何も生まれない。

麻生はわざとゆっくり車を走らせた。将はまだ何か、怜奈に言うことがあるかもしれない。しかし予想に反して黙りこんだままだった。怜奈も何も言おうとしない。バックミラーを見ると、目を閉じ、眠っているようでもあった。さすがに疲れたのか……そんなに遅い時間ではないが、中学生にはなかなかきつい体験だったはずだ。人捜し、家族でもない人との旅、そしてある種の修羅場との遭遇。刺激が強過ぎただろう。

怜奈が住む団地に着いた。これから部屋まで送り届けるが、紗子は帰っているだろうか。いなければ、帰宅を待つことになる。いきなり二人きりにしたら、互いに感情が爆発して大変なことになるかもしれない。まずは引き合わせて、自分が事情を説明し、なるべく衝突のショックを少なくして軟着陸させる——麻生は、紗子に対する説得の言葉を頭の中で練り始めた。

ところが、その計画は吹っ飛んだ。

紗子が、団地の一階、階段の前で待っていたのだ。どうしてここにいる？　怜奈を見つけたことも連絡していない——将だな、とすぐに分かった。こいつ、さっきからスマートフォンで連絡を取っていたのだろう。紗子との間に、ある種の信頼関係が生まれていた可能性もある。そもそも怜奈と文子の関係も、将が紗子から聞き出してきたわけだ。自分にはできなかったことを孫がやった——そう考えると、誇らしいようなムカつくような、何とも言えない気分だった。

「さ、着いたぞ」

麻生はさらりと言って、エンジンを切った。将がさっと車から降りて、後部座席のドアを開ける。シートの上で固まっている怜奈——母親を見つけたようだ——の腕を引っ張って強引に車から降ろし、腕を摑んだまま、紗子のところまで連れて行く。さて、どうなることか——黙って見ていると、怜奈は紗子から二メートルほど離れたところに立った。二人とも無言。しかしそのうち、怜奈が一歩、近づいた。すると紗子が二歩近づく。次の瞬間には、紗子は怜奈を抱き締めていた。怜奈の肩が震えだす。将は、少し離れて二人を見守っていた。

一応、二人きりにしておいても大丈夫と判断して、麻生は現場を離れた。こんな時間まで歩き回るとさすがに疲れる——明日には車を返しに北千住まで行かないといけないと考えると、疲労感がいや増すようだった。どうせなら朝一番で出かけよう。日曜午前中の早い時間は、東名も首都高も混まないはずだ。

「さっき、さ」将が突然口を開いた。

「何だ？」

「調子が悪そうだったけど、あれ、嘘だよね」

「どうかな。俺も年寄りだから、いろいろあるんだ」

「体調が悪かったことなんか、今まで一度もなかったでしょう。仮病だよね。僕が一人でやれるかどうか、試したんでしょう？」

「まあまあ……無事に済んだんだから、それでいいじゃないか」

「テストは合格だったわけ？」

「俺がそう簡単に合格させると思うか？　あんなのはテストでも何でもない」

将が溜息をついた。まったくもう、とでも言いたそうだったが、言葉は出てこない。

麻生は逆に訊ねた。

「車から紗子さんに連絡してたんだな？」

「そう」

「あそこで待っているとは思わなかった」

「紗子さんだって、怜奈ちゃんのことは心配してたんだよ。僕らには正直に言えなかっただけで。自分のことで精一杯っていう感じだし」

「だろうな」

「だから、何かきっかけがあれば……今回のことで、親子関係を修復できるかもしれない」

「お前もいろいろ考えてるわけだ」

「一応ね」

「紗子さんには、何か別の仕事を見つけてやった方がいいだろうな。昼間の仕事だ。そうすれば、親子で過ごす時間も増える」

「会話がないとね」

「お前も分かるようになってきたか」

「どうかな」

将が肩をすくめる。頼りない仕草だったが……たぶん何かが変わったのだ。


しばらく、麻生は忙しく動き回った。まず、文子との何度かの面会。康夫はずっと母の家にこもっており、基本的には詐欺事件に加担したことを反省しているようだ。麻生が原口と話した感触では、自ら出頭すれば逮捕はされないかもしれない……警視庁も目をつけていたが必死で追跡していたわけではなく、つまり、重要な容疑なしと判断していたのかもしれない。警察に対して協力的な態度を示し、なおかつ自分が身元保証人になれば、最悪でも任意の事情聴取で済むのではないか。

この件については、田宮に骨を折ってもらおう。いや、彼にしても単なる骨折りというわけではないだろう。何しろ去年発覚した投資詐欺事件はかなり大規模なもので、現在に至るまで犯人グループの全体像は明らかになっていない。口を拭って、地下に潜伏している人間も少なくないだろう。そこで自ら警察に出向き、「知っていることを話す」と切り出せば、警察としても悪い印象は持たないはずだ。田宮経由で話を進めれば、彼の手柄になるかもしれない。

この件は近々片づけることにした。康夫ではなく文子を説得するのが大変そうだったが……文子にすれば、疎遠になってしまった息子との関係を修復するいい機会である。再会の時には厳しく叱りつけたが、その後自宅では、まるで幼い子の面倒を見るように世話を焼いているようだった。

奇妙なことに、ほんのわずかな間に、康夫は太り始めた。どうやら、詐欺事件にかかわっていた間、そしてその後の潜伏生活では、ろくなものを食べていなかったようなのだ。かつて食べ慣れた母親の料理で、急速に体重が回復しているとしたら……母親の力というのは大きい。

文子に確認すると、康夫は去年の夏、詐欺グループから逃れるために当時住んでいたアパートを引き払い、地下に潜伏した。所持金はわずかで、仙台(せんだい)と名古屋(なごや)で、建設作業員などの仕事をしながら何とか生活していたという。ふざけたことに、時々文子に電話をしては金を無心し、文子もそれに応じて、康夫の仮り住まいに金を送り続けていた。彼女が時々三十万円というまとまった金を自分の口座から引き出していたのは、そのためである。潜伏生活の間にグループの人間は多くが逮捕され、ほとぼりが冷めたと判断して、今年の夏に東京へ舞い戻って部屋を借りたのだった。しかしあまり仕事もなく、文子たちに発見される前の一週間ほどは、ほとんど飲まず食わずの生活だったらしい。あの日は仕事の面接に行き、ようやく清掃のアルバイトを見つけてきたのだという。

その間も、ずっと連絡を取っていた友人が一人だけいた。小学校からの友人で、ごく普通のサラリーマン。康夫は援助を求めることはなかったが、時々電話を入れて愚痴を零していたらしい。文子はその友人のことを知っていて、彼を通じて康夫の居場所を見つけ出したのだった。文子が鍵もかけずに家を飛び出したのも、この人物から「家が分かるかもしれない」と急に連絡が入ったからだ。

この親子を引き離すのは気が進まなかったが、それでもやらねばならない。事件——犯人グループの一人の存在を知っていて無視することは、元刑事にして防犯アドバイザーである麻生には絶対できないことだった。

もう少し時間が必要……それでも、年内には決着をつけるつもりだった。こんな件を、年越しさせるわけにはいかない。新年は、すっきりした気持ちで迎えたかった。

もう一つの問題は、怜奈と紗子のことだった。崩壊し始めていたあの家庭をどう立て直すか……しかしこちらは、麻生が懸念していたよりも順調に進んだ。

怜奈が学校に行き始めたのだ。学校側に探りを入れてみると、クラスの友だちとの関係はまだ多少ぎくしゃくしているものの、吹奏楽部の練習を見学に行ったという。東京の中学で楽しんでいたブラスバンド……怜奈は必死で、日常生活を取り戻そうとしているのかもしれない。

紗子とは何度か話した。麻生は昼間の仕事をするように勧めたのだが、当初は乗り気ではなかった。昼間働きたくないわけではないが、どうしても制約が多い。自分にも借金があるから、二つのバイトをかけもちしないと行き詰まってしまうし、そもそも小田原辺りではあまり選択肢もない。何か手に職でもあればいいのだが……それでも紗子は最終的に、「何か探します」と宣言した。それが口先だけでないのは、目を見れば明らかだった。

全てはゆっくりと、しかしいい方向へ回り始めている。

様々な誤解、そして意地が生んだトラブルだったが、もう余計な心配はしなくていいだろう。地元には平和が戻ってきた。

問題は将か……本人は、あの騒動がなかったかのように淡々と毎日を送っている。小田原の観光協会でのバイトも休まず続けていて、それとなく様子を聞いてみると、なかなか真面目に仕事をしているようだ。何かとだるそうにしているのは今まで通りだが、何かが変わったのかもしれない。

最初のバイト代をもらって来た日、思わず訊ねてしまった。

「何か買うのか」

「いや」

「貯金か」

「そうだね」

孫はたぶん、この家を出たがっている。一人暮らしの資金を貯めるつもりなのだろう。毎月のバイト代は雀の涙程度で、いったいいつになったら一人暮らしの資金が貯まるのか……まあ、いい。何か新しいことをやろうとする気持ちが大事なのだ。


年が明け、最初の子ども食堂が開かれる日になった。もう正月という感じではないが、この日は特別に餅つきをすることになっている。子どもたちも参加して、自分でついた餅をその場で食べるのだ。臼(うす)と杵(きね)は、麻生が地元商工会の青年部から借り出してきた。毎年年末に青年部が餅つき大会をする時に使うもので、珍しく、短期間で二度目の出動になったわけだ。もち米は、悦子たちが鴨宮飯店に用意してくれることになっている。

いつもより少し早く、麻生は午後四時に店に出向いた。ちょうどもち米を蒸している最中だった。

子どもたちも集まっていて、餅つきが始まるのを心待ちにしている。何ということもないイベントだが、子どもたちには受けがいい。こういうのは、いつの時代でも変わらないものだ。何十年も前、麻生が子どもの頃も、年末の餅つきは楽しみだった。

　将が、杵を持って店から出てきた。何だかよろよろしている。杵ごときで実に情けない……麻生は鼻を鳴らした。

　その時、視界の隅に、怜奈の姿が入った。一人……しかしいつもと違い、顔を上げて、結構な大股で歩いている。表情は険しい。険しいというか、自分に気合いを入れているような感じだった。子ども食堂へ顔を出すだけでも、かなりの勇気をふり絞らねばならなかったのかもしれない。

　麻生に気づくと、怜奈が立ち止まり、ひょこりとお辞儀をした。いかにも中学生らしい、軽い感じの会釈だ。

「やあ。餅つき、来てくれたんだ」

「いいですか？」

「もちろん」麻生は頬が緩むのを感じた。「でも、自分で餅つきしないと食べられないぞ。今回は、働かざるもの食うべからずだ」

「……何をしたらいいですか？」

「中に入って、ボランティアの連中に聞いてくれ」

　怜奈がうなずいて立ち去ろうとしたので、麻生は慌てて声をかけた。

「お母さん、どうしてる？　仕事はどうなった？」

「ああ、はい。あの……」

怜奈が口を開きかけたが、喋りにくそうだった。何かまずい状況になっているのだろうか、と麻生は心配になった。考えてみれば、半月以上、紗子とは面会していない。

「かまぼこの工場で働き始めました。一月になってから」

「そうか……小田原だね」

「はい」

「じゃあ、今は、夕飯を一緒に食べられるんだ」

「でも、余ったかまぼこを持ってくるんで……かまぼこ、あまり好きじゃないんです」

「何言ってる」麻生は破顔一笑した。「かまぼこは小田原名物だぞ。たくさん食べて好きになってくれ」

「いやあ……」

怜奈が本当に嫌そうな表情を浮かべる。そういえば、かまぼこが大好物だという人には会ったことがない。

「まあ……よく来てくれたよ」

これも大きな一歩。前だったら、話しかけただけで怒って帰ってしまっていたのに。

怜奈が困ったような表情を浮かべた。こういう歓迎の言葉も良し悪しだなと思いながら、麻生は咳払いした。やはり、中学生というのは扱いにくいものだ。昔は警察の仕事で散々相手をしていたのだが、果たして上手くやれていたのかどうか。

怜奈が店の奥に消え、すぐにエプロンにビニール手袋という格好で戻って来る。餅を返すように言われたのだろう。

「おい、怜奈ちゃんが餅を触ってる時には、お前は絶対につく役をやるなよ」麻生は将に声をかけた。

「何で？」

「危なっかしくてしょうがない」

「そんなことないけど」

「ちょっと杵を持ち上げてみろ」

言われるままに、将が杵を頭の高さに持ち上げた。腕が震え、安定しない。おいおい、この程度の重さの杵でふらふらしていてどうするんだ。麻生は溜息をついて、首を横に振った。

「怪我人は出したくないな」


商工会青年部の連中が音頭をとって、餅つきが始まった。まあ、この連中は元気がいい……青年部といっても、平均年齢三十代後半なのだが、テンションの高さだけは二十代のままだ。

「はい、じゃあ、怪我しないようにね。怪我しないようにするには、つく人と返す人の呼吸が大事だから。呼吸を合わせて、リズムを合わせて――そのためには、必ず声をかけ合うこと！　声を出すのを忘れないようにね。じゃあ、やってみよう！」

青年部長の宮本（みやもと）が指導し、まず自分たちでやってみせた。さすがパワーが有り余っているというか、勢いが違う。餅をつくスピード、返すスピードとも、まるで何かのスポーツでも見ているようだった。臼を囲んだ子どもたちも歓声を上げ始め、場の雰囲気が温まってくる。

麻生もいつの間にか、青年部の餅つきに見入っていた。こいつらの餅つきは、パフォーマンスとして金を取れるんじゃないか？　時々くるりと回ってみたり、踊りを入れたりすれば、十分見世物になる。

青年部のペースで餅つきを続けたら、用意していたもち米全部があっという間につき上がってしまう。それは当の青年部の連中も分かっているようで、すぐに子どもたちに杵を譲り渡した。肩の高さに上げるのもやっとの、小学校低学年の子どもたちが必死に餅をついている姿は、何とも微笑ましい。

そのうち、餅を返す方を子どもにやらせ、青年部が餅をつき——というパターンに変える。どちらも経験させてやるつもりなのだろう。子どもたちの手つきは危なっかしいが、それでも餅というのは何となくできてしまうものだ。

ボランティアの学生たちが、餅に絡める醬油や大根おろし、きな粉を用意し始めた。そうそう、餅つきの醍醐味はこれだからな。つきたての温かい餅を食べることが目的で、餅を作るのはあくまでそのための手段に過ぎない。

怜奈が餅を返す役を始めた。他の子どもたちは微妙な反応を示すかと思ったが、特に何もない……麻生はほっとした。

いつの間にか、将が横に来ていた。

「お前はやるなよ」また釘を刺す。

「小学生以下ってこと？」将が非難するように言った。

「そういうことだ」

「まあ、いいけど……あのさ、ちょっとお金貸してもらえない？」

「どうして。何か欲しいものがあるなら、バイト代を使えばいいだろう」そこは甘えちゃ駄目だと、麻生は厳しく言った。

「バイト代だとちょっと足りないんだ。次にバイト代が出るまで待てないし」

「目的は？」

「クラリネット」

「は？」麻生は目を見開いた。「お前、そんな趣味があったのか？」

「まさか」将が全力で首を横に振った。「楽器なんて、全然駄目だから」

「だったら――」麻生はふいに、将の狙いに気づいた。「怜奈ちゃんだな？」

「そう。吹奏楽部に入りたいんだって。だったら、楽器が必要でしょう？」

「そうだな」

「先月のバイト代の残りはあるけど、あと一万円ぐらいはいるかな……」

「お前、怜奈ちゃんと話してるのか？」

「たまに」将がうなずいた。

「クラリネットをプレゼントするのは、お前のアイディアか？」

「いや、その……」将が言い淀んで下を向く。「最初は彼女が――恵理さんが」

「ああ？　恵理ちゃん？　話したのか」

「話した。それで、こども食堂のボランティア何人かで金を出し合って、クラリネットを買おうかって」

　面倒見のいい彼女なら、いかにもやりそうなことだ。将もこれを、お節介とは思っていないようだ――話に乗ったのだから。

「そうか……よし。ダイナシティの楽器屋で売ってるか？」

「うん。調べた」

「だったら調達に行くか。俺も一口乗ってやろう」

「ああ……助かるよ」将が露骨にほっとした表情を浮かべる。一刻も早くクラリネットを買って、怜奈にプレゼントしたいと思っているのだろう。

「ちなみに、お前の分はあくまで貸しだからな。ちゃんと利子は取る」

「嘘でしょ？　こういう話で、そんなこと、言う？」

「当たり前だろうが」麻生はにやりと笑った。この甘い孫には、世の中の厳しい掟(おきて)をもっとたくさん教えてやらなくてはならない。

それが家族の役目だ。

本作品は、学芸通信社の配信により、山陰中央新報、桐生タイムス、いわき民報、山形新聞、三陸新報、大分合同新聞など八紙に二〇一七年七月～二〇一八年十月の期間、順次掲載したものです。出版に際し加筆・訂正しております。

装幀
松田行正

カバー写真
小田原市鴨宮周辺の航空写真
©WAKO CO.LTD/a.collectionRF/amanaimages

堂場瞬一

1963年生まれ。茨城県出身。青山学院大学国際政治経済学部卒業。2000年秋『８年』にて第13回小説すばる新人賞を受賞。著書に「刑事・鳴沢了」シリーズ、「警視庁失踪課・高城賢吾」シリーズ、「刑事の挑戦・一之瀬拓真」シリーズ、「汐灘」サーガの他、『犬の報酬』『バビロンの秘文字』（以上中央公論新社）、「警視庁追跡捜査係」シリーズ（ハルキ文庫）、「アナザーフェイス」シリーズ（文春文庫）、「捜査一課・澤村慶司」シリーズ（角川文庫）、「警視庁犯罪被害者支援課」シリーズ（講談社文庫）、『宴の前』（集英社）、『焦土の刑事』（講談社）、『砂の家』（KADOKAWA）、『絶望の歌を唄え』（角川春樹事務所）、『ランニング・ワイルド』（文藝春秋）などがある。

白（しろ）いジオラマ

2018年10月25日　初版発行

著　者　堂場瞬一（どうばしゅんいち）
発行者　松田陽三
発行所　中央公論新社
〒100-8152　東京都千代田区大手町1-7-1
電話　販売 03-5299-1730　編集 03-5299-1740
URL http://www.chuko.co.jp/

DTP　ハンズ・ミケ
印　刷　大日本印刷
製　本　小泉製本

Published by CHUOKORON-SHINSHA, INC.
Printed in Japan　ISBN978-4-12-005126-5 C0093

堂場瞬一の本

犬の報酬

大手自動車メーカーの「事故隠し」を巡る、三つ巴の、虚々実々の攻防。新聞記者、総務のエース、内部告発者、それぞれの正義――「自動運転」のリアルに迫る経済エンタメ長篇。

単行本

共鳴

大学にも行かず、家に引きこもっている孫・将を強引に自宅へ連れてきた、元刑事の麻生。持ちこまれる近所の事件を調べるため、将を「相棒」に任命した麻生だったが、前途は多難で――。

文庫

誤断

長原製薬の広報部員・槙田は、副社長から極秘任務を命じられた。相次いで発生した転落死亡事故に、自社製品が関わっている可能性があるという。被害者家族の口を封じるために動く槙田だったが……。

文庫

Sの継承〈上・下〉

捜査一課特殊班を翻弄する毒ガス事件が発生。現場で発見された白骨死体は、過去のクーデター計画に繋がる。——一九六三年、国を正す使命感に燃える理系の大学生・松島は、毒ガス開発に踏み出したが……。

文庫